Das Buch:

Im Alter von über achtzig Jahren schreibt Margherita Civitella ihre Erinnerungen an den zweiten Weltkrieg auf. Als die Deutschen am 1. September 1939 in Polen einmarschieren, ist sie 13 Jahre alt und geht noch zur Schule.
Ihre Geschichte erzählt vom Leben im Krieg und vom Erwachsenwerden im Krieg.

Der Autor:

D.G. Ambronn wurde am 3. Juli 1955 an der schleswig-holsteinischen Nordseeküste geboren. Er studierte Anglistik, Germanistik und Philosophie in Kiel und lebt auch heute noch im Norden, sofern er nicht gerade auf Reisen ist.

Schon früh machte er erste literarische Gehversuche, aber dann ließ ihm seine Tätigkeit in der Sozialbranche nicht mehr die Zeit dafür. Erst nach dem Ausscheiden aus dem Berufsleben begann er wieder zu schreiben.

Vom Verkauf seiner Bücher nicht leben zu müssen, erlaubt ihm, sich dem aktuellen Publikumsgeschmack, dem Diktat der Literaturkritik und dem Zeitgeist insgesamt verweigern zu dürfen. Von dieser Möglichkeit macht er gerne Gebrauch, auch um sich an Schriftstellern zu orientieren, die heute keine so große Wertschätzung mehr genießen: E.T.A. Hoffmann, Robert Louis Stevenson, Ernest Hemingway, George Simenon, Nikos Kazantzakis, Alain Robbe-Grillet und anderen großen Erzählern des 19. und 20. Jahrhunderts.

Weitere Bücher von D.G. Ambronn:

Dass du in Venedig wärst (Roman)
Und was ist mit Rosemarie? Ein Kieler Kriminalroman
Eine irische Winterreise und andere Erzählungen und
         Kurzgeschichten
Unbezähmbare Gezeiten. Ein Kieler Kriminalroman

D.G. Ambronn

Margherita und der dunkle Widerschein der Welt

Roman

1. Teil: 1939-1940

Bibliografische Information der Deutschen Nationalbibliothek:
Die Deutsche Nationalbibliothek verzeichnet diese Publikation in
der Deutschen Nationalbibliografie; detaillierte bibliografische
Daten sind im Internet über http://dnb.dnb.de abrufbar.

© 2022 D.G. Ambronn

Herstellung und Verlag: BoD – Books on Demand, Norderstedt

ISBN: 978-3-7562-3015-0

All den Erwachsenen gewidmet,
die meine Kindheit und Jugend geprägt haben,
die den zweiten Weltkrieg miterlebt haben und
die ich gerne besser verstanden hätte.

*

Und Sabine Winkler voll Dankbarkeit für ihre Un-
terstützung und ihre wohlwollende Wertschätzung
meiner Geschichten.

INHALT:

Der Krieg beginnt

Vieles von dem, was ich erzählen werde, habe ich selbst erlebt, anderes ist mir berichtet worden, manchmal erst Jahre oder Jahrzehnte nach dem Krieg. Vielleicht ist das eine oder andere so nie geschehen. Jene Zeit liegt ja schon über 70 Jahre zurück. Dennoch habe ich alles aufgeschrieben, weil ich denke, dass auch in dem, was nur ein Trugbild ist, geboren aus einer verblassenden Erinnerung, mehr Wahrheit steckt, als viele Menschen denken, und dass nur alles zusammen genommen verstehen lässt, was wir damals erlebt haben. Wie wir gelebt, geliebt und gelitten haben, wovor wir Angst gehabt und worauf wir gehofft haben, worüber wir uns freuten und wovon wir nur träumen konnten.

Der Krieg begann an jenem Spätsommertag im September 1939, einem Freitag, an dem im Rundfunk gemeldet wurde, die Deutschen seien in Polen einmarschiert. Ich kann mich sehr gut an jenen Tag erinnern, obwohl ich erst 13 Jahre alt war. Ich konnte noch nicht wirklich ermessen, was diese Nachricht bedeutete und was folgen würde. Aber ich sah die sorgenvollen Gesichter meiner Eltern, die den Großen Krieg miterlebt hatten, und selbst mein Bruder und seine drei Freunde, die das Wochenende bei uns in *Oaklands House* verbrachten, sonst eine ausgelassene Bande und immer zu allerlei Späßen aufgelegt, waren an diesem Tag ernster, als ich sie jemals zuvor erlebt hatte. Sie waren alle einige Jahre älter als ich und hatten bereits ihr *Höheres Schulzertifikat* in der Tasche.

Nach dem Mittagessen gingen die vier in den Eibengarten hinaus. In der Mitte dieses Gartens war ein leeres Piedestal, von dem Mutter scherzhaft behauptete, es sei wie jenes, das Paulus in Athen auf dem Areopag vorgefunden hatte, dem unbekannten Gott geweiht.

Die Sonne gleißte, als wäre immer noch Sommer, und Gino[1], mein Bruder, und Esmond, die sich auf die Stufen, die zum Piedestal hinaufführten, gesetzt hatten, blinzelten zu den beiden anderen empor. Ich war den vieren nachgegangen, um ihnen zuzuhören, und hoffte, würde ich in gebührender Entfernung bleiben und den Mund halten, so würden sie mich wohl nicht verscheuchen.

„Das bedeutet Krieg", sagte Gino. „Wenn Hitler Polen angreift, das hat Mr Chamberlain gesagt, dann gibt es Krieg."

„Ach, der Chamberlain!", erwiderte Danny. „Der hat sich schon so viel von Hitler gefallen lassen. Der wird auch dieses Mal wieder ganz kleinlaut den Schwanz einziehen."

Danny, der eigentlich Daniel Chatzmann hieß, war Deutscher, und er war Jude. Seine Eltern hatten geahnt, was die Machtübernahme der Nazis für Folgen haben könnte, und sie hatten ihren ältesten Sohn beizeiten zu Verwandten nach London geschickt. Sie selbst waren mit den anderen beiden Kindern in Berlin geblieben. Da war

---

[1] *zu den handelnden Personen siehe auch das Personenregister am Ende des Buches (pp 267)*

die gut gehende Arztpraxis, das Haus in Dahlem. Sollten sie das gegen ein Leben als mittellose Flüchtlinge in England eintauschen? Vielleicht würde alles ja doch nicht so schlimm, wie sie fürchteten. So mögen sie gedacht haben.

„Aber das ist es ja gerade", erwiderte Gino. „*Frieden für unsere Zeit* hat er gesagt, als er aus München zurückkam und mit seinem Abkommen herumwedelte. Und jetzt? Wenn er nicht bald Härte zeigt und Herr Hitler in die Schranken weist, werden sie ihn zum Teufel jagen."

„Wie harmlos das klingt", sagte Esmond, den die anderen immer nur Sonny nannten. Er war ein eher verschlossener Typ, keineswegs schüchtern, überhaupt nicht, aber er vermittelte das Gefühl, irgendetwas tief in seinem Innern verborgen zu halten, etwas, das andere unter keinen Umständen sehen sollten. Ich wurde damals nie so ganz schlau aus ihm. „Hitler in die Schranken verweisen? Ist euch überhaupt klar, was das bedeutet? Was Krieg bedeutet?"

„Ja, aber es ist nun mal die einzige Sprache, die Herr Hitler versteht", sagte Billy. „Argumente, die aus Gewehrläufen und aus Kanonen kommen. Die versteht er, sonst nichts."

„Ach. Und wer wird wohl diese Gewehre in der Hand halten und wer wird wohl diese Kanonen abfeuern?", fragte Sonny. „Wir, Billy, wir."

„Ich habe keine Angst davor", erklärte Billy etwas zu pathetisch.

„Und ich auch nicht", ergänzte Danny. Im Gegensatz zu Billy, der in der Schule in jeder Sportart zu brillieren verstanden hatte, war Danny schmächtig, jemand, dem man auf den ersten Blick ansah, dass er ein Bücherwurm war. Aber das Leuchten in seinen Augen, als er sprach, das hat mich schon damals ahnen lassen, dass er es ernst meinte. Todernst.

„Ihr seid doch bescheuert", ereiferte sich Sonny. „Begreift ihr denn nicht? Jetzt, wo wir mit der Schule fertig sind, könnten wir das Leben in vollen Zügen genießen. Alles könnten wir tun, studieren, reisen oder faulenzen, uns in der Kneipe volllaufen lassen und Spaß haben mit den Mädels. Alles, was uns gerade in den Sinn kommt. Aber wenn es Krieg gibt, dann ist es Essig damit. Und diese Gelegenheit kommt auch nie zurück. Selbst wenn wir lebend aus dem Krieg zurückkommen, diese schönsten Jahre unseres Lebens sind für uns auf immer und ewig verloren."

„Mag sein." Danny zögerte. „Aber wenn es sein muss, ich meine, wenn der Krieg sein muss, dann ist das eben unsere Aufgabe. Dann können wir uns nicht einfach aus der Verantwortung stehlen."

„Du willst also kämpfen? Magst Herr Hitler wohl nicht, wie?", fragte Billy.

„Ja, ich will kämpfen."

Billy lachte spöttisch.

„Nun", sagte Gino, „im Augenblick gehören wir noch nicht zu den aufgerufenen Jahrgängen. Aber ...", er machte eine Pause und ließ seinen Blick von einem zum anderen wandern, „ ... es steht natürlich jedem der Herren frei, sich schon jetzt freiwillig zu melden."

„Dann tun wir es doch!" Billy ballte die Rechte zur Faust und hieb damit auf die Handfläche seiner Linken.

„Ihr redet wie kleine Kinder, die Cowboy und Indianer spielen wollen. Wenn ihr erst mal draußen im Dreck liegt mit vollgeschissenen Hosen, weil euch die Kugeln und Granaten um die Ohren fliegen und links und rechts von euch die Leute krepieren, werdet ihr anders denken."

„Ach, komm Sonny! Du bist doch sonst nicht so feige."

„Halt, Billy!" Ich war froh, dass Gino dazwischen ging. „So nicht. Sonst fangen wir noch an, uns gegenseitig die Köpfe einzuschlagen, statt das mit denen der Jerrys zu machen."

„Wenn du meinst. Aber was sagst denn du dazu, *Eyetie*? Wirst du dich freiwillig melden?", ging Billy jetzt auf Gino los.

Ich hielt den Atem an. Ich wusste damals gar nicht, was *Eyetie* eigentlich bedeutete, aber das wusste ich: Es war ein Wort, das Engländer benutzten, um verächtlich über Italiener zu sprechen. Dabei war Gino doch gar kein Italiener. Er war der Sohn eines Italieners, das schon. Aber er war hier in England geboren und seine Mutter war Engländerin. Das Blut stieg mir zu Kopf, als ich daran dachte, dass jener Italiener auch *mein* Vater war. War ich also auch ein *Eyetie*? Ich beobachtete meinen Bruder. Ich versuchte zu erahnen, was in ihm vorging. Wie würde er reagieren? Ich an seiner Stelle hätte Billy wahrscheinlich eine Ohrfeige verpasst.

„Wir müssen Herr Hitler eine Lektion erteilen, das meine ich", antwortete Gino schließlich mit einem Lächeln.

Ich atmete tief durch und war stolz, dass er sich von Billy nicht hatte provozieren lassen.

Billy grinste und meinte: „Tja, Sonny, Pech gehabt. Du bist überstimmt."

„Sonny wird schon selber wissen, was er zu tun hat", mischte ich mich jetzt doch dreist in die Unterhaltung der Großen ein. Ich mochte Sonny schon damals recht gerne, obwohl ich nicht glaube, dass ich bereits zu jener Zeit in ihn verliebt war. Das kam erst später. Im Herbst 1939 war es immer noch mein großer Bruder, den ich abgöttisch verehrte. Gino war für mich der strahlende Held, gut aussehend, wagemutig, erfolgsverwöhnt und jeder Situation gewachsen. Er hatte viel von unserem Vater geerbt. Er hatte tatsächlich etwas Südländisches. Er war ein echter Herzensbrecher. Ich war mächtig stolz auf ihn, aber andererseits stimmte es mich ein wenig traurig, wenn ich ihn ansah. Ich war eindeutig das Kind meiner Mutter, eine unscheinbare graue Maus, lebhaft und selbstbewusst, das ja, aber keine, bei der die Jungs zweimal hinschauen würden. Davon war ich jedenfalls überzeugt. Aber noch war ich ja sowieso viel zu jung, um Blicke von Jungs auf mich ziehen zu dürfen, und Mutter und meine Lehrerinnen wachten darüber, dass mich auch möglichst kein Junge zu sehen bekam. Ginos Freunde zählten in dieser Hinsicht nicht. Die waren ja so unendlich viel älter als ich.

Bevor jemand mich wegen meiner vorlauten Bemerkung zurechtweisen konnte, kam Abigail aus dem Haus herübergelaufen. Abi, wie sie genannt wurde, war eine entfernte Cousine von Danny, dass heißt, sie war die Tochter jener Verwandten in London, bei denen Danny untergekommen war. Sie war wie ich auf der *Sissingden Manor School for Girls*, und wir waren die besten Freundinnen. Eigentlich hatten die anderen Danny nur kennengelernt, weil Abi meine Freundin war. Obwohl sie so alt war wie ich, war sie auch mit fast vierzehn immer noch ein niedliches, kleines Mädchen mit Sommersprossen im Gesicht. Sie schien nicht erwachsen werden zu wollen. Sie war eine ganz Brave, immer ängstlich darauf bedacht, nichts zu tun oder zu sagen, wofür man sie hätte zurechtweisen können. Wir ergänzten uns also sehr gut, ich war nämlich eher störrisch und aufmüpfig.

„Gino, deine Mutter sagt, sie will jetzt im Haus die Verdunklung vorbereiten. Du sollst bitte mit Margie zu ihr kommen und helfen."

Natürlich boten auch alle anderen sofort ihre Unterstützung an, und so gingen wir gemeinsam ins Haus hinüber.

Obwohl noch gar kein Krieg erklärt war, hatte die Regierung sofort nach dem Angriff der Deutschen auf Polen die Pflicht zur Verdunklung verkündet. Schon Wochen vorher hatte jeder Haushalt eine Reihe von Merkblättern bekommen, welche Regeln im Kriegsfall gelten würden und was jeder Bürger dann zu tun hätte. Eines der Merkblätter befasste sich mit der Pflicht zur Verdunklung. Die Eltern hatten die Hinweise studiert und, wie dort empfohlen, sich beizeiten überlegt, wie das Haus verdunkelt werden könnte, und das dafür notwendige Material besorgt.

Ich erinnere mich auch jetzt noch, wie groß die Angst war, die Deutschen könnten gleichzeitig mit dem Angriff auf Polen auch ihre Bomber zu uns schicken, Kriegserklärung hin oder her. Wenn wir jetzt daran gingen, unsere Häuser zu verdunkeln, taten wir etwas zu unserer Verteidigung, nicht viel, aber wenigstens standen wir nicht hilf- und tatenlos wie Lämmer vor der Schlachtbank. Zugleich machte es uns allerdings auch klar, wie einschneidend sich unser Alltag durch die Ereignisse im fernen Polen verändert hatte und wohl noch weiter verändern würde.

Es war wie eine kleine Armee, die sich im Salon zusammenfand. Einzig Vater fehlte. Er war nach Faversham gefahren, um in seiner Brauerei ein Auge auf die Vorbereitungen zu haben. Mutter erklärte uns in groben Zügen, was geplant war, und teilte dann jedem seine Aufgabe zu. Frank Evans, der Gärtner, sollte all jene Fensterscheiben, die die Eltern als unwichtig erachteten, mit schwarzer Farbe übermalen und sie damit dauerhaft verdunkeln. Mary und Betty, die beiden Dienstmädchen, hatten unter Aufsicht meiner Mutter die schweren, schwarzen Vorhänge, die die Eltern meterweise gekauft hatten, um die Räume im Erdgeschoss zu verdunkeln, zuzuschneiden und zum Aufhängen vorzubereiten. Wir jungen Leute bekamen den Auftrag, mit schwarz gefärbtem Segeltuch die Fenster der Schlafräume in den oberen Stockwerken zu verhängen. Wir sollten dazu den großzügig zugeschnittenen Stoff einfach oben auf die Fensterrahmen nageln.

Wir nahmen es mit der Verdunklung sehr ernst. Auch wenn man allgemein erwartete, dass die deutschen Bomber vor allem London angreifen würden, auf dem Weg dorthin würden sie möglicherweise geradewegs über uns hinwegfliegen. Manch einer in dieser Gegend erinnerte sich an diesem Tag wohl wieder an die drei Pulvermühlen von Faversham, die fünf Jahre zuvor nach Schottland verlegt worden waren. Jahrhundertelang war Faversham Englands Zentrum für die Herstellung von Schießpulver und Explosivstoffen aller Art gewesen, aber seit es Flugzeuge gab, waren die Pulvermühlen an diesem Standort zu verwundbar, zu nahe am Kontinent. Ja, die Pulvermühlen waren fort, aber wir Menschen waren immer noch da, und wir hofften inständig, dass die Deutschen irgendwie mitbekommen hatten, dass es hier keine Pulvermühlen mehr gab.

Mutter machte die Runde und trieb alle an voranzukommen. Dann endlich konnten wir durchatmen. Alle Fenster im Haus und auch im Nebengebäude, wo die Hausangestellten wohnten, waren verdunkelt oder konnten bei Bedarf mit wenigen Handgriffen verdunkelt werden.

„Jetzt bleibt uns nichts anders übrig, als abzuwarten", erklärte Mutter. „Wenn die Sonne untergegangen ist, werden wir sehen, ob alles gut so ist, oder ob der alte Ned Slater etwas zu kritisieren finden könnte." Slater war einer der Luftschutzwarte in unserem Dorf, und die hatten von nun an auch die Verdunklung in ihrem Bezirk zu überwachen. Von allen versah Ned Slater seine Aufgaben am verbissensten, und so manch einer sollte in den nächsten Tagen, Wochen und Monaten Ärger mit ihm bekommen. Er war zwar schon arg schwerhörig, aber er hatte Augen wie ein Luchs, und das würde er sehr bald bei der Suche nach Lücken in der Verdunklung demonstrieren.

Nach dem Abendessen, als es draußen vollständig dunkel war, wurde in allen Räumen Licht gemacht, während

Vater und Gino die Gebäude umrundeten und Ausschau hielten, ob irgendwo ein verräterischer Lichtschein zu bemerken war.

Eins ums andere Mal fanden sie etwas auszusetzen. Endlich kamen sie ins Haus zurück, und Vater sagte: „Wir müssen vorsichtig sein." Ich glaube, nur Mutter und Gino haben damals wirklich verstanden, was er meinte. Ich habe es erst im Juni 1940 begriffen, als Mussolini England den Krieg erklärte. Vater war Besitzer einer gutgehenden Brauerei, lebte seit bald zwanzig Jahren in diesem Land und war mit der Tochter eines Bischofs der Kirche von England verheiratet, aber er hieß Massimiliano Civitella, und jeder wusste natürlich, dass er Italiener war. Und dann war da auch noch sein Erfolg mit der heruntergewirtschafteten Brauerei. Die hatte er kurz nach seiner Ankunft in England dank der finanziellen Unterstützung seines Vaters übernehmen können und wieder zu einem profitablen Unternehmen gemacht. Das neideten ihm manche.

Als die Arbeit geschafft war, sagte Mutter zu mir: „Es ist Zeit für dich."

„Ja, Mutter."

Sie hatte immer Angst, ich könnte mich in den Ferien daran gewöhnen, spät schlafen zu gehen.

„In einer Woche sind die Ferien vorbei, und dann musst du dich wieder an die Zeiten im Internat halten."

„Ja, Mutter." Wie nüchtern Mutter manchmal dachte. Es war Krieg! Wie würde die Welt aussehen in einer Woche? Vielleicht lag dann schon alles in Schutt und Asche. Oder vielleicht waren die Deutschen dann hier. Würden sie uns erlauben, weiter zur Schule zu gehen?

Ich machte mich für die Nacht fertig und als ich gerade das Licht löschen wollte, ging die Tür auf, und meine kleine Schwester Lulu kam herein. Sie hatte die Ereignisse des Tages als ein aufregendes Spiel betrachtet. So schien es jedenfalls. Immer und überall war die Vierjährige mit Begeisterung herumgetobt und Mutter hatte später große Mühe, sie zur gewohnten Zeit zu Bett zu bringen.

„Ich habe Angst", sagte sie, und ohne viel Aufhebens kam sie und schlüpfte zu mir unter die Bettdecke, so wie sie es seit einiger Zeit machte, wenn sie nachts von einem Unwetter wach wurde. Natürlich habe ich ihr nicht gesagt, dass es mir genauso ging.

Ich löschte das Licht, und der Raum war plötzlich stockfinster. Es dauerte einen Moment, bis mir klar wurde, dass die Verdunklung in beide Richtungen wirkte. Eine solche vollkommene Finsternis war ich nicht gewohnt, und zusammen mit den schlimmen Nachrichten des Tages steigerte sie meine Ängste fast ins Unerträgliche. Ich wagte nicht, mich zu bewegen und atmete nur ganz flach, damit nichts zu hören war. Lulu war scheinbar sofort eingeschlafen. Oder stellte sie sich nur tot, so wie ich? Was, wenn die Deutschen ihre Bomber wirklich schon heute Nacht schicken würden? Hatten sie die Polen nicht auch ganz überraschend angegriffen? Schließlich hielt ich es nicht länger aus. Ich stand auf, tastete mich zum Fenster und schob den schwarzen Vorhang ein Stück beiseite. Der Mond war inzwischen aufgegangen, aber von meinem Fenster aus konnte ich ihn nicht sehen. Ich sah nur den Eibengarten, wie er still dalag im weißen Mondlicht.

Ich ging wieder ins Bett, aber einschlafen konnte ich immer noch nicht. Ich dachte an die zwei kleinen Luftschutzbunker, die Anderson Shelter genannt wurden, die Evans nicht weit vom Haus entfernt auf Vaters Anweisung hin gebaut hatte. Einen für die Familie, einen für die Dienstboten. Wenn die Bomber heute Nacht kämen, würde ich mir Lulu schnappen und mit ihr dorthin rennen. Aber würde ich überhaupt rechtzeitig etwas mitbekommen? Im Falle eines Angriffs sollte Ned Slater, oder wer von den Luftschutzwarten gerade Dienst hatte, unten im Dorf seine Handsirene ertönen lassen. Die konnte man bis hierher hören, aber nur ganz leise. Ich war mir sicher, dass ich davon nicht aufwachen würde. Wenn ich gekonnt hätte, wäre ich vielleicht die ganze Nacht wach geblieben, aber ich war noch in einem Alter, in dem der Körper früher oder später den nötigen Schlaf unerbittlich einfordert.

Hinter dem Eibengarten lag ein kleines Wäldchen und jenseits davon war ein Teich, wo wir an heißen Sommertagen badeten. Dazu war es trotz des milden Spätsommerwetters längst nicht mehr warm genug. Dennoch machten Abi und ich uns am nächsten Morgen nach dem Frühstück auf den Weg dorthin. So hatten wir ein Ziel, obwohl wir uns eigentlich nur einmal in Ruhe und von den Großen ungestört unterhalten wollten.

„Also, ich, das haben die Eltern entschieden", sagte Abi, „ich werde nicht evakuiert. Warum auch? Gut, wir leben in

London, aber ich gehe da ja nicht zur Schule. Also braucht man mich auch nicht zu evakuieren."

Im Falle eines Krieges sollten alle Kinder aus den Großstädten aufs Land in die Dörfer und kleinen Orte gebracht werden. Darüber hatten die Behörden schon vor einiger Zeit alle Eltern informiert, aber es war ihnen freigestellt, ob sie ihr Kind evakuieren lassen wollten oder nicht.

„Aber die Ferien sind doch erst in einer Woche vorbei. Wenn die deutschen Bomber vorher schon kommen, dann steckst du ganz tief im Schlamassel."

„Ich will aber nicht evakuiert werden."

„Dann bleib doch einfach hier bei uns, und Vater fährt uns beide nächstes Wochenende zur alten Sissy." Die alte Sissy, so nannten wir Schülerinnen die *Sissingden Manor School for Girls*. Sie befand sich nur 30 oder 35 Kilometer von *Oaklands House* Richtung Süden, mitten im Weald.

„Aber ich kann doch nicht einfach hier bei euch bleiben."

„Aber natürlich kannst du! Vater ruft deine Eltern an und macht alles klar."

„Meinst du, dass deine Eltern damit einverstanden wären?"

„Na klar. Und deine Eltern haben sicher auch nichts dagegen. Wenn Adolf tatsächlich seine Bomber schickt, bist du hier besser aufgehoben als in London. Na ja, ein bisschen besser jedenfalls."

„Wie meinst du das?"

„Weil die Bomber ja ständig über uns hinweg fliegen werden. Mutter meint, dass sie deshalb früher oder später sogar die alte Sissy evakuieren werden. Die ganze Schule! Mit Mann und Maus. Vielleicht nach Schottland oder Wales oder wer weiß wohin."

„Das ist ja allerhand! Aber wie soll das denn gehen?"

„Keine Ahnung. Wir werden ja sehen."

Abi schwieg einen Moment. „Aber mal was ganz anderes, Margie. Meinst du, dass die Jungs wirklich alle Soldaten werden? Alle außer Sonny vielleicht."

„Wenn die anderen das machen, wird Sonny es auch tun. Billy ist ein Idiot. Wie kann er es wagen, zu behaupten, Sonny sei feige?"

„Aber Danny, meinst du, dass Danny das auch macht? Soldat werden? Kann er das überhaupt, hier in England? Er ist doch Deutscher."

„Keine Ahnung. Aber warum nicht? Deutscher, Engländer, Italiener, na und? Warum soll nicht jeder Mensch selber entscheiden dürfen, für wen oder gegen wen er kämpfen will?"

„Vielleicht hast du recht. Aber was ist, wenn Danny gefangen genommen wird? Ich meine, von den Deutschen. Wer weiß, was sie dann mit ihm machen. Ich mag gar nicht daran denken. Also, wenn Danny irgendwas passiert, das wäre furchtbar."

„Ach, ihm passiert schon nichts."

Wir waren nicht mehr weit vom Teich entfernt, als Abi mich plötzlich am Arm packte.

„Hör doch mal. Ich glaube, da sind Leute am Teich."

Jetzt hörte ich auch Stimmen, und neugierig, wie wir waren, verließen wir den Weg und schlichen lautlos durchs

Gebüsch vorwärts. Wie enttäuscht war ich, als ich sah, dass es nur Mary, unser Dienstmädchen, und David Godfrey, der Sohn vom Wirt der *Three Horseshoes*, waren.

Mary war ein nettes Mädchen, aber immer ein bisschen verträumt. Wie oft kam es vor, dass sie etwas vergaß oder falsch machte, und dann von Mutter gehörig ausgeschimpft wurde. Sie war eine grazile Schönheit, kein derbes Mädchen vom Lande, was sie ihrer Abkunft nach hätte sein können. Später, als ich zum ersten Mal Bilder von den Präraffaeliten sah, fühlte ich mich an sie erinnert. War nicht auch die versponnen, ja geradezu entrückt wirkende Jane Morris, die jenen Malern oft Modell gestanden hatte, die Tochter eines Stallknechts und einer Wäscherin gewesen?

Aber was um alles in der Welt machten Mary und David Godfrey hier?

Gebannt verfolgten wir, was sich vor unseren Augen abspielte. Auch wenn wir in der behüteten Welt eines Mädcheninternats aufwuchsen, wussten wir bald Bescheid. Schließlich gingen wir ja oft genug ins Kino! Jetzt hatte David sogar Marys Hände ergriffen, zog sie zu sich heran und hätte Mary nicht den Kopf abgewandt, wer weiß, möglicherweise hätte er sie gar geküsst.

Natürlich bekam Abi es sehr schnell mit der Angst zu tun. Sie war einfach nicht dafür geschaffen, verbotene Dinge zu tun. Sie wollte weg und versuchte, mich mit fortzuziehen, aber ich sträubte mich. Die Unruhe, die dabei entstand, verriet uns, und die beiden Verliebten, denn das waren sie ja zweifellos, bemerkten uns.

„Hallo, wer ist da?", rief David. Er war ein junger Mann mit einem blonden Lockenkopf, dessen Bewegungen immer noch etwas linkisches hatten, wie die eines jungen Fohlens. Aber man konnte bereits erkennen, dass er einmal ein kräftiger, stiernackiger Mann werden würde, so wie sein Vater. Mit dem wagte sich keiner der Gäste anzulegen, nicht einmal, wenn sie sturzbetrunken waren.

„Ach, du bist es, Margie. Was treibt ihr euch denn hier rum?" Er bemühte sich, seine Stimme fest klingen zu lassen, aber so ganz wollte es ihm nicht gelingen.

„Wir gehen nur ein bisschen spazieren", antwortete ich.

„David, wir hätten uns nicht treffen sollen", sagte Mary mit einem Anflug von Verzweiflung in der Stimme. „Sie wird alles der Herrin erzählen und was wird dann aus mir?"

„Wir mussten uns sehen. Und außerdem ... Margie ist ein gutes Mädchen. Sie wird uns nicht verraten. Nicht wahr, du erzählst niemandem etwas, oder?"

„Natürlich nicht", erklärte ich. Mir war klar, was Mutter tun würde, wenn sie von diesem Stelldichein erfahren würde. In solchen Dingen verstand sie keinen Spaß.

„Siehst du, Mary. Alles ist gut."

„Nein. Du sagst das so einfach. Ich muss zurück. Jetzt gleich. Nein, lass mich los. Bitte, David."

„Ich liebe dich, Mary", sagte er noch, als sie sich schon längst abgewandt hatte und zum *Oaklands House* zurücklief. Ich glaube nicht, dass sie seine Worte noch gehört hat. David wandte sich schließlich ab und ging Richtung Dorf.

„Willst du deiner Mutter wirklich nichts erzählen, Margie?"

„Natürlich nicht. Ich bin doch keine Petze!" Das gehörte zu den ersten Dingen, die man in einem Internat lernte, keine Petze zu sein. Abi war allerdings ein furchtbarer Angsthase. Ich glaube, das war einer der Gründe, warum sie meine beste Freundin war. Sie war für mich wie eine kleine Schwester. Ich hätte damals gerne eine kleine Schwester gehabt, ein Mädchen, das immer ein bisschen verschüchtert und unbeholfen war und das ich behüten und bemuttern konnte. Ein Mädchen halt wie Abi. Meine kleine Schwester Lulu war für diese Rolle leider völlig ungeeignet. Sie war einfach *viel* zu klein und vor allem viel zu *frech*.

Natürlich hatte Mutter nichts dagegen, dass Abi bis zum Ende der Ferien bei uns blieb, und nachdem Vater mit Mr Pardo telefoniert hatte, war die Sache abgemacht.

Der Tag verging sonderbar ereignislos. Die Deutschen kamen nicht, und in den Nachrichten hörten wir nur ein paar recht nebulöse Meldungen über den Verlauf der Kämpfe in Polen. Keine Kriegserklärungen, und die Bündnispartner Polens blieben untätig. Die Bündnispartner, das waren wir. Wir und die Franzosen.

Die Verdunklung ging uns heute schon viel leichter von der Hand, wenngleich es noch eine Weile dauern würde, bis sie schließlich zu jener Routine geworden war, die unseren Alltag jahrein, jahraus prägen sollte.

In dieser Nacht erwachte ich, und ich war schlagartig hellwach. Alles war still und fast finster. Was hatte mich geweckt? Ich schaltete meine kleine Taschenlampe ein, um zu sehen, wie spät es war. Kurz vor elf. Ich hatte kaum mehr als eine Stunde geschlafen. Ich hatte auch in dieser

Nacht die Verdunklung beiseitegeschoben und sah, wie plötzlich ein gleißendes Licht die Nacht erhellte. Waren das die deutschen Bomber? Es donnerte, wieder ein Aufleuchten. Ich lief zum Fenster. Das Donnern und Blitzen wiederholte sich. Es schien ein ganz normales Gewitter zu sein, aber sicher war ich mir nicht. Ich verharrte lange am Fenster, um Gewissheit zu erlangen. Dann ging die Tür von meinem Zimmer auf.

„Ich kann nicht schlafen", sagte Lulu. „Ich mag den Krieg nicht." Und mit diesen Worten kroch sie unter meine Bettdecke.

Ich hielt noch eine Weile am Fenster Ausschau, aber am Ende sagte ich mir, dass es wohl doch nur ein Gewitter war, und ging wieder ins Bett. Lulu brummelte ein wenig im Schlaf, als ich sie beiseiteschob, um Platz im Bett zu finden. Der Krach draußen wollte und wollte nicht aufhören. Ich lag noch lange wach, obwohl ich nicht mehr zweifelte, dass es nur ein Gewitter war.

An Sonntagen gingen wir morgens alle ins Dorf in die Kirche. So war es Brauch. Nur Vater blieb meist zurück. Wie die meisten Italiener war er eigentlich Katholik, aber er war in die Kirche von England übergetreten, denn Großvater hätte seine Tochter nie einem Papisten zur Frau gegeben. Als Bischof warb er zwar unermüdlich für ein brüderliches Miteinander der verschiedenen Konfessionen, aber er war halt nicht nur Bischof, sondern auch Vater. Also wechselte Massimiliano Civitella der Liebe wegen den Glauben. Aber im Herzen blieb er Katholik und begleitete uns nur an hohen Feiertagen in die Kirche, ja, und auch dann nur um Mutter keinen Kummer zu bereiten.

Frank Evans, der Gärtner, fehlte ebenfalls. Er entstammte einem streng nonkonformistischen Elternhaus und radelte ins Nachbardorf, wo eine methodistische Kapelle war. Aber das, was sie Kapelle nannten, war in Wirklichkeit nichts anderes als ein schmuckloser, quadratischer Bau – selbstverständlich ohne einen Kirchturm –, der als Versammlungsraum diente.

Normalerweise durfte ich zu Hause bleiben, wenn Abi zu Besuch war, aber heute, wo das Land an der Schwelle eines Krieges stand, meinte Mutter, müssten wir alle im Gebet zusammenstehen. Da käme es auf jeden Einzelnen an. Selbst Vater musste mit. Abi hätte uns auch gerne begleitet, denn ihre Eltern waren säkulare Juden, die sich von der Synagoge fernhielten, aber davon wollte Mutter nichts wissen. Nur von Billy und Danny war weit und breit nichts zu sehen. Sie schliefen wohl noch.

Als wir nach dem Gottesdienst zurückkehrten, und Abi uns kommen hörte, lief sie uns ganz aufgeregt entgegen. Der Premierminister, erzählte sie, werde gleich eine Ansprache im Radio halten.

Wir stürmten alle ins Wohnzimmer und umringten den Radioempfänger. Ich schaute auf die Uhr. Gerade war es 11 Uhr 15, da sagte eine Stimme unendlich ruhig und sachlich:

„Hier ist London. Sie hören jetzt eine Erklärung des Premierministers." Und dann hörten wir seine Stimme: „Ich spreche zu ihnen aus dem Kabinettszimmer in 10 Downing Street. Heute Morgen hat der britische Botschafter in Berlin der deutschen Regierung eine ultimative Botschaft übermittelt, worin es hieß, dass, sollten wir nicht bis 11 Uhr von ihnen hören, dass sie bereit seien, ihre Truppen sofort aus Polen zurückzuziehen, ein Kriegszustand zwischen uns bestehen würde. Ich muss Ihnen jetzt sagen, dass wir keine solche Zusage erhalten haben und dass dieses Land sich folglich im Kriegszustand mit Deutschland befindet."

Nach einer Kunstpause redete er weiter, aber ich muss gestehen, seine Worte erreichten mich nicht mehr. Zu fürchterlich war seine Botschaft gewesen. Krieg. Es war Krieg, wirklich und wahrhaftig Krieg. Ich hatte keine Ahnung, was das tatsächlich bedeutete, aber ich ahnte, es war etwas, dass das ganze Leben aus den Fugen geraten lassen würde.

Schließlich rief der Premierminister alle auf, gelassen und mutig die kommenden Herausforderungen anzugehen und fürs Erste den wichtigen Anweisungen der Regierung, die im Anschluss an seine Ansprache verlesen würden, Folge zu leisten. Diese Mitteilungen der Regierung gaben mir, dem fast 14-jährigen Schulkind, eine erste konkrete Vorstellung davon, was Krieg bedeutete. Es war weniger die Ankündigung, dass ab sofort alle Veranstaltungen, drinnen und draußen, Kino- oder Theatervorführungen, Sportveranstaltungen, alles, wo eine größere Anzahl von Menschen zusammenkam, verboten seien. Nein, was meine Fantasie beflügelte, war die Begründung, die der Sprecher verlas, dass im Falle eines deutschen Bombenangriffs bei solchen Zusammenkünften mit vielen Opfern zu rechnen sei. Ich sah den Saal des Kinos in Faversham vor meinem geistigen

Auge, dann ein grelles Aufblitzen, Rauch und Trümmer und mittendrin unzählige verunstaltete Leichen und Schwerverletzte. War ich auch unter ihnen?

Es kamen Hinweise zum Verhalten bei Bomben- oder Gasangriffen. Giftgas, das kannte man aus dem Großen Krieg, kannte und fürchtete man. Die Bomben aber, die wurden noch mehr gefürchtet, denn deren verheerende Wirkung stand bisher nur als Menetekel an der Wand. Manche hatten von den Bombenangriffen im Spanischen Bürgerkrieg in der Zeitung gelesen, hatten von Guernica erfahren und so war die Furcht vor dieser neuen, ebenso schrecklichen wie unbekannten Gefahr riesengroß. Die meisten Menschen erwarteten damals, die Deutschen würden Feuer und Verdammnis über uns regnen lassen. Und natürlich spürten wir Kinder, welch große Angst unsere Eltern hatten.

Nachdem der Sprecher erklärt hatte, ans Ende der Ankündigungen der Regierung gelangt zu sein, folgte eine längere Stille und dann spielte ein Orchester „God Save the King" und die Eltern und alle, die bisher vor dem Radio gesessen hatten, standen auf.

Danach schaltete Vater den Empfänger ab. Lange sagte niemand etwas, bis ich das Schweigen brach. Noch heute ist es mir furchtbar peinlich, wie dumm ich mich damals angestellt habe. Mit meinen Worten wollte ich mich wohl auch nur irgendwie gegen all diese bedrückenden Mitteilungen zur Wehr setzen und wenigstens ein Stückchen weit aus den Klauen des Gefühls der Ohnmacht befreien.

„Der hat gesagt, in meine Kleidung soll in Zukunft ein Etikett eingenäht sein, wo mein Name und meine Anschrift drauf stehen. Was soll der Blödsinn? Ich bin doch kein kleines Kind mehr, dass ich vergesse, wer ich bin und wo ich wohne."

„Vielleicht", sagte Vater ernst, „kannst du nicht mehr sagen, wer du bist und wo du wohnst."

Ich habe wohl recht dumm dreingeblickt, während ich diese Antwort verdaute.

„Jetzt mach dem Kind doch nicht unnötig Angst", meinte Mutter zornig. „Es ist auch so alles schon schlimm genug. Du hast doch gehört, was Mr Chamberlain gesagt hat. Wir sollen die Ruhe bewahren und tapfer sein. Dann wird alles gut."

Nie hatte ich bis dahin erlebt, dass einer von meinen Eltern dem anderen gegenüber harsche Worte gebraucht hatte. Ich weiß nicht, ob so etwas hinter verschlossenen Türen passierte, aber es war noch nie vor uns Kindern geschehen. Offensichtlich war Mutter so aufgewühlt, dass sie weit davon entfernt war, Mr Chamberlains Rat befolgen zu können, und das war erstaunlich, denn sie war erzogen worden, die Zähne zusammenzubeißen, was auch immer kommen mochte, und ich kannte sie bisher nur als Menschen, der sich nie gehen ließ.

Einen Moment lang presste Mutter die Lippen zusammen, dann wandte sie sich an Lulu und mich:

„Ihr beide holt jetzt eure Gasmasken, und wir üben in der Bibliothek noch einmal, wie man sie aufsetzt."

Nicht schon wieder, dachte ich. Ich hasste dieses verfluchte Ding. Man setzte es auf, und im Handumdrehen beschlug die Scheibe und man sah alles wie im Nebel. Und außerdem bekam man darunter so schlecht Luft. Aber Mutter war unerbittlich. Wir nahmen vor ihr Aufstellung, die Kartons mit den Masken umgehängt, und dann gab sie das Zeichen. Hastig rissen wir die Masken heraus und stülpten sie uns über den Kopf, immer begleitet von tadelnden Worten, weil wir das nach Mutters Meinung nie schnell genug taten. Wenn wir dann verkleidet wie Außerirdische vor ihr standen, bedeckte sie mit der Hand die Öffnung des Filters und wenn wir dann trotzdem noch Luft bekamen, wurde der Gurt der Maske fester gezogen, bis es richtig wehtat. Und wenn die Maske dann richtig saß, mussten wir unter den Tisch kriechen. Wegen der Bomben, die die Deutschen ja auch gleich mit abwerfen würden. Dann standen wir wieder auf, nahmen die Masken ab, und alles ging von vorne los. Solche Übungen dauerten manchmal eine viertel Stunde lang oder sogar noch länger und endeten meist erst dann, wenn Lulu so bitterlich weinte, dass es sinnlos war weiterzumachen.

„Ihr werdet mir eines Tages noch dankbar sein." Mit diesen düsteren Worten beendete Mutter dann den Maskendrill. Ich habe mich damals immer gefragt, warum die *Großen* das Aufsetzen der Gasmaske nicht zu üben brauchten.

Als ich nach dem Mittagessen mit Abi in den wunderschönen Spätsommernachmittag hinaus wollte, rief Mutter mir hinterher:

„Vergiss deine Gasmaske nicht!"

„Nein, Mutter", antwortete ich resignierend.

Wir legten uns ins Gras und genossen die wärmenden Sonnenstrahlen. Vielleicht würde es einer der letzten Sommertage in diesem Jahr sein. Wir redeten nicht viel, wir hingen beide unseren Gedanken nach. Es herrschte eine friedvolle Stille, die nur dann und wann unterbrochen wurde vom Brummen einer Hummel auf der Suche nach einem letzten bisschen Nektar. Waren sie nicht zu beneiden, diese Hummeln? Sie brauchten sich keine Gedanken über den Krieg zu machen, denn in ihrer kleinen Welt kam so etwas nicht vor.

Das eine oder andere Mal sah ich am Himmel Flugzeuge, aber ich hatte keine Ahnung, ob die kleinen schwarzen Objekte nun deutsche Flugzeuge waren oder unsere eigenen. Sie flogen weit, weit über uns, ohne uns irgendetwas anzutun. Wir hatten erfahren, dass es am Vormittag schon gleich nach der Kriegserklärung Luftalarm gegeben hatte. Er war ein falscher Alarm gewesen, aber wir hatten sowieso nichts davon mitbekommen. Das Dorf war wohl doch zu weit weg und der Klang von Ned Slaters Handsirene hatte uns nicht erreicht.

Mir wurde es langweilig, so vor mich hin zu dösen. „Was machen die Jungs eigentlich?", fragte ich Abi, aber ich bekam keine Antwort. Abi war eingeschlafen. Vielleicht hatte sie wegen des Gewitters in der letzten Nacht auch nur wenig Schlaf bekommen. Ich rappelte mich auf und ging Gino und die anderen suchen. Ich fand sie im Wohnzimmer, wo sie vor dem Radio saßen, um unter keinen Umständen neue Meldungen zu verpassen.

„Nanu, was machst du denn hier?", empfing Billy mich.

„Wir dachten, du spielst draußen im Garten mit Abi."

„Tu ich aber nicht."

„Nein?" Er lachte. „Aber ich hätte jetzt Lust zu spielen. Wer kommt mit auf eine Partie Tennis? Hier passiert doch einfach nichts." Billy konnte nie lange still sitzen, er musste immer in Bewegung sein.

Wir hatten draußen im Garten einen Tennisplatz. Die Eltern fanden das ein wenig snobistisch, aber sie hatten ihn Gino zuliebe anlegen lassen. Wenn er seine Freunde dann und wann übers Wochenende nach *Oaklands House* einlud, sollten sie nicht die Nase rümpfen, weil es hier keinen Tennisplatz gab. Bei Billy zu Hause hatten sie nämlich sogar zwei davon. Unserer war allerdings nicht viel mehr als ein lausiges Stück Rasen, wo die Ränder des Spielfelds markiert waren und sich in der Mitte ein Netz befand. Geschmetterte Bälle wiederfinden war genauso knifflig wie die Suche nach Golfbällen, die im Rauen gelandet waren.

Natürlich war es Gino, der sich Billy als Partner anbot. Ich bin überzeugt, dass ihre Freundschaft einzig und allein auf dem Wunsch beruhte, sich immer und jederzeit mit einem gleichstarken Gegner messen zu können, auf welchem Gebiet auch immer.

Ich blieb mit Sonny und Danny allein zurück.

„Komm, Margie, setz dich zu uns", sagte Sonny.

„Wo ist eigentlich Abi?", fragte Danny.

„Sie liegt draußen im Grass und schläft."

„Die Glückliche. Aber sag mal, Margie, wie geht es dir denn jetzt, ich meine jetzt, wo Krieg ist?" Sonny fragte es mit einer Ernsthaftigkeit, die mir wohltat.

„Also, natürlich ist es schlimm, dass wir diesen Krieg führen müssen, aber wir müssen unser Land und unsere Freiheit verteidigen", erklärte ich fast ein wenig zu feierlich. „Und wir müssen für all das kämpfen, woran wir glauben und ... und was uns wichtig ist. Für das Wahre und das Schöne."

Sonny lächelte. „Das hast du gut gesagt. Und wo hast du das aufgeschnappt?"

„Das hat Vater gesagt."

„Und recht hat er", meinte Danny.

„Aber ein bisschen Angst hast du schon, oder?", fragte Sonny.

„Na klar. Ich bin ja auch ein Mädchen."

„Das hat nichts zu sagen, Margie. Glaub mir, ich habe auch Angst", antwortete er. „Ich bin nämlich drauf und dran, zu einem ganz kleinen Rädchen in dieser großen, furchtbaren Maschine zu werden. Wie alle anderen habe ich dann keine Möglichkeit mehr, ja oder nein zu sagen, oder dass ich es lieber so oder so haben würde. Ich soll einfach nur noch funktionieren, und wenn ich kaputt gehe, kommt schnell ein anderes Rädchen an meinen Platz."

Ich war noch zu jung, um wirklich zu verstehen, was Sonny meinte. Aber ich hatte eine Ahnung, dass er nicht wirklich Angst hatte. Nicht so wie ich in den letzten beiden Nächten. Er meinte etwas anderes, etwas, das damals noch jenseits meines Horizonts lag.

Später saßen wir alle wieder vor dem Radio und hörten die Rede des Königs. Es war eine ergreifende und zu Herzen gehende Ansprache und Mutter hatte am Ende Tränen in den Augen. Aber auch Seine Majestät sprach über sehr komplizierte Dinge, die ich noch nicht so richtig verstand. Trotzdem waren meine Augen am Ende auch ein bisschen feucht, obwohl ich mich fragte, wenn wir Kinder schon in diesem Krieg mit drinstecken, warum redet nicht mal jemand so darüber, dass wir auch verstehen, worum es geht?

Die neue Woche, die erste in diesem Krieg, verlief überraschend ereignislos. Die Deutschen kamen einfach nicht. Sie kämpften weiter in Polen und hatten scheinbar keine Zeit für uns. Wir waren alle furchtbar schockiert, als wir erfuhren, dass schon am Tag der Kriegserklärung ein englisches Passagierschiff, die *SS Athenia*, von einem deutschen U-Boot versenkt wurde und dabei über hundert Menschen das Leben verloren. Am Montag holte die RAF zum Gegenschlag aus und englische Bomber griffen deutsche Kriegsschiffe in Wilhelmshaven und Brunsbüttel an. Was wir damals nicht erfuhren, war, dass sie wenig erreichten und dass drei Viertel von ihnen nicht zurückkehrten.

Am Mittwoch früh gab es noch einmal einen Alarm. Wieder erwies er sich als falsch, und wieder ging die ganze Aufregung an uns vorbei. Das kam dem obersten Luftschutzwart in Sittingborne zu Ohren. Er ordnete an, dass künftig einer von den Warten im Dorf bei Alarm zu uns und zur Farm von Ebenezer Johnson, die noch weiter draußen lag, laufen sollte, um uns mit einer Trillerpfeife zu alarmieren, so wie es dort vorgeschrieben war, wo es keine Sirenen gab.

Rückkehr nach *Sissingden Manor*

Am Sonntagnachmittag fuhr Vater Abi und mich zur alten Sissy. Es war von uns aus kein weiter Weg, dennoch hatte ich Bedenken, ob wir ankommen würden. Betty hatte mir nämlich am Tag zuvor erzählt, was ihr Vater in den *Three Horseshoes* mitbekommen hatte. In letzter Zeit waren in unserer Gegend häufiger Autos aus unerklärlicher Ursache auf offener Strecke stehen geblieben, erzählte sie. Und warum wohl? Nun, die Armee hatte eine neue Geheimwaffe entwickelt, eine Strahlenkanone, mit der Motoren, seien es die von Autos, von Panzern oder von Flugzeugen, zum Stillstand gebracht werden konnten. Und diese Wunderwaffe wurde nun hier in unserer Gegend erprobt. Natürlich ganz im Geheimen. Das registrierten die Bevölkerung natürlich mit gemischten Gefühlen. Lästig war es, auf diese Weise aufgehalten zu werden, aber andererseits waren die Menschen froh, dass wir jetzt solche Waffen besaßen. Leider waren auch die deutschen Wissenschaftler nicht untätig. So hatte Bettys Vater auch erfahren, dass sie ein Vitamin entwickelt hatten, dessen Einnahme den deutschen Soldaten jegliche Angst nahm und sie zu emotionslosen Kampfmaschinen machte. Warum hatten wir nichts dergleichen?, fragten sich die Leute in den *Three Horseshoes* besorgt. Heute mag man darüber lächeln, was damals für Geschichten im Umlauf waren und sogar von fast allen geglaubt wurden. Aber es wusste nun mal keiner, wie dieser neue Krieg werden würde, und wir alle hielten schlicht und ergreifend alles für möglich. Vielleicht war manches sogar wahr. So erzählte Evans, in einer Firma in Faversham, wo einer seiner Kumpels arbeitete, würden jetzt auf Anordnung der Behörden nur noch Gestelle für die Aufbewahrung von Leichnamen hergestellt. Angeblich rechnete man, sobald die Deutschen ihre Bomber schickten, mit bis zu 50.000 Toten wöchentlich allein in London. Also würden riesige Leichenhallen gebaut, für die man auch die entsprechende Ausstattung bräuchte. Im Dorf mag manch einer diese Zahlen für ein wenig übertrieben gehalten haben, aber wirklich nur ein wenig.

Gott sei Dank erreichten wir *Sissingden Manor* an diesem Tag, ohne von der geheimen Wunderwaffe beschossen worden zu sein. Ich verabschiedete mich eher flüchtig von meinen Eltern, zu groß war die Aufregung, jetzt wieder in die kleine Welt meines Internats einzutauchen. Früher, als ich noch kleiner war, da hatte es bei der Trennung immer viele Tränen gegeben, aber im Laufe der Jahre war die alte Sissy für mich zu einem zweiten Zuhause geworden und die Lehrerinnen und Mitschülerinnen zu einer zweiten Familie.

Abi und ich wohnten von Anbeginn an in jenem Nebengebäude, das *St Barbara* genannt wurde. Alle Häuser in der alten Sissy trugen die Namen von Heiligen. Jeweils bis zu zehn Schülerinnen teilten sich einen Schlafsaal, und bei der Ankunft nach den großen Ferien rannte eine jede sofort zum Schwarzen Brett, um zu sehen, in welchem Schlafsaal und vor allem mit wem zusammen sie im neuen Schuljahr untergebracht war.

„Da, Abi, schau! Wir sind beide im Dorm 2."

„Gott sei Dank! Ich weiß nicht, was ich getan hätte, wenn sie uns getrennt hätten." Vor Erleichterung schlug Abi die Hände vor die Brust und atmete tief durch.

„Und da! Lou und Polly. Und Freddie."

Ja, da standen sie, die Namen unserer Freundinnen: Louise Barlow, Pauline Renshaw und Winifred Wyler, alle auf dem Blatt, auf dem ganz oben *St Barbara*, Dorm 2 stand.

Es hatte etwas unendlich Beruhigendes, wieder in dieser vertrauten Umgebung unter vertrauten Menschen zu sein. Ich glaube, in den Jahren, die ich in der alten Sissy verbrachte, betrachtete ich sie eher als mein Zuhause als *Oaklands House*. Ferien waren aufregend und voller Abenteuer, das Internat hingegen war genau reglementiert und ein Tag glich dem anderen. Möglicherweise fühlen wir uns im immer gleich Bleibenden eher zu Hause, weil es uns Geborgenheit vermittelt.

Wir Mädchen freuten uns sogar, Notty und die anderen Govs wiederzusehen. Notty, so nannten wir unsere Schulleiterin Miss Arbuthnot, denn gerade die letzte Silbe ihres Namens versinnbildlichte unserer Meinung nach die Rolle, die sie in der alten Sissy spielte, nämlich uns ständig mit irgendwelchen Verboten zu traktieren. Sie war eine ältere Dame, die Augen hinter dicken Brillengläsern verborgen, mit dünnem, grauem Haar, das streng zurückgekämmt in einem Dutt endete. Nie in all den Jahren habe ich sie mit offenen Haaren gesehen.

Unter den Govs gab es solche und solche. Einige waren eher mütterliche Typen, die sich liebevoll vor allem um die Kleinen kümmerten. Mit zunehmendem Alter bekam man es als Schülerin dann aber mit immer skurrileren Lehrerinnen zu tun. Miss Ratchett zum Beispiel, die wir der Einfachheit halber kurz die Ratte nannten, war alles andere als mütterlich. Sie war groß und hager, von unbestimmbarem Alter mit stechenden, grauen Adleraugen. Eine aus der Sechsten hatte kurz vor den großen Ferien eine Menge Ärger bekommen, als sie im Übermut und zur grenzenlosen Belustigung ihrer Clique erklärt hatte, die Ratte sei in Wirklichkeit ein verkleideter Mann und nicht nur das, sondern zudem ein Talentsucher aus Hollywood. Dummerweise hatte eine von den Govs das mitbekommen.

Schon gleich am Montag, dem ersten Unterrichtstag, wurde unser Alltag durcheinandergewirbelt. In der kleinen Pause lief die Nachricht, deutsche Fallschirmspringer seien nicht weit von hier gelandet, wie ein Lauffeuer durch die Schule.

Wir wussten damals, dass die Flugzeuge nicht nur Bomben, sondern auch Soldaten bringen konnten. Irgendwo würden sie abspringen und plötzlich den Kampf gegen uns im Rücken unserer Streitkräfte beginnen. Viele waren überzeugt, dass sie auch verkleidet sie vom Himmel fallen würden: als englische Polizisten, als Geistliche, sogar als

Nonnen oder wer weiß was. Den Deutschen musste man alles zutrauen!

Gleich nach der Pause stand Geschichte auf dem Stundenplan. Das unterrichtete Miss Melland. Sie war unsere Klassenlehrerin, und nicht nur das, sondern als Hausmistress hatte sie auch in *St Barbara* das Sagen. Sie war eine junge und sehr beliebte Lehrerin. Manchmal wurde sie Mel genannt, aber meist war sie für uns einfach Miss Melland, selbst dann, wenn sie außer Hörweite war. Bei ihr im Unterricht waren wir immer bemüht, uns zusammenzureißen. Heute hatte sie allerdings große Mühe, uns zu bändigen.

„Miss, stimmt es, dass die Deutschen gelandet sind?", fragte Freddie.

Miss Melland sah sie streng an, aber bevor sie etwas sagen konnte, schwirrten weitere Fragen durch den Raum.

„Werden die Deutschen jetzt auch mit ihren Schiffen über den Kanal kommen, Miss?"

„Und Miss, wenn sie hier auftauchen, die Deutschen, sollen wir uns dann in unseren Häusern verbarrikadieren?"

„Dann fällt doch heute Nachmittag sicher Mathematik aus, Miss, oder?", fragte Cowper.

Da huschte ein Lächeln über Miss Mellands Gesicht.

„Nun Mädchen, ich muss euch enttäuschen. Der Jerry steht noch lange nicht vor der Tür. Was jemand heute früh gesehen hat, war nichts anderes als einer von unseren Piloten. Seine Maschine hatte einen Defekt, und er konnte sich gerade noch rechtzeitig mit seinem Fallschirm in Sicherheit bringen."

Wir haben in diesem Augenblick ziemlich dumm drein-geschaut, fast als wären wir tatsächlich enttäuscht, dass die Deutschen nun doch nicht kamen.

„Und jetzt, Mädchen, hört mir mal gut zu. Glaubt nicht jedes Gerede, das euch zu Ohren kommt. Der König und die Regierung tun alles, um uns vor den Deutschen zu schützen, und ihr könnt sicher sein, sie werden die Jerrys auch im Handumdrehen ins Meer zurückwerfen, sollten sie tatsächlich so dumm sein, hier zu landen. Aber wir müssen alle fest zusammenstehen. Ihr dürft Seiner Majestät und Mr Chamberlain nicht in den Rücken fallen, indem ihr irgend-welchen Gerüchten Glauben schenkt. Das gehört sich nicht, und schon gar nicht für die Mädchen von *Sissingden Manor*. Verstanden?"

Wir alle nickten betreten, und einige murmelten: „Ja-wohl, Miss".

„Gut, und jetzt an die Arbeit, Mädchen."

Aber so sehr Miss Melland sich mühte, wir waren an diesem Tag einfach wie vernagelt und nicht bei der Sache, und je länger sich die Stunde hinzog, desto ungehaltener wurde sie. Zwei von uns mussten schließlich sogar bis zur nächsten Geschichtsstunde Zeilen schreiben. Die erste musste 50 Mal schreiben „Ich darf den Geschichtsunter-richt nicht stören, indem ich mit meiner Nachbarin schwatze." und die nächste sogar 100 Mal.

Zeilen schreiben war eine in der alten Sissy gerne ver-hängte Strafe. Nur wenn man Arrest bekam, blieben einem die Zeilen erspart. Während des Arrests musste man näm-lich die Schulordnung abschreiben. Das hatte Notty so festgelegt. Das, so meinte sie, sei viel lehrreicher, als Zeilen schreiben.

Miss Melland verzichtete normalerweise auf solche Strafen, aber vielleicht war auch ihr die Aufregung an diesem Morgen ein wenig an die Nerven gegangen.

Zum Mittagessen gab es – wie auch schon so oft im letzten Schuljahr und in allen Schuljahren davor – Blumenkohl mit Käsesoße. Es schien, als sollte uns gleich am ersten Tag demonstriert werden, dass die Zeit der Leckereien, die wir daheim genossen haben mochten, nun vorbei war.

Wir verschlangen hastig den matschigen Kohl mitsamt der von einer dicken Haut überzogenen Soße, die viel Mehl und wenig Käse enthielt. Wir wollten nämlich schnell nach draußen, um die Zeit bis zum nächsten Unterricht mit Lacrossespielen zu verbringen.

Lacrosse stand auf der Liste der in der alten Sissy gepflegten Mannschaftsspiele ganz oben, woran man bereits erkennen konnte, dass diese Schule nichts für verzärtelte Zuckerpüppchen war, oder wenn ein ungnädiges Schicksal doch eine von ihnen hierher verschlagen hatte, dann hatte sie ein schweres Los erwischt. Das oberste Gebot in der alten Sissy war, Ungemach und Härten klaglos zu ertragen, und um das zu erlernen, war Lacrossespielen ganz hervorragend geeignet. Auf dem Papier mutet das Spiel recht harmlos an. Vielleicht ist es das auch, sofern sich alle an die Regeln halten. Aber wenn ein Haufen gesunder, kräftiger Mädchen, von denen ein jedes mit einem fast einen Meter langen Lacrosseschläger bewaffnet ist, hinter ein und demselben Ball hinterherjagt, kann es schon recht ruppig zugehen, und heute waren wir alle völlig überdreht. Der erste Schultag nach den Ferien und dann auch noch die Sache mit den deutschen Fallschirmjägern, die sich am Ende zwar in Luft auflösten, aber trotzdem, das alles war einfach zu viel für uns und suchte ein Ventil.

Natürlich ist es verboten, eine gegnerische Spielerin vorsätzlich mit dem Schläger zu treffen, aber im Eifer des Gefechts geschieht es natürlich manchmal schon, und heute schienen wir es geradezu darauf anzulegen. Miss Paget, unsere Sportlehrerin, die eigentlich die Aufsicht führen sollte, stand neben dem Spielfeld und unterhielt sich angeregt mit Miss McTabbert und ließ uns gewähren. Für die beiden gab es heute offensichtlich wichtigere Dinge als die Frage, ob wir die Regeln einhielten oder nicht.

Nach zwei Stunden saßen wir wieder im Klassenzimmer, völlig ausgepumpt und von den Kriegssorgen endgültig abgelenkt durch all die schmerzenden blauen Flecke, die wir uns auf dem Spielfeld eingehandelt hatten. Mich überkam ein schlechtes Gewissen, und ich fürchtete, Ärger zu bekommen. Hatten die Govs möglicherweise doch mitbekommen, dass Mason ein paar Male ganz übel mit meinem Schläger Bekanntschaft gemacht hatte? Nicht dass sie mir leidgetan hätte. Wir mochten einander nicht. Überhaupt nicht. Sie war in derselben Klasse wie ich, aber sie wohnte in *St Cecilia*. Sie war ein drahtiges Mädel, strohblond mit einem dicken Zopf und wenn sie lächelte, sah es immer aus, als würde sie die Zähne fletschen.

Wir waren uns schon ziemlich oft in die Haare geraten. Da war zum Beispiel diese blöde Sache gegen Ende des letzten Schuljahrs. Da hatte Mason eines Tages in der kleinen Pause vor der Englischstunde mit Miss Ratchett eine tote Maus aufs Pult gelegt. Auch wenn es nur eine Maus war, hatte die Ratte die Anspielung natürlich sofort verstanden. Alle Govs bekamen früher oder später irgendwie mit, wie wir sie nannten. Die Sache schlug ziemlich hohe Wellen. Vor allem weil Miss Ratchett der Übeltäterin den Gefallen tat, die Sache an die große Glocke zu hängen. Andere Govs hätten diesen Streich möglicherweise eleganter pariert, nicht so die Ratte. Sie liebte es, sich über die Impertinenz von uns Schülerinnen zu echauffieren. Auf dem Höhepunkt der Affäre mussten alle aus der Klasse einzeln in Nottys Büro erscheinen und wurden von ihr in die Mangel genommen. Aber keine wurde schwach. Die Angst, vor den anderen als Petze dazustehen, war einfach zu groß. Schließlich bekamen wir alle fünfzehn ein Wochenende Ausgangssperre.

Ich war total sauer und habe Mason meine Meinung gesagt, dass sie ein Feigling sei, und warum sie nicht zugegeben hätte, die Urheberin des Streichs zu sein? Dann wäre nur sie bestraft worden und nicht wir alle. Aber Mason hat mich nur ausgelacht.

„*Du* hättest dich bestimmt nicht getraut, der Ratte eine kleine Morgengabe aufs Pult zu legen, oder? Wer von uns beiden ist also ein Feigling, Civitella?"

„Bist du auf diesen Kinderkram auch noch stolz?"

„Dann mach du doch mal was Intelligentes." Sie grinste und ließ mich stehen.

Ich bin überzeugt, Mason hat es genossen, dass wir alle für das bestraft wurden, was sie getan hatte. Aber ich war komischerweise die einzige, die wütend darüber war. Die anderen nahmen Nottys Strafe mit einem gewissen Gefühl von Stolz entgegen. Sie hatten in einer Auseinandersetzung mit den Govs nicht klein beigegeben, und die Ausgangssperre war wie eine Art Ritterschlag, eine Anerkennung ihres Durchhaltevermögens.

Diese Ausgangssperre bedeutete, dass eine jede von uns sich das Wochenende über in der Freizeit alle 60 Minuten bei der aufsichtsführenden Lehrerin zu melden hatte. Selbst wenn man die Schule gar nicht verlassen wollte, lebte man die ganze Zeit mit einem ängstlichen Blick auf die Uhr. Die kleinste Unpünktlichkeit bedeutete, richtig Ärger zu bekommen. Sogar unser Mittagessen mussten wir hastig herunterschlingen, weil der Zeitpunkt für die Meldung genau in der Mitte der Essenszeit lag und *essen* war keine Entschuldigung für Zuspätkommen.

Wir versammelten uns vorsichtshalber immer schon ein paar Minuten früher vor der Tür von Miss Montague, Nottys Stellvertreterin. Auf die Minute genau klopfte dann eine von uns, und Glue erschien. Anhand ihrer Liste überprüfte sie, ob alle da waren. Das machte sie jedenfalls das erste und das zweite Mal, danach begnügte sie sich damit, einfach durchzuzählen. Waren fünfzehn da, wurden wir wieder weggeschickt.

„Hey, was willst du denn hier?", fragte Polly Renshaw, als wir uns am Nachmittag wieder einmal bei Glue einfanden.

Harris legte den Finger an die Lippen. „Mach doch nicht so ein Geschrei", flüsterte sie. „Es darf doch keine fehlen, oder?"

Wir haben etwas dumm aus der Wäsche geguckt, denn wir begriffen erst nicht, was sie meinte. Harris war nämlich gar nicht aus unserer Klasse.

„Wir sind tatsächlich fünfzehn", sagte Louise Barlow, die schnell durchgezählt hatte.

„Verdammt!", stieß ich hervor. „Mason, dieses Aas. Diese ..."

Wieder zählte Glue nur kurz durch und entließ uns.

Draußen knöpfte ich mir Harris vor. „Wo ist Mason?"

„Sie wollte runter an den See. Sie sagte, sie bräuchte mal ein wenig Ruhe. Dieses ständige Antreten vor Glues Tür sei ihr auf die Nerven gegangen."

Zähneknirschend registrierte ich, dass auch eine Stunde später Harris anstelle von Mason erschien. Erst zum Tee kehrte Mason von ihrem Spaziergang zurück.

Sie setzte sich mir genau gegenüber und grinste mich an. Ich konnte es mir nicht verkneifen, sie anzugiften – natürlich *sotto voce*! –: „Schämst du dich nicht? Deine Strafe einfach auf eine völlig Unschuldige abzuwälzen?"

„Reg dich nicht auf", kam Masons geflüsterte Antwort. „Sie passt doch hervorragend zu euch, zur Herde der Unschuldslämmer. Da habe ich als schwarzes Schaf doch nun wirklich nichts zu suchen, oder?"

Einen Moment lang spielte ich mit dem Gedanken, ihr unterm Tisch einen Tritt zu versetzen, aber dann beherrschte ich mich.

„Wenn du beim nächsten Mal wieder fehlst ...“

„Dann ...?“ Mason grinste mich gut gelaunt an. „Willst du mich dann etwa verpfeifen?“

Natürlich war das eine leere Drohung von mir gewesen, aber sie sollte am Ende nicht ohne Wirkung bleiben.

Beim nächsten Mal fehlte Mason erneut. Sie hatte wohl gar nicht vorgehabt, wieder zu schwänzen, aber nach dem, was ich gesagt hatte, war es für sie Ehrensache, noch einmal Harris zu schicken. Aber an Glues Tür hing ein Zettel.

Bei Miss Trott melden! stand drauf.

Glue war ausgegangen.

Miss Trott wohnte gleich gegenüber. Sie war unsere Geographielehrerin. Sie war eine alte Dame mit einem schmalen, fast asketischen Gesicht, die ihr schütteres, graues Haar kurz und seitlich gescheitelt trug. Sie sah sehr streng aus, aber nur so lange, wie sie nicht auf die ihr eigene Art spitzbübisch lächelte, und das tat sie ziemlich oft. Wenn sie hingegen nicht lächelte und ihre graublauen Augen eine Schülerin fixierten, wurde derjenigen Angst und Bange. Ich habe mich immer gefragt, welches die wahre Miss Trott war, die ernste oder die lächelnde. Ihr hatte Glue nun also die Aufsicht übergeben. Die Aufsicht und die Liste.

Es war ihre ernste Miene, mit der sie jetzt vor uns stand und die Namen vorlas. Die Aufgerufenen reagierten mit *Ja, Miss* oder *Hier, Miss*.

Als sie bei *Mason* anlangte, antwortete Harris mit so schüchternem Stimmchen, dass Miss Trott überrascht aufsah und nochmals fragte: „Mason?“

Schweigen.

„Mason? Wo ist Mason?"

Keine Reaktion.

„Wer hat eben *Ja, Miss* gesagt?" Von einem Lächeln war Miss Trott jetzt ganz, ganz weit entfernt.

Harris, die versucht hatte, sich hinter uns zu verstecken, sah keinen anderen Ausweg mehr, als den Finger zu heben.

„Du, Harris?"

„Ja, Miss."

Miss Trott warf einen kurzen Blick auf ihre Liste, fand Harris' Namen nicht und begriff.

„Ich glaube, ich habe ein Wörtchen mit dir zu reden, Harris." Es hätte keines stechenden Blickes bedurft, um Harris schaudern zu lassen. „Ihr anderen könnt gehen."

Als wir außer Hörweite waren, meinte Polly grinsend: „Jetzt stecken die beiden aber ganz schön tief im Schlamassel."

„Hat jemand Lust, Mason die freudige Nachricht zu überbringen?", fragte Louise Barlow vergnügt.

„Halt den Schnabel, du dummes Schaf", sagte Freddie. „Komm den Govs nicht unnötig in die Quere. Du weißt doch, *die Rache ist mein* und so weiter. Besser, man hält sich da raus."

Wir waren erstaunt, als wir ein paar Tage später erfuhren, dass Notty den beiden Übeltäterinnen nur eine Stunde Abschreiben der Schulordnung aufgebrummt hatte. Irgendwie musste es Mason gelungen sein, sich rauszureden. Sie war einfach ein raffiniertes Luder.

Also wollte ich wenigstens Masons Herausforderung annehmen und ihr zeigen, zu was für Streichen *ich* fähig war. Eine ganz simple Idee, ein Schabernack, den sich die Schlafsäle eines Hauses gegenseitig spielten, war der Ausgangspunkt. Immer wieder kam es vor, dass jemand nach dem *Lichtaus!* in den Flur schlich, vorsichtig die Tür eines anderen Schlafsaals einen Spalt breit öffnete, das Licht dort einschaltete und schnell flüchtete. So war eine von den Bewohnerinnen gezwungen, aufzustehen und das Licht wieder zu löschen, denn wehe, die Hausmutter bekam mit, dass irgendwo nachts Licht an war. Das war innerhalb eines Hauses ein harmloser und einfacher Spaß, aber einen solchen Streich in einem anderen Haus zu spielen, darauf war noch niemand gekommen. Es war einfach zu kompliziert. Mit Polly und Freddie, die mir für mein Vorhaben am besten geeignet schienen, begann ich eine generalstabsmäßige Planung. Am Ende sagten wir uns, dass unser Vorhaben klappen könnte. Oder auch nicht. Aber wir wollten es auf jeden Fall versuchen.

Wir nutzten die offenstehenden Fenster des Waschraums von *St Cecilia*, um dort einzudringen. Dann schlich eine jede von uns auf ihren Platz. Die leichteste Aufgabe hatte Freddie. Sie war ein treuherziges Geschöpf, mutig und auch zuverlässig, aber es war gefährlich, ihr zu viel zuzutrauen. Deshalb bestand ihre Aufgabe einfach nur darin, energisch an der Tür der Hausmutter Miss Smithers zu klopfen und, sobald sie durchs Schlüsselloch sehen konnte, dass im Zimmer von Smitty das Licht anging, Polly durch einen Pfiff zu alarmieren und dann schleunigst die Flucht zu ergreifen.

Auf Polly Renshaw konnte man schon eher bauen. Sie war klein und flink wie ein Eichhörnchen und hatte nichts als Blödsinn im Kopf. Sie war der Spaßvogel von *St Barbara*. Sie wartete ein Stockwerk höher an der Treppe, bis unten im Flur das Licht anging. Dann zerschlug sie einen aus der Küche stibitzten Teller, was in der Totenstille des Hauses wie ein Schuss oder eine Explosion klang.

Polly hatte schon vorab ein Fenster geöffnet, durch das sie nun schleunigst verschwand. Draußen hangelte sie dann an einem Spalier lautlos hinunter.

Jetzt kam mein großer Auftritt. Das Herz schlug mir bis zum Hals. Ich lauschte auf die Schritte von Smitty. Gott sei dank, gab es hier eine alte, knarrende Holztreppe. Ich stand am anderen Ende des Flurs und zählte die Schritte.

Das war der gefährlichste Moment unseres Unterfangens. Wenn ich mich von der Angst überwältigen ließ und zu früh zuschlug, war der Streich misslungen. Wartete ich zu lange, würde Smitty mich erwischen. Noch wenige Sekunden, bis die Hausmutter oben anlangte und auch hier das Licht einschalten konnte. Ich öffnete die Tür zum Schlafsaal, in dem auch Mason schlief, betätigte den Lichtschalter. Die Tür ließ ich einen Spalt offen. Mit zwei, drei Sprüngen war ich am nächstgelegenen Fenster. Darunter stand eine Leiter. Die hatten wir uns zuvor beim Schuldiener *ausgeliehen*. Kaum war mein Kopf unterhalb des Fenstersimses verschwunden, ging im Flur das Licht an. Ich hatte es geschafft. Eine Sekunde später und Smitty hätte mich gesehen. Behände wie ein Äffchen kletterte ich die Leiter runter. Kaum dass ich wieder festen Boden unter den Füssen hatte, schnappten sich Freddie und Polly die Leiter und blitzartig suchten wir das Weite.

Als ich später hörte, wie die Sache ausgegangen war, hätte ich vor Freude am liebsten Purzelbäume geschlagen. Mason schlief im Bett, das der Tür am nächsten war, und deshalb war sie es – wie ich es mir erträumt hatte! –, die aufstand, um das Licht wieder auszumachen. Sie lief der Hausmutter genau in die Arme.

Smitty war eine verhärmte alte Jungfer, die immer ein schwacher Hauch von Mottenkugeln umwehte, und ihre Mädchen konnten einem wirklich leidtun. Nicht wegen der Mottenkugeln, sondern weil sie die unangenehme Eigenart hatte, ständig einen uralten Turnschuh, einen mit einer glatten Gummisohle, in der Rocktasche mit sich herumzutragen. Den holte sie immer dann hervor, wenn sie meinte, sich bei einem der Mädchen Respekt verschaffen zu müssen. In *St Cecilia* nannten sie Smitty deshalb in einem Anflug von Galgenhumor manchmal auch *Slipper's delight*.

Vielleicht lag es an der Erinnerung an diese und andere Reibereien zwischen Mason und mir, dass mein Lacrosseschläger heute, an diesem denkwürdigen ersten Schultag nach den Ferien, Mason mehrmals empfindlich getroffen hatte. Nicht dass ich es absichtlich getan hätte. Nein, selbstverständlich nicht! Aber ich hatte mir auch nicht viel Mühe gegeben, sie nicht zu treffen. Und als die geschicktere Lacrossespielerin war es für mich ein Leichtes, ihren Versuchen, sich zu revanchieren, auszuweichen.

Eine Weile lang hatte ich ein wenig Bammel, Miss Paget oder Miss McTabbert könnte doch etwas aufgefallen sein und dass ein Donnerwetter auf mich zukommen würde. Aber nichts dergleichen geschah. Was ich nicht ahnte, war, dass Mason von nun an vor sich hin brütete, wie sie mir die Schläge heimzahlen könnte.

Nachdem der erste Schultag nur diesen einen Fehlalarm gebracht hatte, vergingen auch die weiteren Tage, Wochen und Monate ereignislos. Zumindest warteten wir vergebens auf die Deutschen. Der Krieg kam nicht zu uns. Polen war schnell von den Deutschen überrannt worden und danach passierte vorerst nicht mehr viel. Jedenfalls nicht an Land. Auf dem Meer jedoch tobte er, der Krieg. Schon am ersten Tag hatte es ja mit der Versenkung der SS *Athenia* begonnen, und es ging mit unverminderter Heftigkeit weiter. Handelsschiffe wurden reihenweise von den deutschen U-Booten auf den Meeresgrund geschickt und in der dritten Kriegswoche auch ein britischer Flugzeugträger. Am 14. Oktober erhielt dann sogar eines der Schlachtschiffe, die *Royal Oak*, in Scapa Flow mehrere Torpedotreffer und sank. Aber auch wenn solche Nachrichten zu fetten Schlagzeilen in den Tageszeitungen wurden, blieben wir sonderbar unberührt davon. Brav trugen wir alle unsere Gasmasken mit uns herum, verdunkelten unsere Behausungen und viele, die das bisher noch nicht getan hatten, bauten sich in ihrem Garten einen von diesen kleinen, *Anderson shelter* genannten Luftschutzbunkern, die natürlich allenfalls vor herumfliegenden Trümmern und Bombensplittern schützen konnten, im Falle eines Volltreffers aber keinen Schutz boten.

Aber die Menschen zweifelten langsam ein wenig am Sinn dieser Maßnahmen, weil weder die Engländer und Franzosen auf der einen, noch die Deutschen auf der anderen Seite Ernst machen wollten mit dem Krieg. Viele Kinder, die Anfang September evakuiert worden waren, kehrten zu ihren Eltern nach London oder die anderen Großstädte zurück.

Auch die alte Sissy blieb, wo sie immer gewesen war. Das Gerücht jedoch, sie werde am Ende doch noch evakuieren werden, wollte nie ganz verstummen.

Die Welt jenseits der Schule

Es dauerte nicht lange, bis Danny Chatzmann einen Brief mit der Aufforderung erhielt, vor einem Tribunal zu erscheinen. Das mussten damals alle männlichen feindlichen Ausländer zwischen 16 und 60 Jahren. Als feindliche Ausländer betrachtete man alle in England lebenden Deutschen und Österreicher. Dieses Tribunal würde Danny anhören und dann in die Kategorie „A", „B" oder „C" einstufen.

War man „A", so bedeutete das, dass man ein überzeugter Nazi war und eine Gefahr für das Königreich darstellte. In diesem Fall wurde man sofort interniert. War man „B", blieb man vorläufig in Freiheit, musste sich allerdings eine

Reihe von Einschränkungen gefallen lassen. So durfte man kein Fernglas, keinen Fotoapparat und keine Landkarten mehr besitzen und man brauchte eine polizeiliche Erlaubnis, wenn man sich mehr als fünf Meilen von seinem Wohnort entfernen wollte. Nur wer „C" war, galt als ungefährlich.

Natürlich ging Danny davon aus, als „C" eingestuft zu werden, aber Mr Pardo, Abis Vater, der ein angesehener Anwalt war, nahm ihm ein wenig von seiner Zuversicht.

„Es gibt auch in England Vorbehalte gegenüber Juden", sagte er zu Danny am Abend, bevor der vor dem Tribunal erscheinen sollte. „Es hat schon Fälle gegeben, dass jemand ein „B" bekommen hat, nur weil er Jude war, und das, obwohl er doch gerade deshalb vor den Nazis aus Deutschland geflohen war. Übertreib also ruhig ein bisschen deine Abneigung gegen Hitler und sein Regime. Und noch etwas merk dir, mein Junge." Mr Pardo trank einen kleinen Schluck Portwein. Den trank er jeden Abend nach dem Dinner, seit er in Oxford studiert hatte. „Vermeide alles, was den Verdacht erwecken könnte, dass du mit den Kommunisten und ihren Ideen sympathisierst."

Als Danny protestieren wollte, hob Mr Pardo beschwichtigend die Hand.

„Ihr jungen Leute denkt doch heute alle, dass es nur noch ein kleiner Schritt ist hin zum Paradies auf Erden, solange man nur tut, was Marx und Lenin gesagt haben. So zu denken, ist ein Vorrecht der Jugend. Erwachsen werdet ihr noch früh genug. Aber vergiss nicht: Deutschland und die Sowjetunion sind heute Verbündete. Wenn du vor dem

Tribunal als Deutscher *und* als Jude *und* als Kommunist dastehst, das wäre das Schlimmste, was dir passieren kann."

Nach diesem Gespräch sah Danny der Vernehmung durch das Tribunal mit gemischten Gefühlen entgegen.

Es war während der Ferien in der Mitte des Herbstab-schnitts, als die Liebelei zwischen David Godfrey und Mary eine dramatische Wendung nahm, und das lag an Frank Evans, unserem Gärtner.

Er war das, was man früher einen Schürzenjäger nannte. Er stellte den weiblichen Hausangestellten nach und in seiner Freizeit auch den jungen Mädchen im Dorf. Er war Anfang zwanzig, aber nicht das, was man einen gut aussehenden Mann nennen konnte. Allerdings besaß er diese Mischung aus Dreistigkeit und schier unbegrenztem Selbstvertrauen, dem viele weibliche Wesen damals nur schwer widerstehen konnten. Es war ja noch die Zeit, als Männer das Sagen hatten und Frauen, vor allem die aus dem einfachen Volk, sich ihnen unterordnen mussten. Da fiel es einem Frank Evans in seiner selbstherrlichen Art nicht schwer, eine Frau oder ein Mädchen zu übertölpeln und sich gefügig zu machen.

Mrs Morgan, unsere Köchin, war allerdings vor ihm sicher. Sie war so alt, sie hätte seine Mutter sein können, und als er sich dennoch an sie heranmachte, reagierte sie auch so wie eine Mutter. Betty, die pummelige Tochter von Higgins, dem Sakristan, war ein ziemlich freches Ding und ließ ihn auch abblitzen. Also blieb Evans nichts anderes übrig, als sein Glück bei dem anderen unserer Dienstmädchen, bei Mary, zu versuchen. Nelly, ihre Vorgängerin, die Evans Nachstellungen erlegen war, hatte Mutter zu ihren Eltern zurückgeschickt, als klar wurde, dass sie schwanger war.

Mary in ihrer versponnenen Art, scheinbar immer ein wenig in höheren Sphären weilend, war nicht fähig, sich Evans zu widersetzen. Nicht einmal die Liebe, die David Godfrey für sie empfand, gab ihr die Kraft dazu. Sie litt sicher darunter, zwischen zwei Männern zu stehen, aber sie hatte nicht gelernt, ihr Leben selbst in die Hand zu nehmen. Sie genoss es, dass der eine Mann sie auf romantische Weise anbetete, dem anderen aber gab sie ihren Körper hin in flüchtigen Begegnungen, immer in der Angst, von irgendjemandem überrascht zu werden. Wenn ich heute über sie nachdenke, frage ich mich manchmal, ob sie an diesen heimlich genossenen Ausbrüchen animalischer Lust, die sie mit Evans erlebte, nicht viel mehr Gefallen fand als an Davids Schwärmerei.

Aber auf Dauer blieben die kurzen Zusammenkünfte in Evans Geräteschuppen oder des Nachts im Gesindehaus nicht unbemerkt. Betty machte ihrem Vater gegenüber Andeutungen, und der konnte es sich nicht verkneifen, beim Bier in den *Three Horseshoes* mit seinem Wissen zu prahlen. Es gab ja trotz des Krieges, der auch immer noch kein richtiger Krieg war, so furchtbar wenig, worüber man sich in der Kneipe eines kleinen Dorfes die Mäuler zerreißen konnte. So kam die Geschichte natürlich auch David, der seinem Vater oft hinterm Tresen zur Hand ging, zu Ohren.

David war schwer getroffen in seinen tief empfundenen Gefühlen für Mary und jetzt hin und her gerissen, gegen wen er seinen Zorn, ja seinen Hass richten sollte, gegen Mary, die Treulose, oder gegen den Nebenbuhler. Er versah mehr recht als schlecht seinen Dienst im Pub, unfähig an etwas anderes zu denken als an Mary und an Evans und an Mary *und* Evans. Endlich kam die Sperrstunde, und als der Vater auch den letzten Gast vor die Tür gesetzt hatte, machte David sich auf den Weg nach *Oaklands House*. Er wusste, dass nur die Köchin im Hauptgebäude ein Zimmer unterm Dach hatte, während der Gärtner und die beiden Mädchen in dem kleinen Gebäude abseits vom Haupthaus wohnten.

Dorthin ging David. Er fand die Haustür unverschlossen.

Irgendwann in dieser Nacht wurde ich wach, weil mich jemand an der Schulter gepackt hatte und rüttelte. Es war Lulu.

„Da draußen ist was", sagte sie.

Ich blickte in Richtung Fenster. Ich hatte wie gewohnt nach dem Löschen des Lichts den Vorhang ein wenig beiseitegeschoben. Jetzt sah ich dort einen kleinen Ausschnitt der stillen, nächtlichen Welt draußen im bleichen Mondlicht liegen.

„Hast du schlecht geträumt, Lulu?"

„Nein, da ist was. Ganz bestimmt."

Jetzt hörte ich es auch. Es klang, als würde jemand eine Kiste oder so etwas Ähnliches eine Treppe hinunterwerfen.

Ich sprang aus dem Bett und lief zum Fenster, riss es auf. Draußen war nichts zu entdecken. Schon wieder erklang dieses sonderbare Rumoren.

„Ich schaue nach, was da los ist", sagte ich zu Lulu, während ich meinen Morgenmantel anzog. „Und du bleibst hier, verstanden?"

Ich schlich durch die Finsternis zur Treppe und vorsichtig stieg ich langsam die Stufen zur Halle hinunter. Wohl war mir nicht bei der Sache, aber ein bisschen neugierig war ich schon. Ich tastete mich den langen Korridor entlang zum Wintergarten. Durch den hindurch konnte ich am einfachsten ins Freie gelangen.

Die Tür öffnete sich zum Eibengarten hin. Wie romantisch er nachts im Mondlicht doch aussieht, dachte ich. Dann war da wieder dieser rätselhafte Krach. Er kam aus Richtung des Gesindehauses. Jetzt klang es sogar, als würde dort Geschirr zerschlagen. Ich schlich an der Fensterfront des Salons vorbei darauf zu, ganz behutsam, denn im ersten Stock darüber befanden sich die Schlafzimmer der Eltern.

Als ich das Gesindehaus vor mir sah und noch überlegte, ob ich mich ihm wirklich nähern sollte, ging dort die Tür auf und heraus kamen David Godfrey und ... und Betty. Betty? Kein Zweifel möglich, auch im schwachen Mondlicht konnte man die große, schlanke Mary und die kleine, pummelige Betty nicht verwechseln. Die beiden redeten noch kurz miteinander, dann verschwand Betty wieder im Haus. Ohne einen Abschiedskuss, wie ich enttäuscht registrierte. David schüttelte kurz seinen Kopf wie ein Hund, der gerade aus dem Regen ins Trockene gekommen ist, und dann machte er sich davon.

Als er fort war, herrschte Stille. Absolute, totale Stille.

Ich war offensichtlich zu spät gekommen, die Vorstellung war aus. Aber was genau dort vorgefallen war, darauf konnte ich mir keinen Reim machen. Ich schlich zur Tür des Wintergartens zurück, suchte behutsam meinen Weg durch das verdunkelte Haus zu meinem Zimmer.

In meinem Bett lag Lulu und schlief tief und fest.

Als Mutter am nächsten Morgen zum Frühstück herunterkam, klingelte sie sofort nach dem Mädchen. Es war Betty, die erschien, und man sah ihr an, dass ihr nicht wohl in ihrer Haut war. Mutter hielt sich nicht mit langen Vorreden auf.

„Was war letzte Nacht bei euch drüben los?"

„Letzte Nacht, Ma'am?"

„Ja, letzte Nacht. Spiel nicht die Ahnungslose. Heraus mit der Sprache. Was sollte dieser Lärm mitten in der Nacht?"

„Also, ich habe tief und fest geschlafen, Ma'am, und dann bin ich von diesem Krach wach geworden, Ma'am. Im ersten Augenblick dachte ich: Die Deutschen! Das sind die Deutschen."

„Red keinen Unsinn. Was sollten die Deutschen denn ausgerechnet von *euch* wollen?"

„Das habe ich mir dann auch gesagt, Ma'am. Der Krach kam nämlich direkt von nebenan aus Marys Zimmer, und ich bin aufgestanden, um nachzusehen, was da los ist."

„Und?"

„In dem Zimmer war alles dunkel. Nur eine Taschenlampe, die lag da auf dem Boden. Und sie war an, Ma'am, sonst hätte ich sie ja nicht gesehen. Die hat wohl jemand verloren, sagte ich mir. Warum sollte sie sonst dort auf dem Boden gelegen haben, nicht wahr, Ma'am?"

„Von mir aus. Aber was hast du gesehen, dort im Zimmer?"

„Nicht viel, Ma'am, weil die Lampe in die falsche Richtung leuchtete."

„Nun komm schon, Mädchen, irgendwas wirst du doch gesehen haben, oder?"

„Zwei Männer, Ma'am."

„*Zwei Männer?* Und das nennst du *nicht viel?* Zwei Männer in Marys Kammer und das mitten in der Nacht? Wie sind die Männer denn da reingekommen? Habe ich euch nicht immer wieder gesagt, ihr sollt eure Zimmer abends abschließen, wenn ihr schlafen geht?"

„Das tue ich auch, Ma'am. Jeden Abend. Ganz bestimmt. Das können Sie mir glauben."

„Aber Mary nicht, oder wie?"

„Doch, meistens schon, glaube ich." Betty zögerte einen Moment. „Aber vielleicht hatte sie Besuch erwartet."

„Besuch? Sie bekam Besuch?"

„Ich glaube ja, Ma'am."

„Und weißt du, wer dieser Besuch war? Doch nicht etwa Evans?"

„Ich glaube ja."

„Und der andere? Wer war der andere? Du sagst, du hast zwei Männer gesehen."

„Der andere, das war David Godfrey, Ma'am."

„Der junge Godfrey? Der auch noch? Ich fasse es nicht! Zwei Männer. Bei Mary in der Kammer. Mitten in der Nacht!"

Über Betty hatte mittlerweile die Schwatzhaftigkeit die Oberhand gewonnen.

„Sie hatten halt was miteinander, Ma'am."

„Wer?"

„Mary und Evans. Na ja, und Mary und David, die hatten auch was miteinander."

„Was? Und das hier unter unserem Dach? Sodom und Gomorrha! Und du hast davon gewusst, Betty? Seit wann?"

„Oh, ich weiß nicht, Ma'am."

„Warum bist du nicht sofort zu mir gekommen? Du hättest mir das auf der Stelle erzählen müssen. Du pflichtvergessenes Mädchen, du ungezogenes. Ich bin zutiefst enttäuscht von dir, Betty."

Betty schwieg und sah zu Boden. Ganz unverhofft entlud sich Mutters Zorn über ihr. Dabei wäre sie doch die Einzige, die sich rein gar nichts hatte zuschulden kommen lassen. Wie ungerecht die Welt doch war!

„Dein Verhalten wird nicht ohne Konsequenzen bleiben. Darauf kannst du dich verlassen."

„Jawohl, Ma'am.", murmelte Betty und versuchte, möglichst schuldbewusst dreinzublicken.

„Aber das hat Zeit bis später. Jetzt erzähl mir endlich, was die beiden Männer bei Mary gemacht haben? Warum all der Krach?"

„Nun, sie haben sich geprügelt, Ma'am."

„Aha. Los, weiter. Lass dir das doch nicht alles einzeln aus der Nase ziehen."

„Jawohl, Ma'am. Es dauerte recht lange. Ich meine die Prügelei. Ich denke, sie waren wohl beide gleich stark. Es ging hin und her, und wenn sie sich am Boden wälzten, war mal der eine oben und mal der andere."

„Und was habt ihr gemacht? Du und Mary?"

„Also, Mary saß aufrecht im Bett und hat gar nichts gemacht. Sie hat ganz ängstlich geguckt, als würde sie Gespenster sehen."

„Und du?"

„Na ja, ich habe eigentlich auch nichts gemacht."

„Hast du auch Gespenster gesehen, du dummes Ding?"

„Nein, Ma'am. Aber was sollte ich tun? Ich wusste nicht ein noch aus. Dieser ganze Krach. Ich hatte Angst, jemand hier im Haus würde etwas davon mitbekommen."

„Nun, es war weiß Gott überhaupt nicht schwer, etwas davon mitzubekommen."

„Ja, Ma'am."

„Weiter."

„Irgendwann hat David Godfrey den Wasserkrug, der neben Marys Waschschüssel stand, zu fassen bekommen und Evans damit eins über den Schädel gegeben."

„Aha!"

„Der Krug ist natürlich kaputt gegangen, aber Evans war erst mal ziemlich benommen. Da habe ich David am Arm gepackt und ihn aus dem Zimmer gezerrt und ihm gesagt, dass er verschwinden soll, weil er sonst mächtig Ärger kriegt."

„Und da hat er sich davongemacht?"

„Ja, Ma'am."

„Gut. Und was passierte dann?"

„Ich bin wieder schlafen gegangen."

„Einfach so?"

„Na, ja, jetzt war ja wieder Ruhe, und ich wollte nicht auch noch in die Sache hineingezogen werden, Ma'am."

„Und Evans blieb bei Mary in der Kammer?"

„Das weiß ich nicht, ich bin da ja nicht wieder hingegangen."

„Und dann?"

„Dann bin ich eingeschlafen."

„Und das ist alles, was du mir zu erzählen hast?"

„Ja, Ma'am. Ich glaube schon."

„Hast du auch gut nachgedacht? Gnade dir Gott, falls du doch etwas vergessen haben solltest ... Na schön, du kannst gehen."

Nachdem Betty fort war, fragte Vater: „Und was willst du nun machen?"

„Noch heute wird Mary umziehen. Hier oben im Haus steht noch die winzige Kammer neben dem Zimmer von Mrs Morgan leer. Normalerweise würde ich in diesem Loch keine Dienstboten unterbringen, aber da oben unterm Dach wird sie garantiert keine Herrenbesuche mehr empfangen können. Und Evans, der bekommt die Kündigung zum Monatsende. Ich hatte ihn schon nach der Sache mit Nelly in Verdacht, aber sie wollte ja nicht mit der Wahrheit rausrücken. Aber jetzt reicht es mir."

„Du solltest dir das gründlich überlegen, Grace. Vergiss die Mobilmachung nicht. Die Männer werden jetzt reihenweise zum Militär eingezogen. Du wirst keinen Ersatz für Evans bekommen."

„Das ist mir egal. Notfalls kümmere ich mich selbst um den Garten, aber dieser Kerl muss weg."

„Wie du meinst."

„Es klingt ja fast so, als würdest du das Verhalten von diesem Evans ganz in Ordnung finden."

„Aber nein, Schatz. Überhaupt nicht."

Von da an hütete Mutter Mary wie einen Schatz. Sie durfte das Haus nicht verlassen, und so sehr sich David auch bemühte, sie zu sehen, sie zu sprechen, er schaffte es nicht. Schließlich gelang es ihm, Betty ein kleines Zettelchen zuzustecken mit dem Auftrag, ihn Mary zu geben. Aber Betty hatte inzwischen eine derart geharnischte Strafpredigt zu hören bekommen, dass sie schnurstracks zu Mutter ging und ihr den Zettel gab. Neugierig, wie sie immer war, hätte Betty ihn gerne selbst noch schnell gelesen, aber nicht einmal das traute sie sich jetzt noch. Mutter nahm den Wisch entgegen und sagte einfach nur: „Danke, Betty", und schickte sie weg, bevor sie das Blatt Papier auseinanderfaltete und las. Anschließend nickte sie mit ernster Miene, ging zum Kamin und verbrannte den Zettel.

Gegen Ende der Ferien fuhren wir zu den Großeltern nach Rochester, denn Großmutter hatte Geburtstag. Es war der 54ste, also eigentlich kein besonderer Tag, aber weil jetzt Krieg war, wollte sie möglichst viele von ihrer Familie um sich versammeln, so als stünde das Ende der Welt unmittelbar bevor. Großmutter war immer ein eher ängstlicher Typ. Möglicherweise hatte sie deshalb Großvater geheiratet, einen wahren Fels in der Brandung. Dessen Beharrungsvermögen wuchs sich allerdings mitunter zur unerträglichen Halsstarrigkeit aus.

Vater brachte Mutter, Lulu und mich nach Faversham und setzte uns dort in den Zug nach Rochester. Er selbst kam nicht mit. Erstens sei er doch nur ein angeheiratetes Familienmitglied und zweitens müsse er sich um seine Brauerei kümmern. Krieg oder kein Krieg, die Leute wollten abends ihr Glas Bier haben.

Die Bahnfahrt dauerte nicht lange. In Rochester angekommen, holte uns ein Chauffeur vom Bahnhof ab und brachte uns zum *Bishopscourt*, dem bischöflichen Palast, nicht weit von der Kathedrale entfernt. Ich fand, der Palast war ein hässlicher, alter Kasten, und das einzig Gute an ihm war der riesige, wunderschöne Garten dahinter. Der war Großmutters größte, vielleicht sogar einzige Leidenschaft.

Großvater hätte in seinem Palast eine halbe Armee unterbringen können, so schien es mir, aber unsere Gesellschaft fiel recht bescheiden aus. Außer den Großeltern und uns dreien waren nur noch Mutters Geschwister Helen und George da und Georges Verlobte Muira.

Und dann war da auch noch Großvaters Bruder Alexander. Der war etliche Jahre jünger als Großvater und Brigadier in der Armee. Was dieser militärische Rang genau bedeutete, wusste ich zu jener Zeit nicht, aber soviel vermochte ich zu erahnen: Dass ein Brigadier so etwas Ähnliches war wie ein Bischof, nur halt nicht in der Kirche, sondern in der Armee.

Mit seinem ausdrucksvollen, fleischigen Gesicht, in dem auch der für einen ranghohen Soldaten damals unverzichtbare Schnurrbart nicht fehlte, und der fast vollständig ergrauten Haarpracht war er eine stattliche Erscheinung. Er trug wie selbstverständlich seine Uniform. Ob er jetzt im Krieg jemals etwas anderes anzog? Jedenfalls musste man ihm zugestehen, dass er gut darin aussah. Groß gewachsen war er, wenngleich er mit zunehmendem Alter etwas füllig geworden war. Aber sein ganzes Auftreten zeugte gleichermaßen von Selbstbeherrschung und unbeugsamer Energie. Miss Leith-Ross, die in der alten Sissy Körperhaltung unterrichtete, wäre begeistert von ihm gewesen.

Aus dem Augenwinkel heraus begutachtete ich seine Uniform. Da waren zwei Reihen bunter Streifen. Vater hat mir später erklärt, solche bunten Streifen stünden für die Orden, die ein Soldat verliehen bekommen hat. So könnte man allen zeigen, welche Orden man besäße, ohne sie tragen zu müssen. Bandschnallen würde man diese Dinger nennen, aber eigentlich würden sie nur von Soldaten im Feld getragen, denn die hätten furchtbare Angst, ihre Orden im Getümmel zu verlieren. Onkel Alexander trug diese Streifen anstelle der Orden, die man ihm im großen Krieg verliehen hatte, obwohl er doch nur irgendwo an einem Schreibtisch im Kriegsministerium saß. In nehme an, er wollte damit deutlich machen, dass er von dort aus mindestens genauso gut gegen Hitler kämpfen konnte wie die Soldaten an der Front.

Wie die Urgroßeltern mit Großvater und Onkel Alexander zwei so unterschiedliche Kinder hatten in die Welt setzen können, war mir damals ein Rätsel. Erst später habe ich begriffen, dass sie, der Bischof und der Brigadier, nur zwei Seiten von ein und derselben Münze waren und dass das wohl auch der Grund war, warum sie ständig miteinander im Streit lagen.

So war Großvater überzeugt, dass wir uns nur wegen Hitlers Nazipartei mit Deutschland im Kriegszustand befinden würden. Es sei nicht das deutsche Volk, es seien nur eine Handvoll verbrecherischer Politiker, die an allem schuld seien. Die überwältigende Mehrheit der Deutschen hingegen ...

„Unsinn!", fiel ihm Alexander an dieser Stelle mit seiner harschen Kasernenhofstimme ins Wort. „Du denkst, es gibt gute und böse Deutsche? Nein, sie stecken alle unter einer Decke. Zumindest haben sie sich alle auf Hitler eingelassen, also werden sie auch alle die Suppe auslöffeln müssen, die er ihnen eingebrockt hat. Nur weil du ein paar Freunde unter den deutschen Schwarzröcken hast, sind sie noch lange kein Volk von Heiligen. Du irrst dich, die Hunnen sind alle gleich und die wenigen, die vielleicht anderer Meinung sind als Herr Hitler, die sind zu feige, um den Mund aufzumachen. So sind die Hunnen, so waren sie schon immer. Ich kenne sie. Ich habe schließlich schon im letzten Krieg gegen sie gekämpft. Sie oder wir und nichts anderes gilt jetzt."

„Ich will versuchen, es dir zu erklären, Alexander, mit einfachen Worten, die sogar ein Soldat verstehen sollte", erwiderte Großvater in seiner salbungsvollen Art. „Ist es nicht so, dass Gott befohlen hat, seid fruchtbar und mehret euch? Er hat nicht gesagt: Führt Krieg und bringt euch gegenseitig um."

Ich konnte ein Kichern nicht unterdrücken. Auch wenn die Lehrerinnen in der Schule sich hüteten, dieses Thema anzusprechen, so hatten wir doch dank der geflüsterten Unterhaltungen, die nach dem *Lichtaus!* im Schlafsaal geführt wurden, eine ungefähre Vorstellung davon, wie man das macht, sich mehren. Oder wir glaubten zumindest, sie zu haben, auch wenn wir uns dessen nicht ganz sicher waren.

Großvater warf mir einen zornigen Blick zu, und als dann auch noch George Muira grinsend etwas zuflüsterte und die amüsiert die Hand vor den Mund hielt, sah Großmutter sich veranlasst einzugreifen.

„Kinder, bitte nicht so. Denkt daran, wie sehr es mich schmerzt, wenn hier Unfrieden herrscht." Sie schien wirklich den Tränen nahe zu sein. „Wir sind doch eine glückliche Familie, nicht wahr? Da gehört sich so etwas nicht." Großmutter ließ bewusst offen, was genau sich nicht gehörte. Sie hasste es, Dinge beim Namen nennen zu müssen.

„Entschuldige Mutter", sagte George. „Wir wollten dich nicht kränken."

Großmutter sah ihn irritiert an, ließ die Angelegenheit aber dann auf sich beruhen und fragte stattdessen: „Noch jemand Tee? Oder vielleicht ein Sandwich?"

Muira nutzte das betretene Schweigen, das folgte, um das Thema zu wechseln.

„Werden Sie jetzt auch mit dem Britischen Expeditionskorps nach Frankreich gehen, Sir?", frage sie Onkel Alexander.

„Lassen Sie das mit dem *Sir*. Sagen Sie einfach *Brigadier* zu mir." Dann lächelte er. „Nein, ich kommandiere keine Truppen mehr. Ich kämpfe vom Schreibtisch aus gegen die Hunnen."

„Wie interessant", erwiderte Muira und sah ihn erwartungsvoll an. Aber der Brigadier sagte nichts weiter.

Onkel George war etliche Jahre jünger als Mutter. Er war nicht nur ehelich geboren, sondern auch ehelich gezeugt. Im Gegensatz zu Mutter. Die war das Ergebnis einer Unachtsamkeit der Großeltern zu jener Zeit, als Großvater noch studierte. Selbstverständlich wurde das Missgeschick damals durch eine überstürzte Hochzeit der werdenden Eltern bereinigt, und Großvater war später sogar ein wenig stolz auf diesen Fehltritt, zeigte er doch seiner Meinung nach, dass auch er, der erhabene Diener Gottes und Bischof, kein Heiliger, sondern ein ganz normaler Mensch war.

George hatte zum Bedauern Großvaters keinerlei Veranlagung erahnen lassen, eine geistliche Laufbahn einzuschlagen. Er hatte in Cambridge Literatur studiert und nebenbei noch allerlei andere Dinge. Weil ihm sehr schnell klar geworden war, dass es ihm für seinen Traum, nämlich Schriftsteller zu werden, an Talent fehlte, war er anschließend bei einem Londoner Verlag als Lektor eingetreten.

Dort, in London, war ihm bald Muira Gillespie, die Schwester eines seiner ehemaligen Studienkollegen, über den Weg gelaufen. Muira hatte gerade einige Semester in Oxford hinter sich gebracht, aber ohne irgendeinen Abschluss erworben zu haben. Sie war eine kleine Blonde, lebhaft und lebenslustig und das jüngste Kind und die einzige Tochter ihrer Eltern. Ihr Vater war Wachs in ihren Händen. Das erlaubte ihr, auf Kosten des Vaters in London ein sorgenfreies Dasein unter Schriftstellern, Schauspielern und anderen Künstlern zu führen. Dem Vater war schon bald klar geworden, dass ihr Lebensstil zu kostspielig war, um ihn auf Dauer finanzieren zu können, aber er vertraute darauf, dass sich früher oder später ein potenzieller Ehemann finden und ihn aus dieser Kalamität befreien würde.

Ich war Muira nie zuvor begegnet, und ich konnte sie von Anfang an nicht leiden. Jedenfalls glaube ich das, zumal ich ja in einem Alter war, in dem man sehr rasch und ohne Skrupel über andere Menschen urteilt. Aber gleichwohl kann es auch sein, dass mich mein Gedächtnis trügt und meine Abneigung gegen Muira erst geweckt wurde durch das, was ich später erlebte, als sie längst Georges Frau geworden war.

Der Nachmittagstee schien seinem Ende entgegenzugehen, und ich nutzte die erstbeste Gelegenheit, mich davonzustehlen. Ich fürchtete, Mutter könnte womöglich auf die Idee kommen, zu sagen, ich solle mit Lulu im Garten spielen gehen. Ich war damals nicht mehr in dem Alter, in dem man gerne mit einer vier Jahre alten Schwester im Garten spielt. Ich verdrückte mich in die Bibliothek. Vielleicht gab es dort etwas zu entdecken.

Die meisten Bücher gehörten offensichtlich Großvater, allerlei theologisches Zeugs, dass mich kein bisschen interessierte. Ob es hier auch etwas Lesenswertes zu entdecken gab? Ich suchte und suchte, war kurz davor aufzugeben, da gelangte ich an ein Regal, in dem, den Titeln nach zu urteilen, sich Romane befanden. Ihrem Aussehen nach mochten sie schon einige Jahrzehnte alt sein. Vielleicht hatte Großmutter sie einst gelesen. E.M. Hull, *The Sheik* hieß eines, oder hier mehrere Bücher von einer gewissen Elinor Glyn. Ich nahm aufs Geratewohl eines mit dem Titel *Three Weeks* heraus. Gleich im ersten Absatz erfuhr ich, es werde um einen jungen Mann, um Leidenschaften der Jugend und eine rätselhafte Frau gehen. Auf etwas derart Interessantes zu stoßen, hatte ich nicht zu hoffen gewagt. Ich machte es mir mit meiner Beute im großen Ohrensessel am Kamin bequem. Den Sessel hatte ich vorher so gedreht, dass man mich von der Tür aus nicht sehen konnte. Sollte jemand hereinkommen, würde ich genügend Zeit haben, das Buch irgendwo verschwinden zu lassen, bevor man mich entdeckte.

Ich war noch gar nicht weit gekommen, als die Tür ging.

„Was sollte diese dumme Frage, ob er nach Frankreich geht?", hörte ich Georges Stimme. „Ich habe dir doch erzählt, dass er im Ministerium arbeitet."

„Ich dachte, er erzählt ein wenig, was er da macht", antwortete Muira.

„Was soll er da schon machen? Vielleicht ist er für die Beschaffung von Gewehren zuständig. Oder von Unterhosen. Keine Ahnung."

„Vielleicht beschafft er keine Unterhosen, sondern ganz andere Sachen. Wichtigere Sachen."

„Wie kommst du darauf?"

„Hörensagen."

„Und wer hat so etwas gesagt?"

„Na, du bist aber auch ganz schön neugierig. Muss in der Familie liegen." Muira lachte.

„Hast du das von Sidney?"

„Vielleicht. Komm, George. Lass uns in den Garten gehen."

Die beiden verließen die Bibliothek durch die Verandatür, ohne mich bemerkt zu haben.

Beim Abendessen dachte ich voller Neid an Lulu. Mutter hatte sie schon vorher ins Bett gebracht. Ich hingegen musste diese langweilige Gesellschaft mit ihren endlosen, kleinlichen Streitereien ertragen. War es das, was man bekam, wenn man erwachsen war? Ich hatte mir etwas anderes, etwas Aufregenderes darunter vorgestellt.

Das Essen nahm einen lähmenden Verlauf. Wann immer Großvater oder Onkel Alexander etwas zueinander sagten, hatte es einen feindlichen Unterton. Ich selbst hielt den Mund und konzentrierte mich auf das Essen. Der Jahreszeit entsprechend gab es Fasan, aber auf eine mir bisher unbekannte Art zubereitet. Stücke von den Fasanenbrüstchen schwammen in einer extrem fetten Sahnesauce, die mit süßem Mango Chutney abgeschmeckt war und mit ihrem sanften Geschmack der Zunge schmeichelte, während die weniger edlen Teile des Federviehs in einer feurig-scharfen Currysauce serviert wurden. Ein faszinierender Kontrast. Ich habe es in meinem Leben später immer wieder gerne gegessen.

„Nicht schlecht", sagte der Brigadier, nachdem er probiert hatte. „Eure Köchin versteht ihr Handwerk. Wie heißt das Ganze?"

Großvater sah seinen Bruder unter zornigen Augenbrauen hervor an, ohne ein Wort zu sagen.

„Ich glaube, es hat gar keinen Namen", sagte Großmutter.

„Ach, nein?" Der Brigadier lächelte ein wenig spöttisch. Dann fragte er unvermutet: „Und wie ist das mit dir, George? Was wirst du machen? Hast du dich schon entschieden? Armee, Luftwaffe oder Marine?"

„Darüber habe ich mir noch keine Gedanken gemacht."

„Und warum sollte er auch?", warf Großvater ein.

„Nun, als Verlagslektor wird man ihn garantiert nicht unabkömmlich stellen."

„Vielleicht will er ja gar nicht Soldat werden", sagte Großvater triumphierend.

„Ach, George, ist es das? Willst du ein *Conchie* werden und dich aus allem raushalten?"

„Warum sollte er nicht verweigern?", fragte Muira zornig. „Wenn sich alle *raushalten* würden, wie Sie es nennen, dann gäbe es keine Kriege mehr."

„*Wolf und Lamm sollen gemeinsam weiden*", deklamierte Großvater wie von der Kanzel herab. „*Der Löwe wird Stroh fressen wie ein Ochse, und Staub soll der Schlange Nahrung sein. Sie werden nicht verletzen noch zerstören auf meinem ganzen heiligen Berg, so spricht der Herr. Amen.*"

„Amen. Was für wunderschöne Worte, Liebster", sagte Großmutter. „Wie tröstlich ist diese Verheißung doch, wie ein heller Sonnenstrahl in unserer dunklen Gegenwart. Möge jene Zeit doch bald anbrechen."

„Ich merke", meinte der Brigadier, „es gibt eine Menge Leute, George, die sich deinen Kopf bereits zerbrochen haben. Du kannst dir die Mühe also sparen."

Ich halte es heute durchaus für möglich, dass er sich des Hintersinns seiner zynischen Bemerkung bewusst war. George war nicht nur in einem von christlichem Pazifismus geprägten Elternhaus aufgewachsen, er lebte zudem in einem Milieu, in dem man sich für die Revolution in Russland begeisterte und einen kommunistischen Umsturz auch hier in England herbeisehnte. Gerade an den Eliteuniversitäten, von denen George eine besucht hatte, und in Künstlerkreisen, in denen er jetzt in London verkehrte, war es eine Selbstverständlichkeit, die Politik der bürgerlichen Regierung zu verdammen und was lag da näher, jetzt im Krieg, als sich von ganzem Herzen zum Pazifismus zu bekennen und den Kriegsdienst zu verweigern.

Eine sonderbare Ausnahme stellte Muiras Bruder Sidney dar. Er gehörte in seiner Studienzeit in Cambridge zum erzkommunistischen Klub der *Cambridge Apostels*, aber er hatte sich nach Beendigung des Studiums gewandelt und war mit wehenden Fahnen ins konservative Lager gewechselt. Aber ich will an dieser Stelle nicht zu weit vorgreifen und werde später von ihm berichten.

„Aber", fuhr Onkel Alexander unerbittlich fort, „vielleicht werdet ihr, du und deinesgleichen, eines Tages begreifen, dass es die Stroh fressenden Löwen waren, die diesen Krieg verschuldet haben. Es ist die Logik der Weltgeschichte, wenn einer stark ist und alle anderen schwach sind, dann nutzt der Starke das aus. Und er hat nicht nur die Möglichkeit dazu, nein, er hat sogar die Pflicht, es zu tun."

„Nanu! Das klingt ja fast, als würdest du auf der Seite Hitlers stehen", meinte Großvater. „Das klang vorhin noch ganz anders."

„Ich denke nur etwas nüchterner als der Mann auf der Straße, mein lieber Meredith."

„Aber wenn Hitler das Recht hat, Krieg gegen uns zu führen, was sollen wir denn dann jetzt machen? Dann können wir doch nicht auch im Recht sein, wenn wir uns ihm widersetzen, oder?"

„Ich habe *die Pflicht* gesagt, nicht *das Recht*. Hitler hat die Pflicht, unsere Schwäche auszunutzen, denn er ist schließlich der Reichskanzler der Deutschen. Genau so, wie wir die Pflicht haben, gegen ihn zu kämpfen. Das Recht hingegen ist nur auf einer Seite, nämlich auf unserer."

„Ist das nicht unklug?", fragte Muira. „Wenn wir, wie Sie sagen, die Schwachen sind, sollten wir dann nicht lieber irgendwie mit den Starken arrangieren?"

„Dazu besteht kein Anlass mehr. Ein paar Leute sind inzwischen aufgewacht, im Parlament, in der Regierung, in den Ministerien. Man wird versuchen, Versäumtes nachzuholen und, so Gott will, werden wir den Hunnen einen heißen Kampf liefern, einen, auf den unsere Kinder und Enkelkinder stolz sein werden, egal wie er ausgeht. Und je länger Hitler uns in Ruhe lässt, desto besser stehen unsere Chancen."

Später, als ich mit Mutter allein war, habe ich sie auf den Fasan angesprochen. Ein so apartes Gericht und es sollte keinen Namen haben?

„Ach", sagte Mutter, „Onkel Alexander ist manchmal unausstehlich."

„Wieso?", fragte ich überrascht. „Er wollte doch nur wissen, wie das Gericht heißt."

„Nein, das wollte er nicht. Er wusste es schon."

„Das verstehe ich nicht. Warum hat er denn dann gefragt?"

Mutter zögerte einen Moment. „Weil es *Teuflischer Fasan* genannt wird."

Ich gluckste vor Vergnügen. Im Haus des Bischofs aß man *Teuflischen Fasan*! Wie lustig!

„Benimm dich, Margherita! Ich dulde nicht, dass du dich über deine Großeltern lustig machst. Und schon gar nicht hier unter ihrem Dach."

„Verzeihung, Mutter. Das wollte ich nicht", antwortete ich zerknirscht, aber nicht ganz ehrlich. Im Stillen beneidete ich den Brigadier. Niemand würde den Mut aufbringen, zu ihm zu sagen *Benimm dich, Alexander*. Ich war überzeugt, dass man sich das nicht einmal getraut hatte, als er noch ein kleiner Junge war.

In jener Nacht erwachte ich aus einem Albtraum und lange konnte nicht wieder einschlafen. In meinem Traum sah ich die Großeltern und ihre Köchin. Sie gingen mit wiegenden Schritten um einen großen Kessel herum und murmelten dabei unverständliche Worte. Mal warf der eine, mal der andere etwas in den Topf hinein, aber ich konnte nicht erkennen, was. Dann erschien plötzlich meine Mutter wie aus dem Nichts. Sie packte mich, zerrte mich zum Kessel hin, und so sehr ich auch schrie und mich sträubte, sie hoben mich mit vereinten Kräften hoch und warfen mich in den Kessel hinein. Der war plötzlich seltsam groß geworden und hatte scheinbar gar keinen Boden, denn ich fiel und fiel und fiel ... und wachte auf. Schuld an diesem Traum, sagte ich mir, war sicher ganz allein der Dramakurs von Miss Melland. Vor den Ferien hatten wir nämlich *MacBeth* gespielt.

Am nächsten Tag wollte Mutter mit Lulu und mir wieder nach Hause fahren. Das stürzte mich in einen großen Gewissenskonflikt. Obwohl ich am Abend vorher noch eine ganze Zeit lang in den *Three Weeks* gelesen hatte, war ich längst noch nicht ans Ende gekommen. Unter normalen Umständen hätte ich Großmutter gefragt, ob ich mir das Buch ausleihen dürfe, aber ich hatte inzwischen eine Menge erfahren über den jungen Mann und die rätselhafte Dame und das, was sie in den drei Wochen so alles machten. Es wäre keine gute Idee gewesen, irgendjemandem zu verraten, was ich da gerade las. Am Ende nahm ich mir fest vor, das Buch bei meinem nächsten Besuch in Rochester einfach heimlich wieder an seinen alten Platz zu tun.

Liebe und Hass

Gino hatte sich noch im September freiwillig zum Militärdienst gemeldet. Er hatte dabei klugerweise ein falsches Geburtsdatum angegeben. So war es ihm gelungen, zur Aufnahmeprüfung bei der RAF in Uxbridge zugelassen zu werden. Die hatte er ohne Probleme bestanden, und da die Luftwaffe, seitdem der Krieg erklärt worden war, einen unstillbaren Hunger auf neue Piloten hatte, war er schon Anfang Oktober zur Grundausbildung nach Torquay in Devon einberufen worden.

Auch die anderen, Billy, Sonny und Danny hatten sich gemeldet, aber nur Sonny war tatsächlich Soldat geworden. Billy, der auch unbedingt Pilot werden wollte, war in Uxbridge bei der theoretischen Prüfung im Fach Mathematik durchgefallen und deshalb zurückgestellt worden. Er hätte es stattdessen sofort bei der Armee oder bei der Marine versuchen können, aber er zog es vor, seine Nase in die Mathematiklehrbücher zu stecken und die Eingangsprüfung bei der Luftwaffe später noch einmal zu versuchen.

Danny war es zwar gelungen, vom Tribunal als „C", als harmloser Ausländer eingestuft zu werden, aber als Soldat war er dennoch nicht willkommen. Sie hatten ihm für seine Bereitschaft, für das Königreich in den Krieg ziehen zu wollen, gedankt, aber dann hörte er nie wieder etwas von ihnen, und er rätselte, warum nicht. So saß er, wie Abi mir erzählte, zu Hause und knabberte ungeduldig an seinen Fingernägeln.

Sonny hatte sich im Oktober in einer Kaserne in Kingston upon Thames im Südwesten Londons melden müssen, wo er zum Infanteriesoldaten ausgebildet werden sollte. Weil er von einer angesehenen Privatschule kam und einen vorzeigbaren Abschluss mitbrachte, fragten sie ihn, ob er sich um ein Offizierspatent bewerben wolle, und waren erstaunt, als er nein sagte. Sie machten ihn am Ende der sechs Wochen dort dann aber zum Lance Corporal, eine Art Unteroffizier, der eine kleine Gruppe von Soldaten unter sich hat. Sieben Männer waren es, die die Ausbildung mit Sonny zusammen gemacht hatten. Es dauerte nicht lange und sie wurden als Teil des Britischen Expeditionskorps nach Frankreich gebracht, und dort warteten sie wie wir alle darauf, was passieren würde, wenn die gespenstische Ruhe, die den Kriegserklärungen gefolgt war, enden würde.

Gino hat mir während seiner Zeit in Torquay ein einziges Mal einen Brief nach *Sissingden Manor* geschrieben. Damals fand ich es fesselnd, was er schrieb, von seiner Ausbildung, von dem von der RAF requirierten Hotel, in dem er untergebracht war, von der schönen Landschaft und vom Wetter. Als ich den Brief viele Jahre später noch einmal gelesen habe – ich besitze ihn auch heute noch –, wunderte ich mich, wie oberflächlich das war, was er schrieb. Da stand nichts von dem, was in ihm vorgegangen sein mochte. Er war doch drauf und dran, Pilot zu werden, um dann Tag für Tag sein Leben aufs Spiel zu setzen. Ich bin sicher, dass ihm vieles durch den Kopf gegangen sein muss. Aber davon schrieb er kein Wort. Meines Wissens hat er auch den Eltern ebenso belanglose Briefe geschrieben.

Als er nach acht Wochen in die *Elementary Flying Training School* auf dem Flughafen *Fairoaks* versetzt worden war, schrieb er voller Begeisterung von seinem ersten Flug. Es war eine *Tiger Moth* gewesen, ein Doppeldecker, der damals allgemein als Schulungsmaschine eingesetzt wurde. Als ich Fotos von dem Flugzeug sah, erschien es mir wie ein Überbleibsel des Großen Krieges, was es aber gar nicht war. Gino beschrieb die *Tiger Moth* mit der glühenden Leidenschaft eines kleinen Jungen, der ein neues Spielzeug bekommen hat.

Fliegen war vor dem Krieg eine Erfahrung, die nur ganz wenigen auserwählten Menschen zuteilwurde. Ich gehörte natürlich nicht dazu. Aber auch ohne es selbst erlebt zu haben, ahnte ich, dass es für manche Menschen einem Rausch gleichkam, und scheinbar konnte Gino diesen Rausch gar nicht oft genug auskosten. Er war immer ein Mensch gewesen, der den Nervenkitzel liebte, und Fliegen schien seine Sinne auf eine für ihn noch nie gekannte Weise aufzupeitschen.

Weil mich das ein wenig belustigte – oder vielleicht auch neidisch machte –, schrieb ich zurück, ich würde hoffen, dass die Marsmenschen beim nächsten Mal nicht versehentlich bei ihm landen würden statt nebenan auf dem Gemeindeland von Horsell, aber dieser Scherz ging wohl ins Leere, denn Gino hat sich nie viel aus Romanen gemacht.

Von *Fairoaks* aus war es nur ein Katzensprung nach London und Gino nutzte seine freie Zeit gerne, um Mutters Bruder George zu besuchen. Auch Gino hieß ja eigentlich George, denn Vater hatte großen Wert darauf gelegt, seinen Erstgeborenen auf den Namen des Nationalheiligen der Engländer taufen zu lassen, quasi als eine Art Bekenntnis zu seiner neuen Heimat, aber dann hatten alle, auch Vater, den Kleinen doch einfach nur Gino genannt und dabei war es geblieben. Gino war nur 12 Jahre jünger als George und ihr Verhältnis zueinander war nicht wirklich das zwischen Onkel und Neffe. Für Gino war George eher ein großer Bruder.

Am ersten Dezemberwochenende – es war jenes, an dem die englischen Zeitungen in großer Aufmachung vom Angriff der Russen auf Finnland berichteten –, war Gino wieder einmal in London. George gab eine Art Cocktailparty, bei der Dry Martinis und Sherry und kleine Snacks serviert wurden. Natürlich war Muira da, mit der George damals ja schon seit einiger Zeit liiert war, und auch deren Bruder Sidney, der seit Neuestem irgendwo im Kriegsministerium untergekommen war. Und dann war da auch noch Sue, und in die verliebte Gino sich auf der Stelle. Ich habe nie herausbekommen, warum Sue an jenem Tag dort war, noch in welchem Verhältnis sie zu George oder den anderen stand. Sie war einfach da und nahm ihren Platz in

Ginos Leben ein, so wie jedem von uns ein Schicksal zuteil-wird, ohne dass wir sagen können, warum und von wem unser Leben nun gerade in diese oder jene Richtung gelenkt wird.

„Die öffentliche Meinung in England ist hoffnungslos zerstritten, wenn es um Russland geht." Es war ein gut aussehender Mann Anfang dreißig, der zu einer Runde aufmerksamer Zuhörer sprach. „Auf der einen Seite hat man die verkrustete Mehrheit, die es für die Hölle auf Erden hält, auf der anderen Seite ist die halb gare Minderheit, die meint, es sei ein im Werden begriffenes, irdisches Paradies. Beide Seiten halten hartnäckig als Ewiggestrige die einen, als Fanatiker die anderen an ihrer Meinung fest. Beide Seiten haben ganz und gar unrecht."

„Ach, Peter!", rief eine dunkelhaarige Frau lachend aus. „Langweile die Leute doch nicht mit deinen alten Geschichten." Gino erkannte sofort, dass das Celia Johnson war, einer der Stars der West-End-Theaterszene. Er hatte sie noch nie auf der Bühne gesehen, weil er sich nicht fürs Theater interessierte, aber er kannte ihr Foto aus der Zeitung. Meine Güte, dachte er, die hat ja wirklich Augen groß wie Suppenteller.

„Hören Sie nicht auf das, was meine Frau sagt. Sie liebt es, meine Worte ins Lächerliche zu ziehen, denn ihr Metier ist die Komödie." Ein Lächeln huschte über das kantige Gesicht mit den energischen Zügen und auffallend vollen Lippen.

Natürlich war in der kleinen Runde schnell eine hitzige Debatte über den Krieg in Finnland im Gange. Hier waren die von Celia Johnsons Mann als halb gare Minderheit Abqualifizierten eindeutig in der Mehrheit. Für die meisten waren die russischen Revolutionäre Helden, vergleichbar mit den Filmstars oder den Fußballspielern heute. Allerdings hatte ihr Image schon durch den Pakt mit Hitler arg gelitten. Als sie zwei Wochen nach den Deutschen auch in Polen eingefallen waren, war der Katzenjammer groß, und ihre Bewunderer hatten verzweifelt nach einer Begründung dafür gesucht. Jetzt, nach dem Angriff auf das arme, kleine Finnland, begannen die Ersten, sich von ihnen abzuwenden. Auch im Sport begeistern Engländer sich viel lieber für jene, die den Starken scheinbar hoffnungslos unterlegen sind.

Ein junger Schriftsteller, der sich fälschlicherweise Hoffnungen machte, George könnte ihm behilflich sein, seinen ersten Roman zu veröffentlichen, plädierte leidenschaftlich dafür, Truppen nach Finnland zu schicken. Muiras Bruder brachte allerlei Bedenken vor, alle selbstverständlich wohl begründet und nachvollziehbar. Er hatte sich erstaunlich schnell die Denk- und Argumentationsweise der Leute in den Ministerien zu eigen gemacht. Fast alle Gäste beteiligten sich eifrig an der hitzigen Diskussion. Nur Muira beschränkte sich wie so oft darauf, spöttisch zu lächeln. George machte ein unglückliches Gesicht. Möglicherweise taten ihm die Finnen leid, aber er hatte mittlerweile seinen Antrag als Verweigerer aus Gewissensgründen gestellt und konnte sich deshalb selbstverständlich nicht für ein militärisches Eingreifen starkmachen.

Sue saß Gino gegenüber, und der taxierte sie unverhohlen eine Weile lang, ohne dass es böse gemeint wirkte. Sie gefiel ihm, hatte ihm auf Anhieb gefallen. Sie war ein ganz anderer Typ als die Mädchen, mit denen er bisher geflirtet hatte. Alles an ihr war irgendwie schmal, ein schmales Gesicht mit einer geraden, schmalen Nase und ein knabenhafter Körper. Scheinbar bestand sie aus nicht viel mehr als Haut und Knochen. Nein, sie war wirklich nicht sein Typ. Aber ihre Art zu reden, ihre Art, sich zu bewegen, ihr Mienenspiel, das alles faszinierte ihn ungemein.

Nach einiger Zeit bemerkte sie seinen Blick und erwiderte ihn. Beide sahen einander lange Sekunden in die Augen, ohne dabei eine Gefühlsregung zu zeigen. Es war wie das Taxieren eines Gegners, bevor der Kampf beginnt. Am Ende gab Gino nach. Nicht dass er weggeschaut hätte, nein, das nicht, aber sein Mund verzog sich zu einem Grinsen und als gute Gewinnerin lächelte Sue zurück. Mit einer Kopfbewegung forderte er Sue auf, sich mit ihm in eine Ecke des Salons zurückzuziehen, wo sie die anderen nicht stören würden, und dort unterhielten sie sich eine Weile, wenn auch nur über Belanglosigkeiten. Aber beide ließen sich dabei keinen Moment aus den Augen.

Als die Gäste aufzubrechen begannen, fragte Gino: „Kann ich dich ein Stück mitnehmen, Sue?"

Sie sah ihn überrascht an. „Bist du mit dem Auto hier?"

„Nein, mit dem Motorrad." Er zwinkerte ihr zu. „War nur ein Witz. Ist natürlich nichts für kleine Mädchen und um diese Jahreszeit sowieso viel zu kalt."

„Ich dachte, du hättest mitbekommen, dass ich kein kleines Mädchen bin. Ich wohne in Soho, in der Frith Street. Liegt das auf dem Weg?"

„Nein, ist aber kein großer Umweg."

Natürlich war es ein großer Umweg, und selbstverständlich wusste Sue das auch. Aber sie betrachtete das als angemessene Revanche für seine dumme Bemerkung.

Es war eine sternenklare Nacht, wenngleich der Mond noch nicht aufgegangen war. Das Licht der Sterne erleichterte es Gino, den Weg nach Soho auch trotz der strikten Verdunklung und ohne Scheinwerfer zu finden.

Als sie endlich in der Frith Street angekommen waren, fragte Sue:

„Kommst du noch mit rauf? Für einen auf'n Weg?"

Gino zögerte. „Wohnst du bei deinen Eltern?"

„Nein." Sue lachte lauthals. „Mit einer Freundin zusammen. Aber Francie ist mit ihrer Clique im Kino. Ich glaube, sie wollten sich *Spy in Black* ansehen. Mit diesem tollen deutschen Fiesling, diesem Conrad Veidt. Francie ist bestimmt noch nicht zurück."

„Na ja, wäre vielleicht nicht verkehrt, wenn ich noch einen Moment bei dir bleibe. Nachher, wenn der Mond aufgegangen ist, komme ich besser voran."

Sie stiegen in den zweiten Stock hinauf und kamen in eine schlicht und etwas altmodisch eingerichtete Wohnung, die sicher möbliert gemietet war. Sue führte ihn in ein Zimmer, das offensichtlich Wohn- und Schlafzimmer in einem war.

„Nicht schön, aber billig", sagte Sue.

Gino machte eine nichtssagende Handbewegung und setzte sich in einen Lehnstuhl, der wohl noch aus dem vorigen Jahrhundert stammte.

„Ich habe keine große Auswahl da, nur Whisky. Okay?"

„Na klar."

Sue stellte einen Stuhl vor den Kleiderschrank und kletterte hinauf. Aus einem Koffer, der auf dem Schrank lag, holte sie eine Flasche hervor.

„Wenn Francie mitbekommt, wo der Sprit ist, ist die Flasche schnell leer."

„Sie trinkt?"

„Nein." Sue lachte wieder vergnügt. „Aber sie hat häufig Besuch. Männerbesuch. Und wir sind halt beide immer ein bisschen knapp bei Kasse."

„Hast du auch oft Männerbesuch?"

Sue überging die Frage, stellte zwei Gläser auf den Tisch und schenkte ein. Sie nippte an ihrem Glas.

„Ich weiß ja schon ein paar Dinge über dich. Du warst in der *King's School* in Canterbury und bist jetzt bei der RAF. Du heißt Civitella, weil dein Vater aus Italien stammt, und dass ich nicht dein Typ bin, weiß ich auch. Ist halt nichts dran an mir. Danke übrigens, dass du so ehrlich warst, es mir gleich zu sagen. Ich brauche mir also keine falschen Hoffnungen zu machen. Aber jetzt bist du dran."

Gino sah sie fragend an.

„Du willst doch sicher auch etwas über mich wissen, oder? Also frag mich was. Wer ich bin, zum Beispiel, und was ich so mache."

„Okay. Also, wer bist du?"

„Ich bin Sue. Wer soll ich sonst sein? Weiter. Nächste Frage."

„Und was machst du so?"

„Schwer zu sagen. *Meine Eltern* meinen, ich würde an der RADA studieren."

Gino stieß einen leisen Pfiff aus. „Du willst Schauspielerin werden?"

„Falsch! Das denken meine Eltern. Ich bin mir da nicht so sicher. Ich habe mich mit der RADA noch nicht so richtig angefreundet."

„Aber du hast immerhin Glück, dass du jemanden wie Celia Johnson kennst. Mann, die ist doch eine von den ganz Großen."

„Ich kenne sie nicht."

„Nein? War sie heute zum ersten Mal bei George?"

„*Ich* war zum ersten Mal bei George."

„Aber heute hättest du die Gelegenheit nutzen können. So eine trifft man nicht alle Tage."

„Dein Grinsen kannst du dir sparen, Gino."

„Ich grinse überhaupt nicht."

„Nein? Dann betrachte meine Worte als Warnung. Hör mir gut zu, Kleiner. Vielleicht schaffe ich es, Schauspielerin zu werden, vielleicht auch nicht. Aber ich werde es nicht schaffen, nur weil mir mal zufällig Celia Johnson über den Weg gelaufen ist. Ist das klar?"

„Okay, okay. Thema beendet."

Sue brauchte einen Moment, um sich wieder zu beruhigen, aber dann redete sie mit der gewohnten Nonchalance weiter.

„Vielleicht ist die RADA einfach nur die falsche Schule für mich. Ich habe das Gefühl, sie wollen mir dort nur beibringen zu vergessen, wer ich eigentlich bin."

„Weißt du denn, wer du bist?"

„Du nicht?"

Gino überlegte einen Moment lang. „Doch, wenn ich in meiner *Tiger Moth* sitze und durch die Gegend fliege, dann schon. Dann weiß ich, wer ich bin, nämlich einfach nur *ich*."

„Ach, bist du auch einer von diesen hoffnungslosen Typen, die ganz und gar in dem aufgehen, was sie tun? Und die, wenn sie gerade nichts tun, nur noch eine leere Hülle sind? Warum falle ich immer auf Leute wie dich rein?"

„Auf wie viele von meiner Sorte bist du denn schon reingefallen?"

„Weiß nicht, aber auf dich jedenfalls, und das reicht mir für heute. Und jetzt muss ich dich rausschmeißen. Ich habe mindestens schon hundert Mal zu Francie gesagt, dass ich es nicht ausstehen kann, wenn irgendwelche Typen bei ihr übernachten. Es ist doch einfach eklig, wenn einem morgens in den eigenen vier Wänden irgend so ein unrasierter und ungewaschener Kerl über den Weg läuft. Möglicherweise sogar einer, den man vorher noch nie gesehen hat. An diese Regel muss ich mich jetzt auch halten. Leider. Also arrivederci, Gino."

„Werden wir uns denn wiedersehen?"

„Das entscheide ich, nachdem du mir einen Abschiedskuss gegeben hast."

...

„Doch, ich glaube schon."

Dann kam der Abend, an dem Mason sich an mir rächte. Es war ihre Abrechnung für den genialen Überfall auf *St Cecilia* im letzten Schuljahr, das Lacrossespiel nach den Ferien und all die vielen kleinen und großen Reibereien zwischen uns. Seit wir uns zum ersten Mal in der alten Sissy begegnet waren, gab es Streit zwischen uns, und vielleicht habe ich es nie bemerkt oder nie wahrhaben wollen, wie sehr sie mich hasste.

Es war schon dunkel, als ich von der Bibliothek im Haupthaus nach *St Barbara* kam. Ich hatte mich nach dem Abendessen noch auf die Englischstunde am nächsten Tag vorbereitet und war froh, jetzt bis zum Schlafengehen noch eine Weile im Gemeinschaftsraum faulenzen zu können. Beim Betreten des Hauses gelangte ich zuerst in einen kleinen, völlig finsteren Bereich. Wegen der vorgeschriebenen Verdunklung hatte man ihn durch einen Vorhang von der Halle abgetrennt. Beim Öffnen der Tür sollte kein Lichtschein nach draußen gelangen. Ich schloss die Tür hinter mir und schob dann den Vorhang beiseite. Aber auch in der Halle brannte kein Licht. Wie sonderbar, dachte ich. Vorsichtig tastete ich mich durch die Finsternis in Richtung des Lichtschalters.

Da blitzte das Licht einer Taschenlampe auf. Im nächsten Augenblick stülpte mir irgendjemand von hinten einen Sack über den Kopf. Mehrere Hände packten mich, hielten meine Arme fest und eine Hand glitt über mein Gesicht, als würde sie etwas unter dem groben Leinenstoff suchen. Bevor ich irgendetwas tun oder sagen konnte, hatte die Hand ihr Ziel gefunden. Mit eisernem Griff bedeckte sie meinen Mund. Da waren noch mehr Hände. Die ergriffen meine Beine. Ich wurde hochgehoben. Ganz nah vernahm ich heftiges Atmen. Das war sicher jener Menschen, der mir den Mund zuhielt. Kein Wort wurde gesprochen. Sie mussten zu dritt oder zu viert sein. Dann trugen sie mich hinaus ins Freie und dann irgendwohin fort durch die kalte Herbstnacht. Hatte der Schreck anfangs jede Gefühlsregung in mir unterdrückt, stieg jetzt Angst in mir auf. Wer waren diese Menschen? Was wollten sie von mir?

Nach einer Weile stellten sie mich auf die Beine. Eingekeilt von ihnen zwangen sie mich vorwärts. Immer noch hielt jemand meinen Mund zu. Ich versuchte, diese Hand abzuschütteln, weil ich nur schwer Luft bekam, aber ich sträubte mich vergebens. Erst als wir offensichtlich außerhalb der Hörweite der Häuser waren, machte man sich nicht mehr die Mühe, mir den Mund zuzuhalten. Stattdessen packten sie meine Arme und jemand band meine Handgelenke hinter meinem Rücken zusammen. Ich protestierte heftig, aber niemand kümmerte sich darum. Immer noch steckte mein Kopf unter dem Sack. Ich rief um Hilfe, aber als Antwort erhielt ich nur ein Lachen aus mehreren Mädchenkehlen. Hatte ich es mit Mitschülerinnen zu tun, die mir einen Streich spielen wollten? Unmöglich, sagte ich mir. Das hier ging weit über einen Scherz hinaus. Zu weit.

„Hört auf mit dem Blödsinn!", rief ich, aber sie schoben mich weiter vorwärts. Endlich erreichten wir, was ihr Ziel zu sein schien, wo auch immer das war. Jedenfalls war es nicht mehr draußen, sondern wieder irgendwo in einem Gebäude.

Endlich entfernten sie den Sack, und ich sah, dass wir im Bootsschuppen am See waren. Den nutzte der Schuldiener, um Gartengeräte aufzubewahren und auch um hier Feuerholz zu lagern.

Im Nu erkannte ich, dass ich es mit Mädchen aus *St Cecilia* zu tun hatte. Zwei von ihnen hielten mich immer noch an den Armen fest.

An einem Tisch vor mir saß Mason und musterte mich mit einem boshaften Grinsen. Zwei Kerzen standen auf dem Tisch und ihre in der Zugluft züngelnden Flammen tauchten den Raum in ein bedrohlich flackerndes Licht. Dann sah ich, was direkt vor Mason zwischen den beiden Kerzen auf dem Tisch lag. Ein Schössling war es, von seinen Blättern befreit, lang und dünn und sehr gerade gewachsen. Sicher war er von einem Haselstrauch.

Mason folgte meinem Blick und meinte: „Ja, Civitella, der Tag der Abrechnung ist gekommen."

„Macht mich los. Ich will gehen", erwiderte ich, aber mir war klar, dass das sinnlos war.

Mason lehnte sich genüsslich zurück „Verehrte Damen der ehrbaren Jury", wandte sie sich an ihre drei Komplizinnen. „Diese elende Kreatur ist der fortgesetzten Insubordination und Renitenz gegen eine ihrer ehrbaren Mitschülerinnen angeklagt. Wir wollen hören, ob sie etwas zu ihrer Verteidigung vorbringen kann. Nun Civitella, was ist?"

Die Situation hatte etwas Unwirkliches, ja, etwas geradezu Absurdes und gleichzeitig etwas derart Bedrohliches, dass mein Herz wie wild schlug und ich nichts anderes zu antworten vermochte als: „Hört doch endlich auf mit diesem Blödsinn. Seid ihr verrückt geworden? Lasst mich gehen."

„Ihr habt ihre Antwort gehört. Respektlose Beschimpfungen der präsidierenden Richterin und der Jury und sonst nichts. Fällt also euer Urteil. Haltet ihr sie für schuldig?"

„Schuldig!", schrien sie alle drei. „Schuldig. Sie muss bestraft werden."

„Haltet ihr die Gerte, die hier vor mir liegt, in diesem Fall für angebracht?"

„Ja, sie soll die Gerte zu spüren bekommen", rief Harris.

„Sechs mit der Gerte auf das Hinterteil", ergänzte Jones begeistert.

„Mindestens sechs", jauchzte Harris. „Mindestens sechs."

„Du hast es gehört, Civitella. Das Urteil ist gesprochen und die ehrwürdige Jury hat auf ein angemessenes Strafmaß erkannt. Sechs Hiebe mit dieser Gerte hier, vollzogen auf deine Kehrseite. Das Gericht folgt dem Antrag und bestimmt, dass das Urteil sofort zu vollstrecken ist. Mag es dir eine Lehre sein, Civitella, und möge die Erinnerung an dieses schmerzliche Erlebnis dir als Schritt auf dem Weg zur Besserung dienen." Dann wandte sie sich wieder an die anderen: „Über den Bock mit ihr!"

In einer Ecke war ein Hauklotz, auf dem der Schuldiener Brennholz zu spalten pflegte.

„Sollen wir wirklich?", fragte Cowper kleinlaut. Sie hatte sich nicht völlig von der Euphorie der anderen anstecken lassen. „Was ist, wenn sie uns hinterher verpfeift?"

„Darüber haben wir doch schon lang und breit gesprochen", antwortete Mason gereizt. „Schlimmstenfalls fliegen wir dann von der Schule. Na und? Aber das wird nicht passieren, denn sie wird den Mund halten. Wer Mitschülerinnen verpetzt, ist unten durch, mit der will niemand mehr etwas zu tun haben. So eine wird sich auch nach einer anderen Schule umsehen müssen." Mason wandte sich mir zu. „Du wirst doch sicher den Mund halten, egal, was hier geschieht, nicht wahr, Civitella?" Mason sprach mit lauerndem Unterton.

Ich antwortete nichts.

„Da habt ihr's", sagte Mason triumphierend. „Und jetzt macht schon. Wir wollen es hinter uns bringen. Über den Bock mit ihr, sage ich." Masons Augen glitzerten vor Begeisterung. Sie stand von ihrem Platz hinter ihrem Richtertisch auf und ergriff die Gerte.

Jones und Harris packten mich und zerrten mich zum Hauklotz, so sehr ich mich auch wehrte.

„Lasst mich los", schrie ich und trat wie wild um mich in der Hoffnung, das eine oder andere Schienbein zu treffen. Vergebens.

Sie duckten mich über den Hauklotz, und eine von ihnen machte sich an meinem Kleid zu schaffen.

„Was ist hier los?"

Miss Melland!

Wohl uns allen – auch mir – fuhr ein mächtiger Schrecken in die Glieder, als plötzlich ihre vor Zorn bebende Stimme vom Eingang des Schuppens her ertönte.

Miss Melland und Miss McTabbert teilten sich die Aufgabe, die korrekte Verdunkelung der Schulgebäude abends zu prüfen, so als wären sie Luftschutzwarte. Mason und ihre Komplizinnen hatten in ihrem Eifer nicht an die Fenster des Schuppens gedacht. Da der Schuldiener ihn nur tagsüber nutzte, waren keine Vorrichtungen für eine Verdunklung vorhanden. So war Miss Melland auf ihrem Rundgang vom schwachen Lichtschein der Kerzen angelockt worden.

„Seid ihr denn von allen guten Geistern verlassen? Bindet Civitella sofort los."

Meine Peinigerinnen gehorchten hastig. Ihre rauschhafte Erregung war im Nu grenzenloser Beschämung gewichen.

„Ich kann gar nicht glauben, was ich sehe. Und das hier, in *Sissingden Manor*. Widerwärtig! Aber ihr braucht mir nicht zu erklären, was das alles zu bedeuten hat. Das werdet ihr Miss Arbuthnot erzählen müssen. Und jetzt macht endlich die Kerzen aus und kommt mit."

Miss Melland bedeckte ihre Taschenlampe mit der Hand, sodass nur ein ganz schwacher Lichtstrahl direkt vor ihr auf den Boden fiel. Diesem Irrlicht folgend gingen wir schweigend im Gänsemarsch hinter ihr her.

Am nächsten Morgen wurden Mason und die anderen drei gleich während der ersten Schulstunde zu Miss Arbuthnot gerufen. Mich hatte Miss Melland schon am Abend zuvor ausgefragt, und ich hatte ihr haarklein erzählen müssen, was vorgefallen war. Ich weiß nicht, wie es Mason und den anderen im Büro von Miss Arbuthnot erging. Notty, das wussten wir alle, war die Einzige in der alten Sissy, die berechtigt war, Schülerinnen mit dem Rohrstock zu bestrafen, aber eigentlich machte sie so gut wie nie von dieser Möglichkeit Gebrauch. Aber wenn Schülerinnen von anderen drangsaliert und schikaniert wurden, das war ihr ein Gräuel, und wann immer ihr etwas Derartiges unterkam, ging sie mit unnachgiebiger Härte dagegen vor. „So etwas wird hier in *Sissingden Manor* nicht geduldet. Nicht solange ich hier Schulleiterin bin", pflegte sie zu sagen.

In der Mittagspause kam Mason zu mir und nachdem sie ein wenig herumgedruckst hatte, meinte sie:

„Wir sind da gestern wohl ein bisschen zu weit gegangen, fürchte ich. Tut mir leid. Hätten wir nicht tun sollen, aber ich hoffe, du nimmst uns das nicht krumm."

Ich war sicher, dass Notty ihr aufgetragen hatte, sich bei mir zu entschuldigen. Also quittierte ich ihre Worte mit einem knappen Kopfnicken. Wir waren nie Freundinnen gewesen und würden es wohl auch nie werden. In meinen Augen war sie einfach nur eine verzogene Göre. Ich wusste, dass ihre Eltern ziemlich reich waren und von ihrem Reichtum lebten, ohne arbeiten zu müssen. In gewissem Sinne fühlte ich mich ihr überlegen, denn *mein* Vater stellte unter Beweis, dass er durch harte Arbeit in der Lage war, eine Familie zu ernähren. Aber wie auch immer, Miss Arbuthnot höchstpersönlich hatte sich der Sache angenommen und ein Urteil gesprochen, auch wenn ich keine Ahnung hatte, wie es gelautet haben mochte. Damit blieb mir nichts anderes übrig, als auch einen Schlussstrich unter diesen Vorfall zu ziehen, so gut ich es konnte.

Aber dennoch dachte ich oft daran zurück, und es waren keine schönen Gedanken, wenn ich mir ausmalte, was *ich* Mason antun würde, wenn ich die Möglichkeit dazu hätte. Wenn im Gottesdienst an den Tagen, an denen das Mahl des Herrn gefeiert wurde, gebetet wurde: *Allmächtiger Gott, vor dem alle Herzen offen stehen, alles Verlangen sichtbar ist und vor dem keine Geheimnisse verborgen sind*, dann wurde mir heiß und kalt. Dann musste er ja auch wissen, was ich in meiner Fantasie mit Mason machte. Wie gerne hätte ich meine Gedanken vor ihm geheimgehalten, aber schon, wenn ich darüber nachdachte, ob und wie ich das bewerkstelligen könnte, bekam ich ein schlechtes Gewissen. Denn auch diese Überlegungen blieben ihm ja nicht verborgen. Erst viele Jahre später habe ich begriffen, wie tröstlich und befreiend es ist, wenn man mit seinen düsteren Gedanken nicht alleine ist, sondern immer einer da ist, vor dem man sie nicht verheimlichen muss und der diese Gedanken mit einem teilt, um einem zu helfen, ihre Last zu tragen.

Weihnachten 1939

Als ich in die Weihnachtsferien nach Hause kam, war es in *Oaklands House* recht ruhig geworden. Evans, der Gärtner, war nicht mehr da. Allerdings hatte Mutter keine Gelegenheit gehabt, ihn hinauszuwerfen. Die Armee war ihr zuvorgekommen. Evans war jetzt Soldat.

Auch Betty war fort. Sie war schon immer ein abenteuerlustiges Mädchen gewesen und hatte sich zum ATS gemeldet, dem *Auxiliary Territorial Service,* in dem Frauen Hilfsdienste für die Armee leisteten. Higgins berichtete stolz, dass seine Tochter dort zur Telefonistin ausgebildet wurde. Für sie war der Dienst im ATS durchaus ein Aufstieg. Sie erhielt immerhin zwei Drittel vom Sold eines Soldaten. Das war nicht gerade viel, aber mehr, als sie als Dienstmädchen verdient hatte.

Es waren also nur noch Mary und die Köchin da, und Mutter blieb nichts anderes übrig, als selbst mit anzupacken. Der Haushalt war jetzt auf das Hauptgebäude konzentriert worden. Das Gesindehaus wurde quasi aufgegeben – oder sollte man sagen eingemottet? Alle wohnten jetzt im Hauptgebäude und Mary hatte inzwischen sogar ihre kleine Dachkammer verlassen dürfen und das Gästezimmer Tür an Tür mit Mutter bezogen. Männer, die Mary gefährlich werden konnten, waren ja auch nicht mehr in Sicht. Nicht nur Evans, auch der junge David Godfrey war beim Militär.

Zu all diesen Veränderungen kamen dann auch noch weitere neue Anforderungen. *Mehr anbauen – Nahrungsmittel aus dem Garten* hatte das Ernährungsministerium im Oktober seinen Bürgern in einem Pamphlet geschrieben. Die Einfuhr von Lebensmitteln, die bisher einen wichtigen Beitrag zur Versorgung der Bevölkerung Groß Britanniens geleistet hatte, litt immer stärker unter den deutschen U-

Booten. Aber unser Gärtner war weg, also musste sich Mutter auch da etwas einfallen lassen.

Zusammen mit dem gut gemeinten Rat wurden allerdings auch schon die kleinen Büchlein für den Bezug rationierter Lebensmittel an die Bürger verteilt. Es dauerte zwar bis Anfang 1940, bis damit Ernst gemacht wurde, aber die Drohung stand im Raum. Nur, wie sollte man Butter, Speck, Eier, Käse, Zucker, Tee und all diese schönen Dinge, die nach und nach rationiert wurden, im Garten hinterm Haus anbauen?

Weihnachten 1939, das letzte Fest ohne Lebensmittelrationierungen, feierten wir Civitellas wie in jedem Jahr bei den Großeltern in Rochester.

Gino war immer noch in Fairoaks stationiert. Das war nicht weit von Rochester entfernt, und er hatte ein 48-Stunden-Frei bekommen. Ich würde ihn also am Heiligabend zum ersten Mal seit den Sommerferien wiedersehen und war schon ganz neugierig, ob er sich wohl sehr verändert hatte, jetzt, wo er Pilot war. Ich weiß nicht mehr so recht, was ich erwartet habe, aber ich dachte, dass diese ganze Fliegerei, dieses Vordringen in eine den Menschen zuvor unzugängliche Welt nicht spurlos an Gino vorbeigegangen sein konnte.

„Die Welt nicht nur aus der Perspektive von uns Ameisen zu sehen, sondern sich über sie zu erheben und herabzublicken ... das muss einen Menschen doch verändern", erklärte ich, als wir beim Tee zusammensaßen, noch bevor Gino eintraf.

Muira lächelte auf ihre gewohnt spöttische Art. Sie und George waren letztes Jahr schon einmal nach Paris geflogen. Es hätte ihrem ganzen Wesen widersprochen, das Fliegen als ein besonderes Erlebnis zu bezeichnen. Jahre später hat George mir beiläufig erzählt, dass Muira den ganzen Flug über panische Angst gehabt hatte. Am Ende hatten sie auf der Rückreise den Zug nehmen müssen.

„Gino scheint sich jedenfalls ganz leidlich anzustellen", brummte Onkel Alexander, und ich fragte mich, woher er denn das nun schon wieder wusste.

Nach dem Dinner am Heiligabend sortierte man sich sehr bald. Großvater zog sich zurück, um noch an seiner Predigt für den Weihnachtstag zu arbeiten. Vater und der Brigadier setzten sich in die Bibliothek, tranken Whiskey und unterhielten sich über den Krieg. Sie waren ja beide Veteranen des Großen Krieges. Vater war damals *Capitano* in der italienischen Armee gewesen. Mutter brachte Lulu zu Bett, was sich als nicht so einfach erwies, denn die Kleine wollte unbedingt aufbleiben, um mitzubekommen, wie der Weihnachtsmann die Geschenke brachte. Großmutter hatte sich zurückgezogen, um noch dies und das mit den Dienstboten zu besprechen. Am Abend vor einem großen Fest gab es für die Dame des Hauses *immer* irgendetwas zu tun. Die jungen Leute wollten sich auf den Weg machen, um im Kino *Wuthering Heights* zu sehen.

„Kommst du auch mit?", fragte Helen mich.

„Ach, Sie hat den Film doch gerade erst gesehen. In Faversham. Stimmt's?", sagte Gino, bevor ich antworten konnte.

„Stimmt. Wir könnten uns was anderes ansehen", schlug ich vor. „Hier läuft doch auch *Goodbye, Mr Chips*. Den kenne ich noch nicht."

„Meinetwegen." George zuckte gleichgültig die Schultern.

„Nein, nein und nochmals nein", rief Gino. „Ich bin ganz scharf auf die Oberon. Hab mich schon seit Tagen auf sie gefreut."

Also zogen die vier los und ich blieb mutterseelenallein zurück. Ich ärgerte mich über Gino, weil er partout den Film mit dieser blöden Merle Oberon sehen wollte, und über mich, weil ich nicht doch mitgegangen war. Ich hätte mir den Film auch noch ein zweites Mal ansehen können. Er war nämlich wirklich gar nicht schlecht.

Ich war so sehr damit beschäftigt, mich zu ärgern, dass ich gar nicht auf die Idee kam, misstrauisch zu werden. Warum, hätte ich mich fragen müssen, wollte er unbedingt in diesen Film mit Merle Oberon? Er war kein großer Kinogänger und für die angesagten Filmstars interessierte er sich auch kein bisschen. Aber ich beschränkte mich an diesem Abend darauf, mich zu ärgern.

Schließlich ging ich in mein Zimmer und fischte aus meinem Koffer ein Buch, das ich aus Mutters Bücherregal stibitzt hatte, einen Krimi mit dem Titel *Die Neun Schneider*, und setzte mich dann im Salon an den Kamin. Ich hatte gerade das zweite Kapitel angefangen und wartete immer noch ungeduldig auf den Mord, den es aufzuklären gelten würde, als Mutter und die Großeltern wieder auftauchten.

Was ich doch für ein gelehriges Kind wäre, lobte Großvater, als er mich in mein Buch vertieft sah. Gerade für
Mädchen sei Bildung heutzutage so furchtbar wichtig, und
welch ein Segen eine gebildete Frau doch für ihren zukünftigen Ehemann sei. Als er sah, dass ich einen Krimi las,
wechselte er abrupt das Thema.

„Wo sind denn eigentlich die anderen?"

„Die jungen Leute sind ins Kino gegangen, Meredith",
erklärte Großmutter.

„Sie wollten sich *Wuthering Heights* ansehen", ergänzte
ich in der Hoffnung, Emily Brontë würde eher seinem lite-
rarischen Geschmack entsprechen, aber sein mürrisches
Gesicht hellte sich nicht auf.

„Es wird immer schwieriger, Lulu zu bändigen", versuchte Mutter es mit einem neuen Thema. „Ich freue mich
wirklich auf den Tag, an dem sie in die Schule kommt."

Mir war klar, dass sie damit den Tag meinte, an dem sie
Lulu in ein Internat geben würden. Wenn ich heute zurück-
blicke, ist es für mich schwer verständlich, wieso Mutter,
die sich sonst von keiner Schwierigkeit entmutigen ließ
und die jede Herausforderung wie selbstverständlich meis-
terte, dass sie sich, wenn es um die Erziehung ihrer Kinder
ging, so rein gar nichts zutraute. Möglicherweise war es der
schädliche Einfluss Vaters. Der war der Meinung, dass man
Kinder aufwachsen lassen sollte, wie sie halt aufwachsen
wollten. Vielleicht war das seiner italienischen Herkunft
geschuldet. Vielleicht war *Disziplin* dort im Süden Europas
nicht das Zauberwort, dass, so wie hier bei uns, als Schlüs-
sel für ein erfolgreiches Leben angesehen wurde. Mögli-

cherweise war Mutters einziger Ausweg aus diesem Dilemma unterschiedlicher Anschauungen über die Erziehung der Kinder, uns so früh wie möglich in ein Internat zu stecken, und zwar in ein möglichst strenges.

„Habt ihr schon überlegt, wohin ihr sie gebt?", fragte Großvater.

„Irgendein Internat, dass nicht so weit von uns weg ist, aber wer kann da heutzutage noch sicher sein? Ständig werden Schulen irgendwohin evakuiert. Ich bin sicher, auch *Sissingden Manor* wird früher oder später Kent den Rücken kehren."

Diese Prophezeiung hatte ich jetzt schon oft von Mutter gehört. Würde es mir gefallen, fragte ich mich, wenn es tatsächlich passierte?

In diesem Augenblick hörten wir draußen auf der Straße eine Gruppe *In the Bleak Mid-Winter* singen.

„Lasst, ich gehe", sagte Großmutter sofort, nahm eine Münze, die auf dem Kaminsims bereitlag, um sie den Sängern, die von Haus zu Haus zogen, in ihre Sammelbüchse zu stecken.

„Es ist ein Jammer, dass es in diesem Jahr keine Mitternachtsmesse geben wird", sagte Mutter.

„Ja, aber wir haben hin und her überlegt. Es ist einfach unmöglich, unsere Kathedrale zu verdunkeln. Dieser furchtbare Krieg. Wir haben inzwischen begonnen, alle wertvollen bunten Fenster zu entfernen und einzulagern und sie durch einfache Glasscheiben zu ersetzen. Die könnten wir mit Verdunklungspapier bekleben. Aber dann wäre der Innenraum auch tagsüber total finster, und wir wissen nicht, ob wir das wollen."

Großmutter kam zurück und mit ihr die Kinogänger. Das heißt, alle bis auf Gino.

„Er hat im Kino einen alten Bekannten getroffen", erklärte George auf Mutters Frage hin. „Sie wollten noch ein Bier trinken gehen."

„Hoffentlich kommt er nicht zu spät zurück." Großmutter machte ein besorgtes Gesicht. „Ich werde Dobson sagen, dass er die Tür zum Garten nicht verriegeln soll. Gino wird das dann hoffentlich machen, wenn er kommt."

„Natürlich, Mutter. Er ist doch kein kleines Kind mehr."

„Na gut. Aber ich schlafe immer ganz unruhig, wenn ich nicht weiß, dass alle Türen verriegelt sind."

„Er wird schon nicht die ganze Nacht fortbleiben", versuchte Großvater sie zu beruhigen.

„Aber wie merke ich das, dass er zurück ist und die Tür verriegelt hat?"

„Da hilft nur Gottvertrauen", erklang es von der Tür her. Der Brigadier und Vater kamen gerade herein. „Oder was meinst du, Meredith?"

„Sicher", knurrte Großvater.

Der Brigadier lachte.

„Ich glaube, es ist Zeit für dich, Margie."

Ich war Mutter durchaus dankbar für diesen Wink, wünschte allen artig eine gute Nacht und zog mit meinem Roman davon. Vielleicht würde ich jetzt endlich erfahren, welchen Mord Lord Peter dieses Mal aufzuklären hatte, und tatsächlich wurde schon bald ein Toter in einem Grab gefunden, natürlich einer, der da nicht hingehörte. Ich konnte das Buch also aus der Hand legen und mich zufrieden aus dem einen Reich der Träume ins nächste begeben.

Und während Lulu und ich noch tief und fest schliefen, stand Mutter am nächsten Morgen früher auf als alle anderen. Sie wollte bei mir und Lulu die Strümpfe, die wir am Vorabend an den Bettpfosten aufgehängt hatten, mit kleinen Geschenken füllen. Das sollte natürlich geschehen, bevor wir wach wurden.

Auf dem Weg zu Lulus Zimmer begegneten sie sich. Mutter und Gino.

„Um Himmels willen!", rief Mutter. „Habe ich mich erschreckt. Was um alles in der Welt machst du denn hier so früh? Und dann auch noch angezogen, als wolltest du ausgehen."

„Guten Morgen, Mutter. Frohe Weihnachten."

„Frohe Weihnachten, Gino."

„Ich konnte nicht schlafen und bin ein wenig im Garten umher gegangen."

„Du Ärmster." Mutter wird wohl gedacht haben, die Aussicht, möglicherweise bald in einen Kampf auf Leben und Tod geschickt zu werden, mag ihm den Schlaf geraubt haben.

Als ich am nächsten Morgen aufstand, war es lausig kalt im Zimmer. Das Feuer im Kamin war längst erloschen. Ich hüllte mich in meine Bettdecke und schaute in den Garten hinaus, das heißt, ich versuchte es zumindest, aber alles, was ich feststellen konnte, war, dass es draußen *nicht* weiß war. Die Fensterscheibe war von Eisblumen bedeckt. Ich versuchte, sie mit meinem warmen Atem zum Schmelzen zu bringen. Eins ums andere Mal hauchte ich die Scheibe an, um wenigstens ein kleines Loch für einen Blick in den Garten freizubekommen. Aber schließlich gab ich unverrichteter Dinge auf, als meine nackten Füße zu frieren anfingen. Ich hatte jedenfalls genug gesehen, um enttäuscht festzustellen, dass es auch in diesem Jahr keine weiße Weihnacht gab.

Erst jetzt wandte ich mich dem Strumpf am Bettpfosten zu. Früher wäre das mein erstes Ziel gewesen, aber inzwischen war ich ja kein kleines Kind mehr und meinte, diesen albernen Bräuchen entwachsen zu sein. Es war wohl an der Zeit, mit Mutter ein ernstes Wort zu reden, sagte ich mir. Ich inspizierte den Inhalt des Strumpfs ohne großen Enthusiasmus und fand ein paar Süßigkeiten und dergleichen Kleinkram. Die eigentlichen Geschenke würden im Salon unterm Weihnachtsbaum liegen, und ich war schon furchtbar neugierig, was ich dort finden würde.

Aber bevor die Geschenke ausgepackt werden durften, mussten wir noch in die Kirche. Die Glocken schwiegen. Dass wir uns im Dorf daran gewöhnt hatten, dass sie nur noch als letzte Warnung im Fall einer Landung der Deutschen ertönen durften, änderte nichts daran, dass ein Weihnachtsgottesdienst ohne das festliche Geläut irgendwie kein richtiges Weihnachten war.

Als wir zurückkamen, konnte ich endlich über meine Geschenke herfallen. Ich erinnere mich noch an einige davon. Natürlich war viel Nützliches darunter: Unterwäsche, Strümpfe und Taschentücher. Auch ein wunderschönes Nachthemd aus Chinakrepp von Mutter. Von Großmutter bekam ich eine Geschenkpackung mit Seifen und Badesalzen von *Yardleys*, von Großvater ein Buch, *So grün war mein Tal*. Von Vater auch eines. Über das freute ich mich ganz besonders. Es war ein neuer, erst vor wenigen Wochen veröffentlichter Krimi von Agatha Christie, der *Zehn kleine Negerlein* hieß.

Woran ich mich auch noch sehr gut erinnern kann, ist ein Geschenk, das Lulu bekam, nämlich eine Schachtel mit Zinnsoldaten, bewundernswert detailliert gearbeitet und kunstvoll bemalt. Englische Infanteristen waren es in Uniformen aus der Zeit der Kriege gegen Napoleon. Es gab viel Getuschel, weil Onkel Alexander die Unverfrorenheit besessen hatte, einem kleinen Mädchen Zinnsoldaten zu schenken, noch dazu jetzt, wo *wirklich* Krieg war. Wie auch immer, Lulu war ganz begeistert von den kleinen Kerlen und spielte lange, auf dem Boden liegend mit ihnen, obwohl gar kein Feind da war, gegen den sie sie hätte in die Schlacht führen können. Onkel Alexander beobachtete sie wohlwollend und nahm sich wahrscheinlich vor, ihr zum Geburtstag eine Schachtel mit französischen Soldaten zu schenken.

Im Übrigen war dieser Weihnachtstag wie immer dem Schlemmen gewidmet. Ja, es war für eine lange Zeit das letzte Weihnachtsfest, das nur aus Essen, Geschenken, Spiel und Spaß bestand.

Als alle es mehr oder weniger geschafft hatten, beim Abendessen noch einmal alles Mögliche in sich hineinzustopfen, gingen die jungen Leute ins Billardzimmer hinüber, obwohl nur George und Gino spielen wollten.

Ich folgte ihnen.

Helen und Muira setzten sich etwas abseits und schwatzten und lachten miteinander. Da ich mich nicht so recht traute, an ihrer Unterhaltung teilzunehmen, stellte ich mich neben den Billardtisch und verfolgte das Spiel.

Gerade hatte Ginos Stoß sein Ziel verfehlte, und George kam ins Spiel.

„Du stehst im Weg, Kindchen", sagte George zu mir, und ich beeilte mich, beiseite zu gehen.

„In der Schule alles in Ordnung, Margie?", fragte Gino beiläufig, ohne mich anzusehen.

„Ja, na klar." Mir gefiel es gar nicht, von den beiden wie ein kleines Kind behandelt zu werden. Vor einem Jahr hätte ich mir dabei nichts gedacht, aber inzwischen wurde ich schließlich langsam erwachsen, und so sollten sie mich gefälligst auch behandeln!

„Und wie gehts bei *dir* in der Schule?", fragte ich schnippisch zurück. „In deiner *Flug*schule."

Gino sah mich überrascht an. Dann lächelte er und gab mir mit der Faust einen ganz sanften Stoß. „Schön dich mal wieder zu sehen, Margie. Auch wenn ich merke, dass du langsam in ein schwieriges Alter kommst. Aber keine Angst, das geht vorbei. Früher oder später." Dann zog er mich lachend zu sich heran und gab mir einen Kuss auf die Wange.

„Igitt, du stinkst nach Schnaps, Gino."

„Recht hast du. Ich vergaß, junge Damen haben sehr feine Näschen. Da muss ich aufpassen."

„Du bist wieder dran, Gino", sagte George.

Nach einer Weile verließ Helen das Billardzimmer, und Muira kam zu uns herüber.

„Na, Gino, gehst du heute gar nicht ins Kino?" In Muiras Frage schwang ein Unterton mit, den ich nicht einzuordnen vermochte.

Gino sah sie einen langen Moment an, ohne eine Miene zu verziehen. Dann spielte er weiter.

„Wo ist Helen hin?", fragte George, aber Muira ging nicht darauf ein.

„Gibt es heute nichts Interessantes?"

Gino spielte schweigend weiter.

„Oder schläft sie heute mit einem andern?" Muira fing an, hysterisch zu lachen.

Als sie sich wieder ein wenig beruhigt hatte, sagte Gino: „Du hättest nicht so viel trinken sollen." Er sagte es, ohne sein Spiel zu unterbrechen, aber sein Stoß ging völlig daneben.

„Muira, ich bitte dich. Wir sind nicht allein." George und warf einen warnenden Blick in meine Richtung.

„Ach, zum Teufel mit Euch Männern. Die einen sind Schlappschwänze und die anderen ..."

Bevor Muira weiterreden konnte, hatte George sie an der Schulter gepackt und rüttelte sie. „Es reicht."

„Lass mich los!", protestierte Muira. Dann entwand sie sich seinem Griff und verließ wortlos und fast fluchtartig den Raum.

Als Erster machte sich Gino sich auf den Weg und knatterte auf seinem Motorrad davon, um nach Fairoaks zurückzukehren. Dann fuhren Muira und George nach London, nicht gemeinsam, sondern nacheinander, jeder zurück in seine eigene Wohnung. Schließlich machten auch wir, die Civitellas, uns auf den Heimweg. Ich freute mich sehr, mal wieder ein paar Tage in *Oaklands House* verbringen zu können. Angesichts der Kälte draußen saß ich die meiste Zeit am Kamin und las. Am liebsten verkroch ich mich ins kleine Wohnzimmer. Das hatte nicht so viele Fenster und war deshalb immer kuschelig warm.

Im Handumdrehen war ich mit meinen neuen Büchern durch und fiel über das Bücherregal meiner Mutter her in der Hoffnung auf Beute. Da sie auch gerne las, gab es dort immer etwas Neues zu entdecken. Das Erste, was mir in die Hände fiel, war *Leichtuchmode*, ein neuer Krimi von Margery Allingham. Oh, wie schön, sagte ich mir. Wieder ein Roman mit diesem witzigen Albert Campion. Als Mutter mich mit dem Buch erwischte, wurde ich ordentlich ausgeschimpft, denn sie hatte es selbst noch gar nicht gelesen. Aber sie war so fair und nahm es mir nicht weg. Ich konnte also weiter darin schmökern.

So folgte ein wunderschöner Ferientag auf den anderen. Während draußen eine klirrende Kälte herrschte, saß ich am warmen Kamin und las, oder ich tat gar nichts und träumte vor mich hin. Ich war schließlich in einem Alter, in dem man wunderbar träumen kann. Fast das ganze Leben lag ja noch vor mir.

Aber dann, am Anfang des neuen Jahres, passierte etwas ganz Furchtbares. Paul Godfrey, der Wildhüter und Bruder des Wirts der *Three Horseshoes* kam mit seiner Flinte zu uns.

„Harvey ist ein schlechter Jäger", sagte Mutter zu Lulu und mir. Sie meinte unseren alten Kater. „Er kann nicht mehr für sich selbst sorgen, und jetzt, wo Lebensmittel rationiert werden, können wir ihn nicht mehr mit durchfüttern." Einen Moment schwieg sie, während Lulu und ich sie entsetzt ansahen. „Besser so, als ihn verhungern lassen."

Wir bestürmten Mutter, erklärten, kein Fleisch mehr essen zu wollen, nie, nie wieder, wenn Harvey verschont würde, aber Mutter ließ sich nicht erweichen.

Godfrey schlich, die Flinte schussbereit, ums Haus und im Garten umher, aber der alte Kater schien etwas geahnt zu haben. Er war und blieb unsichtbar. Als der Abend anbrach, zog Godfrey unverrichteter Dinge davon, versprach vorher aber, am nächsten Tag wiederzukommen.

Beim Frühstück am Morgen darauf erklärten Lulu und ich, wegen Harvey in den Hungerstreik zu treten. Das hatte dieser Gandhi in Indien schließlich auch gemacht. Natürlich hielt die Kleine nicht lange durch. Mutter stellte einfach den Teller mit Haferbrei vor sie hin und sagte:

„Iss jetzt, oder ich werde ernstlich böse."

Aber mitanzusehen, wie Lulu ihren Brei in sich hinein löffelte, während ihre Tränen in den Teller tropften, war mehr, als Mutter ertragen konnte. Als Godfrey einige Zeit später kam, wurde er wieder weggeschickt. Die Sache hätte sich erledigt.

Anfang eines neuen Jahres

Nach den Weihnachtsferien ging es wieder zurück in die alte Sissy. Sie war immer noch in *Sissingden Manor* untergebracht, obwohl mittlerweile mehr und mehr Schulen Kent verließen, um ein provisorisches Refugium im Westen oder Norden Groß Britanniens zu beziehen.

Die Eltern brachten mich in Vaters altem Humber zur Schule. Sie konnten sich das erlauben, denn weil Vater jeden Tag zu seiner Brauerei nach Faversham fahren musste, hatte man ihm eine erhöhte monatliche Benzinration zugebilligt. Die meisten der anderen Mädchen kamen in Lenham mit dem Schulzug an und wurden vom Schuldiener mit einer alten, motorisierten Shooting Brake, auf der in großen Lettern der Name unserer Schule stand, und einem extra für diesen Tag gemieteten Bus vom Bahnhof abgeholt.

Ich hatte das Gefühl, dass Mutter der Abschied von mir nicht leicht fiel. Die Eltern wohnten ja gar nicht weit weg von hier, aber in der langen Zeit bis zu den nächsten Ferien war es ihnen nur einmal erlaubt, mich zu besuchen, für ein paar Stunden an einem Sonntag. So schrieb die Schulordnung es vor.

In *St Barbara* wurde ich gleich am Eingang von Mrs Gossage, unserer Hausmutter, in Empfang genommen und musste ihr dieses Mal nicht nur mein Gesundheitszeugnis, sondern auch mein Rationsheft aushändigen. Von nun an würde die Schule die mir zustehenden Lebensmittel besorgen und verwerten. Speck, Schinken, Butter und Zucker waren mittlerweile als Erstes rationiert worden. Sicher hatten sich Miss Arbuthnot und Mrs Fothergill, die Küchenleiterin, viele Gedanken darüber gemacht, wie man verhindern konnte, dass es Ungerechtigkeiten gab und dass jedes Mädchen das bekam, was ihm zustand. Wie die meisten Kinder machte ich mir aber vor allem um meine Zuckerration Sorgen.

In meinem Schlafsaal war ich nicht die Erste. Polly Renshaw, Lou Barlow und Freddie Wyler waren schon vor mir angekommen. Ich begann sofort damit, meine persönlichen Sachen in meinem winzig kleinen Schapp an der Stirnseite des Raums zu verstauen. Durch die Begrenzung des zur Verfügung stehenden Platzes sollte sichergestellt werden, dass wir keinen überflüssigen Luxus trieben. Es sollte nur Raum für das Notwendigste vorhanden sein. So war es uns zum Beispiel verboten, mehr als zwei Bücher für die private Lektüre mitzubringen. Ich erinnere mich, ich hatte diesmal auch das neue Buch von H.G. Wells, *Der Heilige Terror,* im Gepäck. Das hatte ich mir aus Mutters Beständen erbettelt.

„Ich habe gerade zu Freddie gesagt", rief Polly mir zu, „wenn *Sausage"* – so nannten wir Mrs Gossage, unsere Hausmutter – „heute Abend hier die Fenster aufreißt bei dieser verfluchten Kälte, dann ziehe ich aus."

Freddie zuckte resignierend die Schultern. „Du weißt doch, sie denken viel frische Luft ist gesund und gerade in unserem Alter wichtig."

„Aber doch nicht bei dieser Kälte!", erklärte Polly wütend. „Im Radio haben sie gesagt, das hier ist der kälteste Winter seit 50 Jahren. Da kann es doch nicht gesund sein, uns nachts bei offenen Fenstern erbärmlich frieren zu lassen."

„Dann machen wir sie doch einfach wieder zu, die Fenster, wenn sie weg ist", meinte Lou in einem Anflug von Heldenmut.

„Ich wette, *Sausage* geht nachts ums Haus und kontrolliert, ob alle Fenster offen sind" – Freddie gab ein unfrohes Lachen von sich – „und wenn unsere zu sind, meldet sie uns, und dann verspeist Notty uns morgen alle zum Frühstück."

Polly wandte sich Lou zu. „Und dich zuerst." Sie riss die Arme hoch, tat, als hätte sie Messer und Gabel in Händen und stürzte sich auf Lou. „An dir ist wenigstens ordentlich was dran."

Eigentlich mochte Lou es nicht, wenn jemand auf ihre üppigen Rundungen anspielte, aber Polly war nun einmal ein notorischer Spaßvogel, und Lou quiekte laut vor Vergnügen, als die andere sich auf sie warf, und während Lou kreischte, gab Polly ein wahres Löwengebrüll von sich. Die beiden balgten sich auf Lous Bett, bis sie erschöpft innehalten mussten.

„Meine Güte, was ist denn hier schon wieder los?" Das war Kirkland, die Einzige von uns, die überhaupt keinen Sinn für Humor hatte. Mit ihr zusammen waren auch Joan Traviss und Pettiford hereingekommen.

„Die Ferien waren für einige von den jungen Damen wohl wieder einmal zu lang", sagte Joan und imitierte dabei den indignierten Tonfall der Govs. Sie trug eine runde Nickelbrille und niemand in der alten Sissy hatte so kurze Haare wie sie. Außerdem war sie mit Abstand die Klügste von uns allen, und die Lehrerinnen waren sicher, dass sie später einmal an einer der Eliteuniversitäten studieren würde. Aber sie war trotzdem keine Spielverderberin. „Die Govs werden euch den Übermut schon wieder austreiben, Mädels. Und ihr Dummköpfe habt scheinbar nicht mal mitbekommen, dass Teezeit ist."

Also gingen wir alle hinüber ins Haupthaus. Der Nachmittagstee war die einzige Mahlzeit, zu der nicht alle auf den Punkt genau zu erscheinen hatten. Als wir am gewohnten Platz im Speisesaal saßen und unter den wachsamen Augen von Mrs Gossage Toast und Marmelade genossen, verblassten die Erinnerungen an die Ferien im Handumdrehen, und wir hatten wohl alle das Gefühl, es hätte sie nie gegeben.

Lou suchte nach dem Schälchen mit Zucker, das sich immer ganz selbstverständlich beim Tee auf dem Tisch befunden hatte. Heute war keines da. Sie zögerte eine Weile, dann nahm sie ihren ganzen Mut zusammen.

„Matron, der Zucker. Ich hätte gerne etwas Zucker, bitte. Für meinen Tee."

Sausage sah sie streng an. „Es ist kein Zucker da. Das siehst du doch, oder?" Nach einer Kunstpause ließ sie sich zu einer Erklärung herab: „Mrs Fothergill hat angeordnet, dass es zum Tee keinen Zucker mehr gibt. Sonst kann sie in

Zukunft von eurer mickrigen Zuckerration keinen Nachtisch mehr machen. Es gibt nur noch Zucker im Tee *oder* Nachtisch, und Mrs Fothergill hat sich für Nachtisch entschieden."

Wenn Lou geahnt hätte, was im Laufe des Krieges noch alles auf uns zukommen sollte, hätte sie ihren bitteren Tee mit weniger Widerwillen getrunken.

Am Ende war *Sausage* tatsächlich unerbittlich und öffnete vor dem *Lichtaus!* die Fenster. Von draußen drang sibirische Kälte in unseren Schlafsaal, und wir waren wohl zum ersten Mal für die angeordnete Verdunklung dankbar, denn die schweren Leinenvorhänge boten ein klein wenig Schutz vor der Kälte. Aber hin und wieder bewegte der Wind die Vorhänge und dann gelangte ein eisiger Hauch in unseren Schlafsaal. Am schlimmsten war es für jene, die direkt am Fenster schliefen. Ich war eine davon.

Am nächsten Tag wurde bekannt gegeben, dass wegen der heftigen Kälte vorerst nur noch vor dem *Lichtaus!* zwei Stunden gelüftet werden sollte, in der Nacht hingegen sollten die Fenster geschlossen bleiben. Was aber nur ein kleiner Fortschritt war, wenn man sich vor Augen hält, dass unsere Schlafsäle unbeheizt waren.

In der alten Sissy bekamen wir schon bald weitere Folgen des Krieges zu spüren. Immer mehr Männer wurden zu den Waffen gerufen und immer mehr Frauen nahmen deren Platz in den Fabriken und in der Landwirtschaft ein oder wo die Männer sonst noch Lücken in bedeutsamen Wirtschaftsbereichen hinterlassen hatten. In der Folge verschwanden immer mehr Dienstmädchen aus der alten Sissy. Ihre Aufgaben wurden, soweit das möglich war, auf uns Mädchen übertragen. Zu meinen täglichen Pflichten gehörte es nun auch, morgens im Zimmer von Miss McTabbert für Ordnung zu sorgen. Das bedeutete, ihr Bett zu machen, mich um das schmutzige Geschirr zu kümmern, Staub zu wischen und so weiter und so fort. Und ich musste mich mächtig damit beeilen, um nicht zu spät zur morgendlichen Schulversammlung zu kommen.

Diese Versammlung stellte ein geheiligtes Ritual dar. Wir mussten vor unserem Haus antreten und wurden dann von unserer Hauspräfektin in Zweierreihen zur Versammlung geführt. Am Eingang der Halle standen zwei oder drei Mädchen aus der Sechsten, die stolz das Abzeichen einer Schulpräfektin trugen und darüber wachten, dass alle Mädchen ihr Gesangbuch dabeihatten und korrekt gekleidet waren. Waren zum Beispiel die Schuhe nicht ordentlich geputzt oder der Kragen nicht richtig zugeknöpft, gab es eine Meldung an die Hausmistress. Deren Zorn entlud sich dann nicht nur über der Missetäterin. Auch die Hauspräfektin bekam ein Donnerwetter zu hören, denn sie hatte ihre Pflichten vernachlässigt. Schon beim Antreten vor dem Haus hätte sie alle Mädchen überprüfen müssen, dann wäre das Haus nicht in Misskredit geraten. Fortan hatte die Hauspräfektin natürlich einen Pik auf das schludrige Mädchen und ließ ihm rein gar nichts mehr durchgehen. Auch wenn so eine Hauspräfektin nur eine ältere Mitschülerin war, es war viel schlimmer, eine von ihnen zum Feind zu haben als eine von den Govs. Eine Präfektin hatte viel mehr Zeit und viel mehr Gelegenheit, ihren Groll an der Unglücklichen auszulassen und ihr das Leben schwer zu machen, und manche von den Präfektinnen hatten vielleicht sogar Freude daran, andere zu schikanieren.

Auch wer nicht rechtzeitig zur Versammlung erschien, wurde notiert. Die Namen dieser Schülerinnen landeten bei Miss Montague, der Stellvertreterin von Notty. Die fällige Strafe richtete sich danach, um wie viel man zu spät gekommen war. Wenn man ganz großes Pech hatte, musste man zu Notty ins Büro und ihr persönlich Rede und Antwort stehen. Derartige Begegnungen mit unserer Schulleiterin nahmen eigentlich nie ein gutes Ende. Es ging das Gerücht um, dass es noch keinem Mädchen gelungen wäre, eine Entschuldigung vorzubringen, die bei Notty Gnade gefunden hätte. Ein Zuspätkommen zu dieser wichtigen Zusammenkunft betrachtete sie als Affront gegen sich persönlich, und sie beschränkte sich selten auf eine Ermahnung oder einen Verweis. Oft wurde die Frevlerin zu einer Stunde Abschreiben der Schulordnung verurteilt. Erst als im Laufe des Krieges Papier knapp wurde, hatte es mit dieser bei uns verhassten Strafe ein Ende.

Zu Beginn der Versammlung wurde ein Kirchenlied gesungen, begleitet vom Quäken eines uralten Harmoniums, das mal von Miss Montague, mal von Miss Egerton gespielt wurde. Dann gab es eine Lesung aus der Bibel, noch einmal wurde gesungen und schließlich trat Notty mit ernster Miene ans Pult und gab Aufmerksamkeit heischend allerlei Neuigkeiten bekannt. Handelte es sich um etwas wirklich

Wichtiges, wurde es allerdings später auch am Schwarzen Brett ausgehängt. Zum Abschluss wurde gebetet und noch ein drittes Lied gesungen. Dann marschierten wir schweigend in Zweierreihen ins Haupthaus zum Frühstück. Die Govs und die Schulpräfektinnen hatten dabei ihre Augen und Ohren überall. Wehe!, eine wurde dabei erwischt, wie sie unterwegs mit ihrer Nachbarin tuschelte!

Miss McTabbert war, wie ich bald feststellte, ein ziemlich unordentliches Wesen. Hin und wieder ärgerte ich mich schon, warum ich gerade *ihr* Zimmer in Ordnung halten musste. Oder sah es bei den anderen Govs etwa auch so aus? Wenigstens hatte sie, anders als die älteren Govs, nur ein Zimmer, keine ganze Wohnung. An manchen Tagen, wenn sie noch im Bad war, lagen Kleidungsstücke im Raum verstreut herum, und dann sammelte ich mit gehörigem Neid ihre modischen Dessous auf und fühlte in solchen Augenblicken doppelt so sehr das immerwährende Kratzen jener elenden wollenen Unterwäsche, die die Schulordnung uns Mädchen vorschrieb.

Ich konnte meiner neuen Aufgabe aber durchaus auch etwas Gutes abgewinnen. Allmorgendlich wachte ich halb erfroren auf. Da half es auch nicht viel, dass jede von uns einmal die Woche ein warmes Bad nehmen durfte. Zum einen musste man schnell sein, um morgens eine der wenigen Wannen zu erobern. Man musste sofort, wenn der Schuldiener mit seiner laut scheppernden Handglocke durch die Gebäude zog und das Signal zum Aufstehen gab, aus dem Bett springen, und wenn man dann tatsächlich den Wettlauf um eine der Wannen gewonnen hatte, dann hatte man nur eine armselige Beute ergattert. Wasser wurde jetzt nämlich auch zu einem knappen Gut erklärt. Vielleicht wurde es ja gebraucht, um Brände zu löschen, die deutsche Bomben verursacht hatten. Und Kohle war sowieso knapp. Der Schuldiener hatte also an allen Badewannen mit einem schwarzen Pinselstrich markiert, bis wohin Wasser eingefüllt werden durfte. Es waren kaum mehr als zehn Zentimeter. Und an den anderen sechs Tagen der Woche gab ja nicht einmal dieses kleine Vergnügen. Bei Miss McTabbert hingegen konnte ich mich ein wenig aufwärmen. Alle Govs hatten Kamine in ihren Zimmern. Zwar legte morgens nur noch ein Häufchen Asche Zeugnis von dem munteren Feuer ab, das am Abend zuvor dort gebrannt haben mochte, aber es war immer noch eine für mein Empfinden wohlige Restwärme im Raum vorhanden.

Miss McTabbert war die jüngste unter unseren Lehrerinnen, hatte gerade erst nach den Sommerferien angefangen. Aber sie war eine Ehemalige und kannte Miss Arbuthnot und einige der anderen Lehrerinnen noch aus ihrer Zeit als Schülerin und wusste deshalb ganz genau, wie der Hase in der alten Sissy lief. Sie unterrichtete Französisch, und ich fand sie ganz in Ordnung, vermutlich, weil ihre Wandlung von der Schülerin zur Lehrerin noch nicht ganz abgeschlossen war.

Aber meine Lieblingslehrerin war natürlich Miss Melland. Ich hatte bei ihr Geschichte und Drama. Sie gehörte zu jenem neuen Typ hoch gebildeter junger Lehrerinnen, die in Oxford oder Cambridge studiert hatten. Wir hatten schnell raus, wo bei ihr die Grenze war, und passten auf, die nicht zu überschreiten, denn dann war mit ihr nicht gut Kirschen essen. Die Lehrerinnen erlaubten sich damals keine Schwäche gegenüber den Mädchen, sondern sie hielten auf eiserne Disziplin, aber ich glaube, dass das Miss Melland manchmal gar nicht so leicht fiel. Bei der Ratte bekam man schnell mal was mit dem Lineal auf die Finger, aber das war nicht Miss Mellands Sache. Vielleicht hatte sie deshalb auch nie wirklich Schwierigkeiten mit uns.

Außerdem war sie auch die Hausmistress von *St. Barbara*. Das war ein Segen für uns, denn sie war die einzige Hausmistress in der alten Sissy, die darauf achtete, dass die Hauspräfektinnen ihre Stellung nicht missbrauchten. Wer dabei auch nur ein Mal von ihr erwischt wurde, war die längste Zeit Hauspräfektin gewesen. In den anderen Häusern ließ man sie meist gewähren, solang sie irgendwie für Ruhe und Ordnung sorgten, und sei es auch nur nach außen hin.

Kirkland behauptete, Miss Melland sei verlobt. Woher sie das wusste, verriet sie uns nicht. „Und ihr Verlobter, der ist bei der Marine als Offizier auf dem Zerstörer *HMS Exmoth*", erklärte sie neunmalklug. Später habe ich erfahren, dass das tatsächlich stimmte und dass er im Januar 1940 ums Leben kam.

Aber als wir in den Nachrichten hörten, die *HMS Exmoth* sei von einem deutschen U-Boot versenkt worden und keines der 189 Besatzungsmitglieder habe überlebt, vermuteten manche, Kirkland hätte uns irgendwelche Märchen erzählt.

Wir beobachteten Miss Melland – unauffällig, wie wir meinten –, um herauszufinden, ob sie denn nun um einen Liebsten trauern würde oder nicht. Ja, vielleicht waren wir sogar von jener schrecklichen, aber allzu menschlichen Lust befallen, unbeteiligte Zeugen einer Katastrophe sein zu dürfen. Aber Miss Melland benahm sich ganz normal, wir konnten nichts Auffälliges feststellen. Möglicherweise hat Miss Melland sich gewundert, dass wir, jedenfalls eine Zeit lang, zu wahren Musterschülerinnen mutierten, wenn sie denn in der Lage war, Gedanken an uns zu verschwenden. Natürlich hat sich niemand von uns getraut, sie zu fragen, ob es stimmte, was Kirkland erzählte, und naiv und unerfahren in diesen Dingen, wie wir damals waren, hatten wir auch gar keine Ahnung, woran man erkennt, wenn jemand einen geliebten Menschen verloren hat und um ihn trauert. Je länger der Krieg sich hinzog, um so mehr von uns sollten das noch lernen.

Es kam der Sonntag nach dem Untergang der *HMS Exmoth*. Es war übrigens genau an diesem Sonntag, dass man an der schottischen Küste ganz im Norden in der Nähe des kleinen Ortes Wick die Leichen von 18 Besatzungsmitgliedern der *HMS Exmoth* entdeckte. Sie gehörten wohl zu jenen, die sich nach dem Angriff des deutschen U-Bootes hatten retten können, aber der Kapitän des Frachters, dessen Geleitschutz die *Exmoth* gewesen war, hatte sein Schiff weiterfahren lassen, ohne einen Versuch zu machen, Schiffbrüchige zu bergen. Das wusste die Öffentlichkeit damals nicht. Auch nicht, dass es die allgemein akzeptierte Vorgehensweise war. Der Kapitän hätte ja sonst riskiert, dass auch sein eigenes Schiff mitsamt seiner kostbaren Ladung von den Deutschen versenkt wird. Die 18 Männer hatten in diesem bitterkalten Winter, in dem sogar die Nordsee in Küstennähe zu Eis erstarrte, sicher nicht lange leiden müssen, und sie wurden mit allen militärischen Ehren bestattet.

An eben diesem Sonntag, es war der vierte nach dem Fest der Epiphanie, wurde wie seit Jahrhunderten im Gottesdienst gebetet:

O Gott, der Du weißt, dass wir in vielen und großen Gefahren sind und in all unserer Schwachheit nicht immer vermögen, aufrecht zu stehen.

Auch Jahre später habe ich bei diesem Gebet immer an Miss Melland denken müssen. Irgendetwas oder irgendjemand hatte ihr die Kraft gegeben, aufrecht stehen zu bleiben. Trotz allem.

Es kam der Tag, an dem der Schnee endlich verschwunden war und die Temperaturen es wieder zuließen, draußen auf dem Grün Lacrosse zu spielen.

„*St Barbara* gegen *St Cecilia*", bestimmte Miss Paget. Wettkämpfe zwischen einzelnen Häusern galten als prestigeträchtig und wurden mit großer Verbissenheit ausgetragen. Ich hatte allerdings dieses Mal ein ungutes Gefühl dabei. Seit jener Geschichte im letzten Herbst waren Mason und ich nicht mehr in einem Wettkampf, in dem es um etwas ging, aufeinandergetroffen. Und hier stand noch viel mehr auf dem Spiel als die Ehre unserer Häuser. Wer sich unter Wettkampfbedingungen bewährte, hatte Chancen, in die zweite Schulmannschaft aufgenommen zu werden. In der ersten waren natürlich nur Mädchen aus der Sechsten, aber in der zweiten bekamen auch talentierte Spielerinnen aus der Fünften eine Chance.

Wir wurden von Miss Paget gecoacht, die anderen von Miss Leith-Ross. Die unterrichtete Biologie, aber sie soll in ihrer Schulzeit eine erstklassige Spielerin gewesen sein.

Es kam der Freitagnachmittag, an dem das große Spiel stattfinden sollte. Ich war natürlich für den Angriff gesetzt. Abi war Auswechselspielerin für die Abwehr. Erst als Pettiford sich den Fuß verstauchte, kam sie aufs Feld.

Das Spiel ging eine Weile hin und her, ohne dass ein Tor fiel. Dann war es Kirkland, die im Mittelfeld den Ball verlor und den Mädchen von *St. Cecilia* die Möglichkeit zum Gegenangriff gab. Der lief über links mit Cowper, die viel Raum gewinnen konnte, während sie den Ball im Netz ihres Schlägers führte. Als ich mich ihr entgegenstellte, spielte sie den Ball auf die rechte Seite zu Mason. Die umkurvte geschickt erst Polly Renshaw, dann auch noch Freddie Wyler und im letzten Augenblick, als sie gerade auf unser Tor abziehen wollte, stellte Abi sich ihr in den Weg.

Da passierte es. Ein Aufschrei. Abi! Sie ließ den Schläger fallen. Beide Hände vorm Gesicht fiel sie wimmernd auf die Knie. Masons Schläger hatte sie mitten ins Gesicht getroffen.

Ich rannte wie von Sinnen zu Abi hin und warf mich förmlich neben sie auf den Boden.

„Hat jemand mal ein Taschentuch", rief ich, als ich bemerkte, wie Blut aus ihrer Nase lief. Das sah wirklich böse aus. War möglicherweise gar ihr Nasenbein gebrochen?

Ich war vor Aufregung und vor Wut außer mir. Ich kam hoch und vor mir stand Mason. Ich versetzte ihr einen so kräftigen Stoß, dass sie zu Boden taumelte, aber da war auch schon Miss Paget da und packte mich am Kragen.

„Schluss mit dem Unsinn! Seid ihr denn ganz verrückt geworden? Reiß dich zusammen, Civitella!" Und als Mason Anstalten machte, auf mich loszugehen: „Und du auch, Mason."

Dann kniete sie sich zu Abi nieder, während ich vor Zorn zitternd daneben stand.

„Tut es sehr weh?", fragte Miss Paget und berührte Abi sanft an der Schulter. „Immerhin ist der Kopf ja noch dran, nicht wahr, Pardo?" Sie sah in Richtung der Ersatzspielerinnen. „Barlow, komm her."

Lou war unsere Ersatztorhüterin. Für alle anderen Positionen war sie einfach zu langsam.

„Du bringst Pardo zur Krankenstation. Dann kann Schwester Lumsden sich um unsere lahme Ente hier kümmert."

„Ja, Miss."

Als die beiden sich auf den Weg machten, sagte Miss Paget: „Dann können wir jetzt hoffentlich endlich weiterspielen. Mason und Civitella für fünf Minuten raus."

Und weiter ging das Spiel.

Ich wäre gerne mit Abi mitgegangen, um sie zu trösten. Wahrscheinlich hatte sie furchtbare Schmerzen. Aber

Händchenhalten und dergleichen waren hier an der Schule nun mal verpönt. Es wäre ja auch nicht das erste Mal, dass eine mit einem gebrochenen Nasenbein oder mit ein paar Zähnen weniger vom Platz ging. Da hieß es, Zähnen zusammenbeißen, zumindest die, die man noch hatte.

Wir standen am Spielfeldrand, Miss Leith-Ross zwischen Mason und mir mit der Uhr in der Hand. Ich war mit meinen Gedanken die ganze Zeit bei Abi. Abi, meine arme, kleine Abi. Wie musste sie leiden! Miss Leith-Ross warf mir einen abfälligen Blick zu, als sie bemerkte, dass mir die Tränen die Wangen hinunter kullerten.

Als die fünf Minuten dem Ende entgegengingen, sagte sie zu Mason: „Noch so ein Foul, und du kannst dich umziehen gehen. Das gilt auch für dich, Civitella."

„Ja, Miss."

Als das Spiel vorbei war, beeilte ich mich, in die Krankenstation zu kommen. Schwester Lumsden hatte Abi kühlende Umschläge gegen die Schwellung der Nase gemacht, und es ging ihr schon wieder etwas besser. Sie versuchte sogar zu lächeln, als ich kam.

„Erzähl, wie geht es dir?"

„Schon besser."

„Und?"

„Schwester Lumsden sagt, es ist nur das Nasenbein gebrochen. Mehr nicht." Sie hatte eine lustige Art zu sprechen, als würde sie sich dabei die Nase zuhalten.

„Mensch, was machst du auch für einen Blödsinn, Abi! Warum musst du dich ausgerechnet Mason in den Weg stellen?"

„Ich wusste ja nicht, was mich erwartet. Erzähl mir lieber, wie das Spiel ausgegangen ist."

„Wir haben gewonnen. 3 zu 2."

„Glückwunsch", kam es von der Tür. Das war Mason. Sie kam zu uns herübergeschlendert mit einem Lächeln, dass wie immer an ein Zähnefletschen erinnerte, ihre blonden Haare noch vom Spiel zerzaust. „Tut mir leid, Pardo. Es war wirklich keine Absicht. Kann halt passieren, so was."

Ich war überrascht, dass Mason sich scheinbar aus freien Stücken zu einer Entschuldigung herabließ.

„Danke, Mason. Es geht schon wieder", sagte Abi in ihrem neuen nasalen Tonfall.

„Dir sollte man verbieten, Lacrosse zu spielen", giftete ich weit weniger friedfertig.

„Was willst du, Civitella? Dir habe ich doch nicht wehgetan, oder?" Und mit diesen Worten wandte sie sich ab und ging. An der Tür drehte sie sich noch einmal um. „Leider." Und dann war sie fort.

Ich ging zu Schwester Lumsden und fragte sie besorgt, ob Abi wieder ganz gesund werden würde.

„Aber sicher. Sie hat doch nur einen kleinen Kapps auf die Nase bekommen. Wenn Dr. Ward sie sich morgen ansieht, wird er bestimmt sagen, dass das Nasenbein nicht einmal gerichtet werden muss. Das wächst alles von ganz allein wieder zusammen."

„Warum kommt Dr. Wade nicht schon heute?", hakte ich nach.

„Es wird doch bereits dunkel. Der Doktor fährt dann nicht mehr so gern mit dem Auto. Wegen der Verdunklung. Man sieht dann doch einfach nichts mehr. Das ist ihm zu gefährlich. Was soll denn aus all seinen Patienten werden, Kindchen, wenn er verunglückt?"

Am nächsten Tag wurde Abi tatsächlich aus der Krankenstation entlassen. Als sie zur Mittagszeit in den Speisesaal kam, einen Verband schützend über der Nase, stürmte ich auf sie zu und drückte sie ganz fest an mich. Ich war so glücklich, Abi wiederzuhaben, als wäre ich jahrelang von ihr getrennt gewesen.

„Vorsicht", murmelte sie. Ich weiß nicht, ob sie Angst hatte, ich könnte ihrer Nase zu nahe kommen oder ob sie die Schulpräfektin bemerkt hatte, die mich im nächsten Moment unsanft von hinten an der Schulter packte. Wattrell-Smith war es, die Schlimmste von allen.

„Was sind das für Manieren, Civitella? Der Speisesaal ist kein Tummelplatz. Hier hast du dich anständig zu benehmen", ranzte sie mich an und sagte dann mit maliziösem Unterton: „Ab morgen hast du eine Woche lang Tischdienst. Und jetzt setz dich auf deinen Platz." Das bedeutete sieben Tage lang nach jeder Mahlzeit die Tische, an denen wir von *St Barbara* saßen, abwischen und den Servierwagen mit dem schmutzigen Geschirr zur Küche fahren und neues Geschirr und Besteck holen und für die nächste Mahlzeit eindecken. Laut Plan war eigentlich jeden Tag eine andere dran, aber Präfektinnen hatten das Recht, solche Strafen zu verhängen.

„Was hat Watts gesagt?", fragte Polly Renshaw leise.

„Eine Woche Tischdienst", sagte ich.

Da betrat Notty den Raum, und wir standen alle auf. Sie ging gemessenen Schrittes zur Tafel der Govs und sprach dann mit weithin tragender Stimme das Tischgebet. Es klang allerdings eher, als würde sie eine Missetäterin abkanzeln. Dann setzte sie sich, und wir anderen taten das auch.

„Diese blöde Kuh", sagte Polly. „Ich meine Watts."

„Wenn wir ihr doch nur mal eins auswischen könnten", zischte Lou.

„Ich bin dabei", sagte Freddie sofort begeistert.

„Macht bloß keinen Blödsinn, Mädels. *Gefährlich ist's den Leu zu wecken, verderblich ist des Tigers Zahn.*" Keine Ahnung, wo Joan Traviss immer so komische Sprüche her hatte. Sie las einfach zu viel. „Aber wenn ihr eine gute Idee habt, ich bin auch dabei."

Am Montagmorgen mussten wir beide, Mason und ich, zu Notty. Sie ließ uns eine geschlagene Viertelstunde auf dem Armesünderbänkchen vor ihrem Büro schmoren. Dann wurden wir hereingeholt und mussten in Habachtstellung vor ihrem Schreibtisch wegen des Vorfalls beim Lacrosse Rede und Antwort stehen. Mason erklärte, es sei alles ein bedauerliches Unglück gewesen und sie hätte sich sofort nach dem Spiel bei Pardo in aller Form entschuldigt. Als ich merkte, dass Notty sich mit dieser läppischen Behauptung zufriedengab, wurde ich ziemlich wütend. Mason, diese falsche Schlange! Und ich hatte gedacht, sie hätte ihre Entschuldigung ehrlich gemeint, aber es war alles nur Berechnung gewesen.

„Und du, Civitella, hast du dich schon bei Mason für dein unbeherrschtes Verhalten entschuldigt?"

„Nein, Miss. Aber es tut mir inzwischen auch leid. Ich war so aufgeregt, weil Pardo doch meine beste Freundin ist, und sie hat ..."

„Still!" Notty schlug mit der flachen Hand auf den Schreibtisch. „Das reicht. Ich merke, du bist noch nicht einsichtig geworden. Dann muss ich dem ein wenig nachhelfen. Du wirst morgen früh vor der Versammlung eine Stunde lang die Schulordnung abschreiben. Vielleicht hilft dir das, auf den rechten Weg zurückzufinden. Und jetzt geht in den Unterricht."

Ich empfand Nottys Entscheidung höchst ungerecht. Mason hatte sie einfach so laufen lassen, und *ich* wurde bestraft. Als ich mich wieder ein wenig beruhigt hatte, tröstete ich mich mit dem Gedanken, dass es zumindest einer von den Govs nicht besser gehen würde als mir, denn eine musste bei meiner Strafarbeit Aufsicht führen. Leider würde es Miss Melland treffen, was meine Schadenfreude wieder etwas dämpfte.

Es war nach dem Abendessen, als mir ein ganz genialer Gedanke kam. Ich konnte in der Zeit vor der Versammlung unmöglich eine Strafarbeit schreiben *und* Miss McTabberts Zimmer aufräumen. Naiv wie ich war, dachte ich, wenn ich Miss Melland diese Zwangslage schildern würde, käme ich vielleicht doch noch um die Strafarbeit herum.

Ich klopfte an ihrer Zimmertür und hoffte, dass sie da sein würde.

„Herein!" Miss Melland saß in einem Sessel am Kamin, ein Buch in der Hand. „Ach, du bist es, Civitella. Komm her. Was gibts?"

„Es ist wegen der Strafarbeit morgen früh, Miss."

„Ja, ich habe gehört, dass wir beide verabredet sind."

„Aber es geht nicht, Miss. Ich muss doch vor der Versammlung das Zimmer von Miss McTabbert machen. Das ist meine Aufgabe. Miss Arbuthnot weiß das vielleicht gar nicht, Miss. Oder sie hat nicht daran gedacht."

„Und?"

„Ich kann doch nicht beides in der kurzen Zeit machen."

„Und? Wie lösen wir das Problem deiner Meinung nach?"

„Miss?" Ich sah sie mit großen Augen an.

Miss Melland lachte. „Ich kann mir schon denken, welche Lösung dir vorschwebt, aber das schlag dir aus dem Kopf. Du wirst dich morgen früh vor der Versammlung im Klassenraum einfinden, so wie Miss Arbuthnot es angeordnet hat."

„Und das Zimmer von Miss McTabbert, Miss?"

„Das machst du vorher. Du wirst halt ein bisschen früher aufstehen müssen."

„Jawohl, Miss. Aber dann schläft Miss McTabbert sicher noch."

„Miss McTabbert schadet es auch nichts, mal etwas eher aus den Federn zu kommen."

„Ja, Miss." Eine Niederlage auf der ganzen Linie. Meine Enttäuschung war wohl nicht zu überhören. Ich wollte gehen, aber Miss Melland redete weiter. Sie war noch nicht fertig mit mir.

„Was war da eigentlich am Freitag los, Civitella? Müsst ihr euch ständig in den Haaren liegen, du und Mason?"

„Ich weiß nicht, Miss. Ich ... wir ..."

„Jetzt komm einmal her, Margherita, und setz dich hier aufs Sofa, damit wir in Ruhe miteinander reden können."

Ich war völlig verdattert. Sie hatte mich mit meinem Vornamen angeredet! Das hatte sie noch nie getan. Keine der Lehrerinnen hatte das jemals getan. Ich setzte mich auf das Sofa ihr gegenüber, wenn auch nur ganz vorsichtig auf die äußerste Kante.

„Ist es immer noch wegen der Sache im Herbst? Im Schuppen?"

Ich zuckte die Schultern. „Nein, eigentlich nicht."

„Sondern? Nun komm schon, Margherita. Ich weiß, ich hätte viel früher mit dir darüber reden sollen, nicht wahr?"

„Wie meinen Sie das, Miss?"

„Ja, zum Kuckuck, jetzt stell dich nicht so an, du bist doch sonst auch nicht auf den Mund gefallen."

„Entschuldigen Sie, Miss."

„Also, noch mal von vorne. Was war am Freitag los? ... Ich warte."

„Es war ... weil sie Abi, ich meine Pardo, ins Gesicht geschlagen hat. Um ihr wehzutun."

„Sie sagt, dass sie das nicht wollte und dass es ihr leidtut. Sie wollte den Ball ins Tor befördern, und dabei hat sie ganz ohne Absicht Pardo getroffen. Du weißt, so etwas kann beim Lacrosse passieren. Habe ich recht, Margherita?"

„Ja, Miss."

„Warum denkst du denn, dass sie Pardo absichtlich wehtun wollte?"

„Weil sie gemein ist."

„Aha. Einfach so? Nur weil sie gemein ist?"

„Ja. Und ... vielleicht, weil Pardo meine beste Freundin ist."

„Du meinst, sie wollte eigentlich gar nicht Pardo wehtun, sondern dir?"

Ich habe Miss Melland damals verständnislos angeschaut. Ich war wohl noch zu jung, um mit ihren Gedanken Schritt halten zu können.

„Was ich sagen will, ist, dass Mason gedacht hat, wenn sie Pardo wehtut, dass du dann traurig bist, weil deine beste Freundin Schmerzen hat."

„Ja, Miss. Vielleicht haben Sie recht. Aber ich war nicht wirklich traurig. Ich war wütend. Ganz furchtbar wütend."

„Das kann ich gut verstehen, Margherita."

„Ja, Miss?"

„Vielleicht hätte Miss Arbuthnot es auch verstanden, wenn du es ihr erklärt hättest."

„Meinen Sie, Miss?"

„Ja, ich glaube schon. Aber es hätte wohl nichts an ihrer Entscheidung geändert. Miss Arbuthnot weiß nämlich, dass wir eine Gemeinschaft sind, in der wir nur dann ordentlich zusammenleben können, wenn es bestimmte Regeln gibt und wenn alle sich an diese Regeln halten."

„Ja, Miss."

Miss Melland betrachtete mich lange nachdenklich. Mir wurde ganz unbehaglich zumute. Dann sagte sie nur noch: „Geh jetzt schlafen, Civitella. Du musst morgen früh raus."

Als ich im Bett lag, rechnete ich, auf wie viel ich meinen kleinen Wecker stellen sollte. Ich entschied mich für halb sechs. Dann würde es aber schon ganz schön knapp werden, um Miss McTabberts Zimmer rechtzeitig fertig zu bekommen.

Als der Wecker am nächsten Morgen klingelte, beeilte ich mich, ihn sofort zum Schweigen zu bringen, und schlich mich leise aus dem Schlafsaal. Eine kurze Katzenwäsche mit dem eiskalten Wasser – ein Segen, dass wenigstens wieder welches aus der Leitung kam, denn es hatte in diesem verflixten Winter auch Tage gegeben, an denen die Leitungen morgens zugefroren waren.

Ich musste mehrere Male bei Miss McTabbert klopfen, bevor eine Reaktion erfolgte.

„Miss, ich bin es. Civitella."

Ich machte die Tür auf und schaltete das Licht ein. Miss McTabbert blinzelte, geblendet von der plötzlichen Helligkeit. Sie warf einen kurzen Blick auf die Uhr auf dem Kaminsims.

„Was willst du denn mitten in der Nacht hier?", fragte sie. „Bist du von Sinnen?"

„Ich muss um halb sieben zur Strafarbeit, Miss, und Miss Melland hat gesagt, ich soll ihr Zimmer vorher machen."

„Das hat sie gesagt?" Sie schwieg einen Moment. „Lass mich erst mal wach werden. Geh und komm in zehn Minuten wieder."

„Jawohl, Miss."

Ich hatte Miss McTabbert schon häufiger morgens im Bett vorgefunden. Sie war keine Frühaufsteherin. Allerdings hatte sie mich deshalb noch nie weggeschickt. Ihre Eltern waren ziemlich reich, und sie hatten ihr schon als Kind beigebracht, Dienstboten als Luft zu betrachten und zu ignorieren.

Aber da war noch etwas, dass heute früh anders war. Auch wenn nur Miss McTabberts Kopf unter der Bettdecke hervorgeschaut hatte, ich war mir sicher, dass unter dieser Bettdecke mehr gesteckt hatte als nur sie allein.

Hatte es Miss McTabbert etwa geschafft, ihren Liebsten ins Haus zu schmuggeln? Denn ich war sicher, dass es einen gab. Sie war jung, sie sah hübsch aus, ein rundes Gesicht mit großen, grünen Augen, einer Stupsnase und alles gekrönt von einem kecken, rötlichen Haarschopf. Warum sollte so eine keinen Liebsten haben? Aber wenn er abends hier irgendwie unbemerkt hereingekommen war, wie sollte er jetzt wieder hinaus kommen? In wenigen Minuten würde der Schuldiener mit seiner Glocke erscheinen. Dann würde es in der Schule im Nu wie in einem Bienenstock zugehen.

Einen Augenblick lang spielte ich mit dem Gedanken, mich auf die Lauer zu legen und die Tür von Miss McTabberts Zimmer im Auge zu behalten, aber dann ließ ich es doch bleiben. Vielleicht aus Angst, dabei erwischt zu werden? Oder weil es mir peinlich war, hinter einer von den

Govs her zu spionieren? Wenn ich heute daran zurückdenke, hoffe ich, es war Letzteres.

Als ich wieder in Miss McTabberts Zimmer zurückkam, war niemand mehr da. Ich beeilte mich, all die kleinen Handgriffe zu erledigen, die mir mittlerweile in Fleisch und Blut übergegangen waren, aber dennoch kam ich zur Strafarbeit zu spät. Ich wollte mich rechtfertigen, aber Miss Melland unterbrach mich mit einer energischen Handbewegung.

Also setzte ich mich, holte mein Übungsheft hervor und legte die Schulordnung daneben, aber bevor ich anfangen konnte, sagte Miss Melland:

„Lass gefälligst den Unsinn."

„Jawohl, Miss." Ich hielt erschrocken inne.

„Wir haben Wichtigeres zu tun."

„Jawohl, Miss", antwortete ich verunsichert.

„Du wirst jetzt aufschreiben, was nach dieser bösen Sache im Schuppen passiert ist."

„Miss?" Jetzt war ich völlig irritiert.

„Ich meine, was Mason gesagt hat, als sie vor Miss Arbuthnot stand, und als Miss Arbuthnot sie gefragt hat, warum sie es getan hat."

„Aber woher soll ich das wissen, Miss?"

„Natürlich weißt du es nicht. Aber du kannst versuchen, es dir vorzustellen. Denk einfach ein bisschen nach. Du warst doch gerade gestern im Büro von Miss Arbuthnot. Ruf dir das Büro ins Gedächtnis und Miss Arbuthnot hinter ihrem Schreibtisch. Und stell dir vor, wie sie sagt „*Nun*

Mason, was hast du mir zu erzählen?" Was hat Mason da wohl geantwortet?

„Mir fällt nichts ein, Miss."

„Natürlich fällt dir etwas ein. Denk einfach eine Weile in Ruhe darüber nach. Es ist gar nicht so schwer. Du wirst sehen."

Ich holte tief Luft und überlegte. Ich starrte das weiße Blatt Papier an. Weil mir einfach nichts Besseres einfiel, schrieb ich schließlich *Ich hasse Civitella*. Das fand ich gar nicht so verkehrt, also schrieb ich gleich noch einmal *Ich hasse Civitella* und dann noch ein drittes Mal.

Miss Melland schaute mir über die Schulter.

„Nicht gut genug. Außerdem wiederholst du dich. Damit gibt Miss Arbuthnot sich nicht zufrieden."

„Aber ich weiß wirklich nicht, was ich schreiben soll, Miss."

„Erzähl Miss Arbuthnot, wie alles angefangen hat. Wann seid ihr zum ersten Mal aneinandergeraten? Und was passierte danach noch alles? Und denk immer daran, du bist Mason und willst Miss Arbuthnot erklären, warum das alles passiert ist."

Ich stöhnte auf und versuchte, mich zu erinnern, und fing schließlich an zu schreiben. Anfangs fiel es mir schwer, wann immer ich das Wort *ich* schrieb, mir wirklich vorzustellen, wie Mason es gesehen haben mochte, aber mit der Zeit wurde es einfacher. Ich ging in meinem Gedächtnis all die Begebenheiten durch, bei denen Mason und ich aneinandergeraten waren. Meist waren es Kleinigkeiten, aber ich vergaß natürlich auch nicht die Sache mit der toten Maus und das Lacrossespiel an jenem Tag, als der Pilot vom Himmel gefallen war. Und weil ich so richtig in Schwung war, konnte ich dann auch von jenem Abend im Schuppen des Schuldieners erzählen, und zwar so, wie Mason ihn erlebt haben mochte, warum es dazu gekommen war und was ihr wohl dabei durch den Kopf gegangen sein mochte.

Miss Melland saß die ganze Zeit am Pult. Sie hatte einen Stapel Aufsätze mitgebracht, die sie korrigieren wollte, aber viel hat sie nicht geschafft. Immer wenn ich kurz aufsah, um nachzudenken, ruhte ihr Blick auf mir, und wenn unsere Blicke sich dann trafen, lächelte sie und nickte mir aufmunternd zu.

Irgendwann sah ich auf die Uhr. Es war kurz vor vor halb acht.

„Miss, ich muss los, sonst komme ich zu spät."

„Bist du fertig?"

„Nein, Miss."

„Dann schreib weiter."

„Aber die Versammlung. Miss Arbuthnot ..."

„Das nehme ich auf meine Kappe. Was wir hier machen, ist wichtiger. Schreib weiter und lass dir ruhig Zeit."

„Ja, Miss."

Als ich endlich fertig war, kam sie zu mir herüber und warf einen flüchtigen Blick auf mein Heft.

„Wie fühlst du dich?"

„Ein bisschen geschafft, Miss. Aber nicht schlecht."

„Wie nach einem Lacrossespiel?"

„Ja, Miss. Ungefähr so."

„Gut. Was meinst du, was wird Miss Arbuthnot wohl gesagt haben? Nach dem hier." Sie tippte dabei mit dem Zeigefinger auf mein Heft.

„Ich weiß nicht, Miss, aber ohne Strafe wird Mason trotzdem nicht davongekommen sein."

Miss Melland lächelte. „Nein, ganz bestimmt nicht. Ihr wisst, dass Notty in solchen Dingen keinen Spaß versteht, nicht wahr?"

Jetzt musste ich auch lächeln. „Na klar wissen wir das, Miss. Aber möglicherweise hätte ich auch ein bisschen Ärger bekommen. Nicht so viel wie Mason, aber ein bisschen vielleicht doch."

„Vielleicht." Ihre Hand fuhr sanft über meinen Kopf. „Meinst du, dass du jetzt ein bisschen besser verstehst, was damals passiert ist?"

„Ich glaube schon, Miss."

„Schön. Aber hör mir jetzt einmal gut zu, Margherita. Mason hat etwas getan, wofür es keine Entschuldigung gibt. Trotzdem können und müssen wir versuchen, es zu verstehen. Nur wenn wir uns die Frage stellen, warum etwas passiert ist, haben wir die Chance, es für die Zukunft zu verhindern. Merk dir das, aber merk dir auch dies: Es ist und bleibt ein großer Unterschied, ob ich etwas verstehe oder ob ich es als unabänderlich hinnehme oder gar entschuldige. Ding wie das, was Mason getan hat, müssen wir mit allen Mitteln verhindern oder, wenn sie doch geschehen, müssen wir sie auf das Strengste bestrafen, sonst landen wir im Handumdrehen in der Barbarei."

„Ja, Miss. Ich werde es mir merken. Ganz bestimmt."

„Gut. Und wenn du einmal ein bisschen Zeit hast, dann denk über diese Strafarbeit nach und über unser Gespräch." Während sie das sagte, nahm sie meinen Kopf in ihre beiden Hände und sah mich forschend an. „Vielleicht bist du ja wirklich schon erwachsen genug, um etwas daraus zu lernen." Dann richtete sie sich auf, und nach einem Blick auf die Uhr sagte sie: „Und jetzt los, sonst kommen wir beide auch noch zum Frühstück zu spät."

„Jawohl, Miss."

Als ich an diesem Tag abends ins Bett ging, schwirrten mir immer noch alle möglichen Gedanken durch den Kopf und es dauerte eine Weile, bis ich endlich einschlafen konnte. Dann, mitten in der Nacht, wurde ich durch irgendetwas wach. Es dauerte eine Weile, bis ich registrierte, dass von dem Bett neben mir, da, wo Polly Renshaw schlief, ein Rascheln zu hören war, und dann blitzte sogar eine Taschenlampe kurz auf.

„Wer ist da?", fragte ich in die Dunkelheit hinein.

„Ich bin's Margie." Das war Pollys Stimme. „Habe ich dich geweckt? Tut mir leid."

„Was treibst du da mitten in der Nacht?"

„Ich war ein bisschen spazieren."

„Was ist los?", fragte Abi von der anderen Seite her.

„Polly war spazieren, aber jetzt ist sie wieder da."

„Macht doch nicht so einen Krach, ihr dummen Gänse", grummelte Joan Traviss verschlafen.

„Was hat Polly gemacht?", fragte jetzt Lou Barlow und auch Freddie Wyler ließ sich im nächsten Moment vernehmen.

Die nächtlichen Unterhaltungen im Schlafsaal hatten seit Beginn des Krieges etwas Gespenstisches. Anders als früher herrschte jetzt wegen der Verdunklung eine vollkommene, undurchdringliche Finsternis, und manchmal konnten wir eine flüsternde Stimme nur deshalb jemandem zuordnen, weil wir gelernt hatten, wie die Fledermäuse genau zu orten, woher sie kam.

„Ich war spazieren. Aber leider bin ich erwischt worden."

„Wer hat dich erwischt. Komm, erzähl, was du jetzt schon wieder angestellt hast." Es wäre klüger gewesen, wenn Polly schleunigst ins Bett gegangen wäre und wir die Unterhaltung auf den nächsten Morgen verschoben hätten, aber ich war einfach zu neugierig.

„Ich war drüben in *St Mary*."

„Was? In *St Mary*?"

In dem Haus wohnten die Mädchen aus der Sechsten und auch die Präfektinnen, weil die ja alle in der Sechsten waren. Und zu ihnen war Polly gegangen? Ja, dieses verrückte Huhn hatte tatsächlich versucht, ganz auf sich allein gestellt Wattrell-Smith einen Streich zu spielen. Sie hatte sich, ohne dass es jemandem aufgefallen wäre, angezogen ins Bett gelegt, hatte stundenlang wach gelegen, und als sie meinte, dass nun auch die Großen schlafen gegangen sein würden, war sie aufgestanden. Bewaffnet mit ihrer Taschenlampe war sie in unseren Gemeinschaftsraum geschlichen und durchs Fenster hinaus. Sie hatte *St Mary* umrundet und tatsächlich ein Fenster gefunden, das einen Spalt offen stand. Im Nu war sie drinnen, schlich zum Gemeinschaftsraum der Präfektinnen und ein Blick durchs Schlüsselloch verriet ihr, dass dort kein Licht mehr brannte. Sie liegen also alle in der Heia, sagte Polly sich grinsend. Sie hatte sich dessen vergewissern müssen, denn die in der Sechsten durften aufbleiben, so lange sie wollten. Polly schlich in die Garderobe. Im Schein ihrer Taschenlampe suchte sie nach dem Schuhregal.

„Ich wollte Watts einfach nur die Schnürsenkel ihrer Schuhe mopsen. Ich dachte, vielleicht hat sie keine in Reserve oder müsste sie erst lange suchen. Dann würde *sie* morgen früh zu spät zur Versammlung kommen oder in Schuhen ohne Schnürsenkel. Eine Menge Ärger hätte ihr das eingebracht."

„Unsinn!", meinte Joan Traviss. „Die anderen Schulpräfektinnen hätten sie nie und nimmer gemeldet. *Eine Krähe hackt der anderen kein Auge aus.*"

„Na, wenn ihr alles besser wisst, warum ist euch dann nichts eingefallen, wie man Watts ein bisschen ärgern kann?", fragte Polly ein wenig beleidigt.

„Reg dich nicht auf, Polly", sagte ich. „Erzähl weiter."

„Ich konnte Watts' Schnürschuhe nicht finden. Was da war, das waren ihre Hausschuhe, aber ich Riesenschaf war zu blöd, um zu begreifen, was das bedeutete. Ich hab mir nur gesagt, dann schnappe ich mir wenigstens die Schnürsenkel von ihren Sportschuhen. Gesagt, getan. Und dann ging das Licht an."

Es ging tatsächlich an.

Während wir alle gespannt lauschten, wie Pollys Abenteuer wohl weitergehen würde, leuchtete plötzlich auch in *unserem* Schlafsaal das Licht auf, und wir hörten *Sausage* schimpfen: „Was ist hier schon wieder los?"

Jetzt waren wir alle dran. Jedenfalls alle die, die nicht tief und fest schliefen. Joan Traviss besaß die Geistesgegenwart, *Sausage* anzublinzeln, sich die Augen zu reiben und herzhaft zu gähnen. Darauf fiel *Sausage* auch tatsächlich rein. Abi beschränkte sich darauf, zu erstarren, die Augen zu schließen und sich schlafend zu stellen, aber ich glaube, *Sausage* hat in all den Jahren als Hausmutter noch nie jemanden gesehen, der mit aufgestütztem Ellenbogen und dem Kopf auf der Handfläche ruhend im Bett lag und schlief. Am blödesten stand natürlich Polly da, weil sie noch nicht einmal für die Nacht umgezogen war. Na ja, und dummerweise saß sie bei *mir* auf der Bettkante.

„Natürlich! Renshaw und Civitella. Immer Renshaw und Civitella. Wann werdet ihr ungezogenen Gören euch endlich einmal benehmen, wie es sich für Mädchen in der *Sissingden Manor School* gehört? Ihr bösen Kinder, ihr ungehorsamen, frechen, aufsässigen ..." *Sausage* zeterte weiter, bis ihr keine Schimpfwörter mehr einfielen und alle wach waren, sogar Kirkland, die immer wie ein Klotz schlief. „Ihr beide meldet euch morgen gleich nach dem Frühstück bei Miss Melland und beichtet ihr, wobei ich euch erwischt habe", beendete sie ihre Philippika. „Und das gilt auch für Wyler und Barlow. Und für Pardo. Miss Melland wird euch hoffentlich so streng bestrafen, dass euch die Lust vergeht, nach dem *Lichtaus!* noch einmal den Mund aufzumachen. Und du, Renshaw, sieh zu, dass du endlich ins Bett kommst. In fünf Minuten bin ich wieder da und wehe, ihr schlaft dann nicht alle tief und fest."

„Jawohl, Matron." Wir waren in Wirklichkeit froh, dass von *Sausage* nie Schlimmeres als eine Standpauke zu befürchten war. Und Miss Melland würde morgen früh möglicherweise gar nicht viel Aufhebens um diese Sache machen. So hofften wir jedenfalls.

Aber man wusste es natürlich nie ganz sicher. Wenn eine Gov morgens mit dem falschen Fuß zuerst aufgestanden war, konnte alles Mögliche passieren. Den ganzen Morgen würden wir mit Zittern und Zagen umherschleichen, bis der gefürchtete Augenblick da war, und wir wie befohlen an die Tür der Lehrerin klopfen würden. Mit heftig schlagenden Herzen müssten wir unsere Missetat bekennen und stünden dann wie begossene Pudel vor unserer Lehrerin, ängstlich auf das Urteil wartend. Bekämen wir nur eine milde Ermahnung zu hören, würden wir denken, wir wären billig davongekommen. Wie dumm wir doch waren! Wir begriffen gar nicht, dass unsere eigentliche Strafe schon hinter uns lag. Es waren jene bangen und unheilschwangeren Stunden, in denen wir uns ausmalten, was über uns hereinbrechen könnte.

Was Polly Renshaw bei Notty erwartete, stand allerdings auf einem anderen Blatt.

Als die Ratte zur zweiten Stunde in unsere Klasse kam, sagte sie in ihrer gewohnt unwirschen Art: „Renshaw. Zu Miss Arbuthnot. Sofort."

„Jawohl, Miss."

„Ihr anderen schlagt die Bücher auf. Seite 68."

„Jawohl Miss."

Ich bin sicher, Polly hatte auf dem Weg zu Notty ganz schön weiche Knie. Nach einer Viertelstunde kam sie zurück und setzte sich auf ihren Platz, ohne eine Miene zu verziehen.

In der kleinen Pause, als die Ratte weg war, bestürmten wir sie.

„Wie wars?"

„Na los! Erzähl schon."

„Was hat Notty gesagt?"

„Das Übliche." Polly bemühte sich zu grinsen. „Ich sei unverbesserlich, und wann ich endlich begreifen würde, dass das Leben nicht nur aus Spaß besteht, sondern aus Mühsal und harter Arbeit. Dass ich mich an Regeln zu halten hätte, und eine der wichtigsten sei, Respekt vor den Lehrerinnen und den Präfektinnen zu haben und ihnen zu gehorchen, und dass es eine Schande sei, wenn man ihnen Streiche spielt. Was wohl meine Eltern sagen würden, wenn sie wüssten, was ich für ein ungezogenes Mädchen bin. Und dann hat Notty die Augen verdreht und gestöhnt: ‚Was kann ich nur tun, um dieses störrische Kind zu bändigen?'"

„Und?", fragte Abi.

„Sie hat mich gefragt, ob ich Links- oder Rechtshänderin bin."

„Hä?"

Renshaw streckte Abi ihre Rechte hin. Auf der Handfläche sah man die dunkelrote Spur, die der Rohrstock hinterlassen hatte.

„Oh!"

„Das Händchen soll wohl in Zukunft keine Dummheiten mehr machen", sagte Polly grinsend.

„Tut das nicht weh?", fragte Abi.

„Es brennt immer noch ein bisschen. Aber ich habe trotzdem Glück gehabt. Glaubt mir das. Als Watts mich gestern Abend erwischt hat, hat sie mich wählen lassen. Sie könnte mich Notty melden, hat sie gesagt, oder, wenn mir das lieber wäre, dann würde sie selbst mich bestrafen, unter vier Augen und niemand würde davon erfahren. Ich habe sie angeschaut und gewusst, dass Notty die bessere Wahl ist. Watts war ganz schön enttäuscht."

Es war Ende März, kurz bevor der Frühjahresabschnitt, der bei uns *Lent* hieß, weil man ihn in Cambridge auch so nannte, sich dem Ende zu neigte. Wir sehnten uns nach den Ferien, die endlich in greifbarer Nähe waren. Da erhielten wir die atemberaubende Ankündigung, die alte Sissy würde nun tatsächlich evakuiert werden, und zwar schon während der anstehenden Ferien. Danach würde es an einem neuen Ort weitergehen, einem Ort, so meinte man, weit weg von den Gefahren des Krieges. Miss Arbuthnot verkündete die Nachricht während der morgendlichen Versammlung. Nach einem langen Moment verblüfften Schweigens brach ein vielstimmiges Geplapper los.

„Wohin soll die alte Sissy?"

„Hast du nicht zugehört? Nach Newquay, hat Notty gesagt."

„Newquay? Wo zum Kuckuck ist das denn?"

Aber da rief Miss Arbuthnot uns energisch zur Ordnung und die Gespräche verstummten.

„Ihr werdet euch in Newquay sicher sehr wohl fühlen. Dort haben vor dem Krieg viele Menschen Urlaub gemacht, und die Schule wird in einem Hotel untergebracht sein. "

Einem Hotel? Ungläubiges Staunen.

„Es ist nun einmal so, dass im Krieg niemand mehr Urlaub am Meer machen kann, weil alle Wichtigeres zu tun haben. Aber macht euch jetzt bloß keine falschen Hoffnungen, Mädchen. Wir übernehmen nur das Gebäude ohne das Personal, und es wird dort nicht viel anders zugehen als hier. Ich war mit Miss Montague und Miss Ratchett schon zweimal dort, und wir haben alles genau in Augenschein genommen. Wir werden sicher hier und da ein wenig improvisieren müssen, aber das wird mit etwas gutem Willen leicht zu meistern sein. Leider gibt es dort kein Grün für den Schulsport. Das Hotel liegt im Ort und direkt am Meer. Der Strand ist allerdings sehr breit und ihr könnt sicher auch dort ganz hervorragend Lacrosse und Hockey spielen, wenn auch nur bei Ebbe."

Lou Barlow, die zu den wenigen gehörte, die von Sport rein gar nichts hielten, rutschte ein Ausruf der Enttäuschung heraus. Als Notty mit strenger Miene nach der Übeltäterin ausspähte, verriet Lou sich, weil sie feuerrot anlief.

„Ihr werdet ein Schreiben an Eure Eltern mitbekommen, in dem alles Wichtige steht, wo und bis wann genau ihr nach den Ferien in Newquay zu sein habt. Es wird ein Schulzug von Paddington aus dorthin fahren. Auch dazu steht alles in dem Brief an eure Eltern. Ich bin sicher, sie werden es zu schätzen wissen – und ihr hoffentlich auch –, dass eure Lehrerinnen und ich auf die Ferien verzichten, um alles vorzubereiten, sodass es anschließend in Newquay weitergehen kann, als wäre die *Sissingden Manor School for Girls* schon immer dort gewesen."

Miss McTabbert, die wie alle Govs an der Längswand des Raums saß, verdrehte während dieser Worte kurz die Augen, und ihre Lippen bewegten sich, und ich wette, sie sagte etwas, wofür wir Mädchen sofort eine Strafarbeit bekommen hätten. Miss Melland versetzte ihr einen Stoß mit dem Ellbogen.

Als Vater mich am nächsten Tag abholte, fuhr ich immer noch ganz aufgeregt von diesen Neuigkeiten, aber leichten Herzens in die Ferien. Ich ahnte ja nicht, dass ich nie mehr in die gute alte Sissy zurückkehren würde. Jahrelang war das imposante alte Herrenhaus mit den irgendwie zusammengewürfelten Nebengebäuden für mich wie ein Zuhause gewesen. Wenn ich gewusst hätte, dass es ein Abschied für immer war, wäre er mir sicher schwergefallen. Aber damals sagten viele Leute noch: *Bis Weihnachten ist der Krieg vorbei.* Wer hätte gedacht, dass es anders kommen sollte? Als die alte Sissy nach dem Krieg nach *Sissingden Manor* zurückkehrte, hatte ich meine Schulzeit längst hinter mir.

In *Oaklands House* wurde ich nicht nur von Mutter und Lulu freudig begrüßt, sondern auch von Kater Harvey. Er strich mir minutenlang schnurrend um die Beine, und ich fand, dass ich mir das auch verdient hatte.

Das Wetter war alles andere als frühlingshaft, nur Kälte, graue Wolken und Regen, aber davon wollte ich mir nicht die gute Laune verderben lassen. Endlich einmal nichts als lesen, faulenzen und träumen. Vor allem nicht früh aufstehen und bei Tabby Kammerzofe spielen.

Allerdings hatte ich die Rechnung ohne meine Mutter gemacht. Sie selbst musste ja, seit Betty nicht mehr da war, einen Teil der Arbeit im Haus erledigen. Also wurde ich selbstverständlich auch eingespannt, zumal eine größere Aufgabe anstand. Über Ostern würde nicht nur Gino kommen, sondern auch Billy und Danny, und deshalb musste das leer stehende Gesindehaus für Ginos Freunde wieder bewohnbar gemacht werden.

Als kleine Belohnung fuhren die Eltern mit mir nach Faversham und wir sahen uns im Kino den Film *Die Vier Federn* an. Ein wunderschöner Film über einen Mann, den alle für einen Feigling halten und der ihnen dann das Gegenteil beweist. Jedes Mal, wenn im Film der Name des Helden fiel, gab es im Kino ein großes Gejohle. Er hieß nämlich Harry Faversham.

Danny und Billy hatte ich seit jenem Wochenende, als der Krieg begann, nicht mehr gesehen. Ich fragte mich, was aus ihnen geworden war. Waren sie inzwischen auch Soldaten? So wie Sonny, der nicht da sein würde, weil sein Bataillon längst in Frankreich war.

Am Samstag gegen Mittag kam Gino auf seinem alten Motorrad angeknattert. Er hatte Danny in London aufgelesen, und nachdem er allen kurz *hallo* gesagt hatte, fuhr er schon wieder los nach Faversham, um Billy vom Bahnhof abzuholen.

Als sich die drei nach dem Mittagessen in den Salon zurückzogen, folgte ich ihnen wie selbstverständlich. Ich setzte mich auf die Armlehne des alten Ohrensessels, in dem Gino Platz genommen hatte, und lehnte mich an ihn.

Billy krauste die Stirn. „Wollen wir das Kind nicht wegschicken?"

„Lass sie doch in Ruhe", sagte Danny.

„Mein kleines Schwesterchen freut sich halt, mich mal wieder zu sehen, nicht wahr?" Während er das sagte, legte er seinen Arm wie schützend um mich.

Billy zuckte nur mit den Schultern.

Dann rauchten sie, tranken Whisky und redeten über den Krieg, immer wieder von Gelächter unterbrochen, als wäre das alles gar nicht so furchtbar ernst.

„Und du, Danny, bist immer noch Zivilist?", fragte Billy.

Danny errötete ein wenig. „Ist nicht meine Schuld. Ich habe mich gemeldet, aber sie wollen mich scheinbar nicht. Ich würde von ihnen hören, haben sie gesagt."

„Und was treibst du jetzt so?", fragte Gino.

„Ich werde Krankenwagenfahrer. Ich bin zu den Leuten vom Luftschutz gegangen. Die haben gesagt, sie brauchen solche Leute und jetzt bilden sie mich aus."

„Das ist doch schon mal ein Anfang, Junge", meinte Billy lachend.

„Und du bist jetzt auch bei der RAF, hat Gino erzählt."

Billys Gesicht verfinsterte sich einen kurzen Moment. „Ja."

Als niemand etwas sagte, fragte ich: „Und?"

„Billy ist ein bisschen sauer auf die Luftwaffe. Sie haben ihn für eine Karriere in einer Bomberstaffel ausgeguckt. Aber er soll mit dem Rücken zur Flugrichtung sitzen." Gino lachte vergnügt über seinen Scherz.

Danny und ich sahen abwechselnd ihn und Billy verständnislos an.

„Ich soll Heckschütze auf einem Wellingtonbomber werden", erklärte Billy mit einem schiefen Grinsen.

Den Sprung zum Piloten hatte er also nicht geschafft, dachte ich mit einem Hauch Schadenfreude.

So ging die Unterhaltung weiter und mehrere Whiskys später sagte Gino: „Ihr beide werdet die Nacht an einem denkwürdigen Ort verbringen." Und dann erzählte er ihnen die Geschichte jener Nacht, als Evans und der junge Godfrey sich im Zimmer von Mary geprügelt hatten. Immer wieder wurde der Bericht von brüllendem Gelächter unterbrochen. Ich habe gerätselt, wie Gino von der Sache erfahren hatte. Von mir hatte er es nämlich nicht.

Als wir später einen Moment allein waren, sagte ich zu ihm: „Ich finde, das hättest du nicht erzählen sollen, Gino."

„Meinst du?" Dann grinste er und sagte mit vom Whiskey schwerer Zunge: „Aber was ich gesagt habe, das habe ich gesagt." Er lachte schallend, aber ich fand diesen Witz ziemlich geschmacklos.

Als das Abendessen serviert wurde, waren die jungen Leute wieder halbwegs nüchtern. Mrs Morgan, unsere Köchin, hatte sich gefreut, endlich mal wieder Gäste bewirten zu können, und sie konnte trotz Rationierung und Lebensmittelknappheit dabei aus dem Vollen schöpfen. Auf dem Lande war es nie wirklich schwer, an jene Dinge zu kommen, die die Städter schmerzlich entbehren mussten. Gegen ein Fässchen Bier konnten die Eltern bei dem dicken Farmer Ebenezer Johnson so ziemlich alles eintauschen. Nur frischen Fisch, den konnte man den ganzen Krieg über praktisch nirgendwo bekommen. Er wurde nie rationiert. Wozu auch? Es gab einfach keinen. Was sollte man da rationieren?

Mary servierte bei Tisch, und ich merkte ziemlich schnell, dass Billy jede ihrer Bewegungen mit seinen Blicken aufmerksam verfolgte. Sein Gesichtsausdruck hatte dabei etwas Hungriges, fast Gieriges, was ich damals nicht einzuordnen vermochte. Vielleicht konnte man mir meine Irritation ansehen. Irgendwann stellte ich erschrocken fest, dass Gino *mich* beobachtete und dabei ein wenig spöttisch lächelte.

Nach dem Essen tranken Vater und die drei jungen Männer Kaffee und Cognac im kleinen Salon, aber Vater verließ sie bald, um schlafen zu gehen. Er ermahnte Gino zum Abschied noch, die Tür von der Lobby zu verriegeln, sobald die Gäste das Haus verlassen und ins Gesindehaus hinüber gegangen wären.

Am nächsten Morgen, dem Ostermorgen, waren Vater und ich die ersten bei Frühstück, aber es dauerte nicht lange, bis auch Gino erschien.

Nach einem flüchtigen Gruß frühstückten wir drei eine Weile schweigend, bis Vater sagte: „Die Tür war nicht verriegelt." Es war einfach nur eine Feststellung. Es war kein Vorwurf herauszuhören.

„Nein?", fragte Gino.

„Nein."

Einen Moment schien es, als würde Gino mit dem Gedanken spielen, zu einer bequemen Lüge Zuflucht zu nehmen, aber dann sagte er einfach nur: „Ich habe sie nicht verriegelt."

Vater aß eine Weile schweigend weiter, bevor er sagte: „Es ist besser, wenn deine Mutter das nicht erfährt." Damit war die Sache für Vater erledigt.

Große Veränderungen

Zu den Dingen, die in Newquay aufregend anders waren, gehörte, dass die Schule sich jetzt mitten in einer Ortschaft befand. Es war kein großer Ort und seit Kriegsbeginn hatte sich sein Charakter wohl sehr verändert. Nicht nur mehrere Schulen waren hierhergekommen, auch das Militär hatte etliche Gebäude requiriert. Das reizende Fischerdorf an der Nordküste Cornwalls, das von Urlaubern gerne besucht wurde, war es jedenfalls nicht mehr, denn Reisen war allein schon wegen der Rationierung von Benzin arg aus der Mode gekommen, und wenn man in irgendeinem Bahnhof eine Fahrkarte kaufen wollte, stach einem das Plakat über dem Schalter ins Auge, auf dem stand: *Ist ihre Reise wirklich notwendig?*

Aber wie auch immer, hier waren wir Mädchen aus dem altehrwürdigen *Sissingden Manor* aus dem verschlafensten und abgelegensten Winkel der Grafschaft Kent mitten unter die Menschen gelangt.

Die Lehrerinnen wurden nicht müde, uns eine Regel einzuschärfen, die es wohl schon immer gegeben hatte, aber kaum jemandem von uns Schülerinnen bewusst gewesen war: Das Schulgelände durfte nicht allein verlassen werden. Nur zu viert war das den Kleinen und zu zweit den Großen erlaubt. Das Gelände um *Sissingden Manor* war sehr weitläufig und auch jenseits davon war nicht viel mehr als das süße Nichts gewesen, sodass man eigentlich immer innerhalb des erlaubten Bereichs blieb. Hier in Newquay war das nun ganz anders. Sobald man einen Schritt vor die Tür machte, verließ man das Schulgelände, und die Welt draußen, so meinten unsere Lehrerinnen, war voller Gefahren, und die wurden noch viel bedrohlicher, als die Govs nach einiger Zeit mitbekamen, dass auch ein Internat für Jungen nach Newquay evakuiert worden war.

Anfangs hatten wir noch voller Vorfreude unserer Unterbringung in einem Hotel entgegengesehen, aber jetzt kam schnell die Ernüchterung unserer allzu hochtrabenden Erwartungen. Die ursprünglich sicher sehr wohnlichen Zimmer waren durch zusätzliche Betten bis zum gerade noch Zumutbaren vollgestellt. Mit Abi, Polly Renshaw und Lou Barlow teilte ich mir einen Raum, der zuvor wohl ein bescheidenes Doppelzimmer gewesen sein mochte. Allerdings konnten wir nicht leugnen, dass es ein gewisser Luxus war, nicht mehr zu zehnt in einem Schlafsaal untergebracht zu sein. Außerdem hatten wir einen wunderschönen Blick aufs Meer.

Abi und ich gingen gerne in unserer Freizeit an den Strand. Dazu mussten wir nur über die Straße und dann einen relativ kurzen, gewundenen Pfad entlang, um zum etwa 20 Meter tiefer gelegenen Tolcarne Strand hinunter zu gelangen. Es war ein besonderes Erlebnis für uns, die wir unser bisheriges Leben fernab der Küste verbracht hatten. Der Strand unterhalb der Steilküste war sehr breit, eine riesige Fläche, die tatsächlich zum Lacrosse- und Hockeyspielen einlud, aber nur bei Ebbe. Wenn die Flut ihren Höchststand erreichte, war von der ganzen Herrlichkeit nicht das Geringste mehr übrig. Welch eine ungewohnte Erfahrung für uns alle, ein Leben in Abhängigkeit von Ebbe und Flut zu führen, jedenfalls soweit es den Schulsport betraf.

Da es ohne die Urlaubsgäste kaum noch Menschen in Newquay gab, die ihre Tage in eitlem Müßiggang verbrachten, gehörte der Strand uns Mädchen von der alten Sissy fast ganz allein, und wenn Abi und ich nicht Richtung Hafen gingen, sondern nach Norden zum Newquay Strand oder gar noch weiter zum Porth Strand und darüber hinaus, war bald kein Mensch mehr weit und breit zu sehen.

Manchmal kam Abi bei solchen Spaziergängen auf ihr Lieblingsthema zu sprechen und das war Danny, ihr Cousin, den sie fast abgöttisch verehrte.

„Ich habe heute einen Brief von Danny bekommen", erzählte sie, als wir an einem stürmischen Frühlingstag wieder einmal am Strand spazierten.

„Ja? Was schreibt er denn?"

„Es geht ihm gut, aber er macht sich furchtbare Sorgen um seine Eltern. Und die Geschwister natürlich auch."

„Hat er neue Nachrichten aus Deutschland?"

„Nein. Das ist es ja gerade. Das kann alles bedeuten. Auch das Schlimmste."

Mehr brauchte Abi dazu nicht zu sagen. Selbst wir jungen Dinger hatten von der Reichskristallnacht gehört, von Judensternen und Konzentrationslagern, von all dem, was die Juden jetzt in Deutschland erleiden mussten. Wir waren entsetzt über die Barbarei der Deutschen, und dabei hatte damals wohl so gut wie niemand eine Ahnung vom ganzen Ausmaß dessen, was in Deutschland vor sich ging. Davon erhielten wir Jahre später einen ersten, erschütternden Eindruck, als die britischen Soldaten 1945 Bergen-Belsen befreiten.

„Und Danny? Was macht er jetzt?"

„Er hat seine Ausbildung zum Krankenwagenfahrer abgeschlossen und sitzt herum und langweilt sich. Er wäre doch so gerne Soldat geworden, aber sie haben ihn immer noch nicht einberufen. Vielleicht meinen sie, dass er zu jung ist."

„Gino hat sie bei seiner Meldung reingelegt. Er hat sich ein bisschen älter gemacht, und jetzt wird er zum Piloten ausgebildet."

„Kann man denn da einfach ein falsches Alter angeben?"

„Na klar. Und er hat sogar eine Erklärung unterschreiben müssen, dass die Altersangabe ein für alle Mal so gilt. Selbst wenn er es sich irgendwann anders überlegt und beweist, dass das Alter gelogen war, würde das nichts mehr ändern."

„Das ist ja allerhand. Und das hat er tatsächlich unterschrieben?"

„Ja, natürlich. Er wollte doch unbedingt Pilot werden."

Anfang Mai 1940 überschlugen sich die Ereignisse. Am 10. Mai marschierten die deutschen Truppen in Frankreich, Belgien, Holland und Luxemburg ein, und plötzlich war der Scheinkrieg zu einem echten Krieg geworden. Am gleichen Tag trat Mr Chamberlain zurück und Winston Churchill wurde Premierminister. Er sagte ganz offen, uns nichts als Blut, Mühsal, Tränen und Schweiß bieten zu können. Wie wahr, wie wahr.

Hunderttausende unserer Soldaten hatten wir nach Frankreich geschickt, die besten, die England damals hatte, aber alles war vergebens. Schon am 26. Mai war die sogenannte Schlacht um Frankreich verloren und in einem verzweifelten Wettrennen mit den heranrückenden deutschen Truppen versuchten unsere Jungs, zur Küste zu gelangen, von wo aus man sie herausholen wollte.

Damals hat Sonny zum ersten Mal einen Menschen getötet.

Sie hatten sich an der Schelde dem Angriff der Deutschen entgegengestellt, ohne zu wissen, dass die längst weiter südlich mit ihren Panzern durchgebrochen waren und die Truppen in Belgien allesamt in Gefangenschaft zu geraten drohten. Sonny, auch wenn er nur ein einfacher Lance Corporal war, machte sich keine Illusionen über ihre Lage. Wenn die Deutschen südlich von ihnen bis zur Atlantikküste vorgestoßen waren, dann war das Britische Expeditionskorps geschlagen. Von da an galt es nur noch, sich irgendwie zur Küste durchzuschlagen, bevor man von den Jerrys eingebuchtet wurde.

Sie waren auf dem Rückzug Richtung Lys, als Sonnys Gruppe abkommandiert wurde, unterwegs an einer Landstraße zurückzubleiben, dort in Stellung zu gehen und zu beobachten, ob deutsche Truppen nachrücken würden. Der Sergeant Major hatte Sonny noch gesagt, wo er den Mann mit dem Bren-Maschinengewehr am besten postieren könnte, und ihm eingeschärft, Kampfhandlungen möglichst zu vermeiden und vor allem beim Heranrücken von Panzern in Deckung zu bleiben und den Kopf einzuziehen. Sonnys Gruppe hatte nämlich nichts, womit sie Panzer hätte bekämpfen können. Dann sagte er ihm noch, wann sie wieder versuchen sollten, Anschluss an die Kompanie zu finden. Schließlich rückte der Sergeant Major mit dem Rest der Truppe ab. Sonnys Leute waren rechts und links des Wegs an möglichst sicheren Plätzen untergetaucht. Sie befanden sich an einem Waldrand mit freiem Blick in die

Richtung, von wo aus die Deutschen zu erwarten waren. Der Tag ging zu Ende und es folgte eine finstere Nacht, in der der Mond erst gegen Mitternacht aufgehen sollte. Dahinsegelnde Wolken verdunkelten einen Teil des Sternenhimmels und in der Finsternis zerrte jedes auch noch so leise Geräusch an den Nerven der Männer.

Lange ereignete sich nichts. Vielleicht waren die Panzer, die diese Straße hätten entlang kommen können, in ihrer Jagd auf die Briten aufgehalten worden. Vielleicht hatten sie auf Nachschub an Treibstoff und Munition warten müssen, jedenfalls war alles, was irgendwann auftauchte, eine feindliche Patrouille. Die Deutschen waren in diesem Aufeinandertreffen in der schlechteren Position, denn sie bewegten sich in offenem Gelände, während Sonny und seine Leute, nachdem sie die anderen ausgemacht hatten, reglos und mucksmäuschenstill in ihrer Deckung verharrten.

Die deutschen Soldaten müssen recht unerfahren gewesen sein, sonst hätten sie gewusst, dass ein Waldrand mit einem freien Schussfeld davor der ideale Ort war, um dort in Stellung zu gehen, und sie hätten sich entsprechend vorsichtig verhalten. Stattdessen legte die kleine Gruppe ausgerechnet ganz in der Nähe des Waldrandes eine Pause ein und einer von ihnen ließ sich dazu hinreißen, eine Zigarette anzuzünden.

Der Truppführer setzte zu einer leisen, aber zornigen Zurechtweisung an, aber sie wurde jäh abgeschnitten durch den Knall eines Schusses. In die Stille der finsteren Nacht hinein muss er fast ohrenbetäubend gewesen sein.

Sonny hatte blitzschnell reagiert, als er das Aufblitzen des Streichholzes sah. Er zielte und drückte ab. Ein Aufschrei folgte. Der Mann mit dem Bren-Maschinengewehr und die anderen von Sonnys Gruppe fingen in Sekundenschnelle auch an zu schießen. Die Deutschen erwiderten kurz das Feuer, zogen sich dann aber schnell zurück. Im Nu war der Schusswechsel vorbei. Als niemand mehr feuerte, wusste in der Finsternis auch niemand mehr, wohin er hätte schießen sollen.

Es folgte eine lange, gespenstische Stille.

Sonny wusste, dass er eine große Dummheit begangen hatte, als er den Standort seiner Gruppe durch den Schuss verriet. Fürs Erste hatten die Deutschen sich zurückgezogen, aber sie würden wiederkommen, in größerer Stärke und vielleicht von Panzern begleitet. Jetzt, wo sie wussten, wo der Feind sich befand, gab es für Sonnys kleinen Trupp nur Rückzug oder die sichere Vernichtung. Dennoch konnte Sonny der Versuchung nicht widerstehen, seine Deckung zu verlassen und dorthin zu robben, wo der Deutsche, auf den er geschossen hatte, liegen mochte.

Er fand ihn trotz der Dunkelheit recht schnell. Seine Hand berührte den reglosen, aber noch warmen Körper. Er schirmte seine Taschenlampe mit den Fingern fast völlig ab und ließ sie dann kurz aufleuchten. Zwei tote Augen sahen ihn an. Augen in einem jungen Gesicht. Es war ein sympathisches Gesicht, auch wenn es jetzt so ganz und gar ausdruckslos war. Konnten die toten Augen irgendwo im Nichts etwas sehen? Nein, das hier war das Gesicht eines

Menschen, der tief und traumlos schlief. Ja, dachte Sonny, der hat aufgehört zu träumen.

Sein Schuss hatte den Soldaten in den Kopf getroffen. Es war der erste Deutsche, den er getötet hatte, ja, der erste Mensch überhaupt. Der Anblick ernüchterte ihn, und er kroch zurück zu seinen Leuten. Er befahl ihnen, die Stellung zu räumen und sich auf den Weg in Richtung der eigenen Einheit zu machen. Nach einiger Zeit ging der Mond auf und erleichterte ihnen das Fortkommen und tatsächlich gelang es ihnen, unbeschadet ihre Kompanie zu erreichen.

All das erzählte Sonny mir erst lange nach dem Krieg, und zwar an dem Tag, als John, unser erstes Kind, geboren wurde. Ich habe hinterher lange gerätselt, warum er ausgerechnet an jenem Tag davon sprach. Hatte er das Gefühl, nun dem Leben etwas zurückgegeben zu haben? Sah er in der Geburt des von ihm gezeugten Kindes eine späte Wiedergutmachung für jenen Deutschen, dessen Leben er damals ausgelöscht hatte. Wollte er das Leben, jene unergründliche, alles beherrschende Macht, durch eine Opfergabe besänftigen, in einem Akt, der wie eine Umkehrung der Geschichte von Abraham und Isaak war? Hat die Geburt unseres Kindes ihn von einer Schuld erlöst, die er lange mit sich herumgetragen hatte? Ich habe nie eine Erklärung gefunden, die mich restlos zufriedenstellte, und auf meine Fragen hin hat Sonny nur mit den Schultern gezuckt, während ein melancholisches Lächeln über sein Gesicht huschte.

Dannys Erleichterung, als „C", als harmloser Fall eingestuft worden zu sein, sollte sich in Laufe der Zeit verflüchtigen, denn je länger der Krieg dauerte, desto schwieriger wurde die Situation für die sogenannten *feindlichen Ausländer*, ganz egal welcher Kategorie sie angehörten. Der Sieg der Deutschen in Polen, ihr Einmarsch in Dänemark und Norwegen, die Erfolge ihrer U-Boote, all das trug dazu bei, dass sie bald ins Visier der Engländer gerieten. Dann kam Anfang Mai 1940 der Angriff der Deutschen im Westen und am 10. Juni erklärte auch Mussolini den Briten den Krieg, und von nun an waren auch alle in England lebenden Italiener feindliche Ausländer. Es wurde ein in der Bevölkerung weitverbreiteter Schlachtruf: „Packt sie alle!", und die Presse tat das ihre, um diese Stimmung anzuheizen.

Nicht lange nach dem Desaster der britischen Streitkräfte auf dem Kontinent, das unauflöslich mit dem Ort Dünkirchen verbunden bleiben wird, war es dann so weit. Die Angst vor einer Invasion der Deutschen versetzte die Briten in Panik und von nun an war es egal, ob jemand A, B oder C war, alle feindlichen Ausländer standen jetzt im Verdacht, eine Art fünfte Kolonne der Deutschen zu sein und deren Pläne, England zu erobern, auf die eine oder andere Weise zu unterstützen, durch Ausspähen der englischen Verteidigungsmaßnahmen oder durch heimliche Sabotageakte, oder indem sie einfach abwarteten, um loszuschlagen, sobald die Invasion begann. Und nun gingen auch die Behörden gegen diese Gefahr für das Land vor.

Danny musste erkennen, dass er in diesem Land nicht mehr wohlgelitten war, aber er wusste kein anderes, wo er hätte hingehen können.

Eines Tages kam Abi in Tränen aufgelöst zu mir und sagte:

„Sie haben Danny interniert. Sie sind nachts gekommen und haben ihn abgeholt."

„Was? Du spinnst."

„Hier." Sie schwenke einen Brief vor meinen Augen. „Meine Mutter hat mir geschrieben. Die Polizei ist nachts zu meinen Eltern gekommen, und sie haben Danny mitgenommen, und keiner weiß, was sie mit ihm gemacht haben."

Abi fiel mir um den Hals, und ich versuchte, sie zu beruhigen.

„Das kann doch gar nicht sein", sagte ich.

Aber leider hatte Abi recht.

Eines Tages hatten ein Herr in Zivil und ein Polizist vor der Tür des Reihenhauses der Pardos im Süden Londons gestanden und Mr Chatzmann sprechen wollen. Es war gerade kurz nach fünf in der Früh, sodass sie sich gute Chancen ausgerechnet hatten, ihn auch anzutreffen. Der Zivilist erklärte Danny in höflichem Ton, es solle vorübergehend interniert werden.

„Nicht lange, wirklich nur vorübergehend", sagte er freundlich lächelnd.

Danny glaubte an einen Irrtum. Er sei doch als „C" eingestuft. Aber der andere zuckte nur die Schultern. Auch Mr Pardo, der inzwischen in seinen Morgenmantel gehüllt dazugekommen war und zu intervenieren versuchte, mühte sich vergeblich. Großzügig gaben sie Danny Zeit, sich anzukleiden. Dann brachten sie ihn zu einer Polizeistation, wo sie ihn in eine Arrestzelle sperrten. Einige Zeit später wurde er mit anderen mittlerweile ebenfalls aufgegriffenen feindlichen Ausländern in einer *Black Maria* zum Bahnhof *Euston Station* gefahren. Sie waren mittlerweile Teil einer recht großen Gruppe, die unter Bewachung von Soldaten mit Bajonetten auf ihren Gewehren und begleitet vom Gejohle einer begeisterten Menge, aus der heraus immer wieder der Ruf *Packt sie alle!* ertönte, zu einen Zug Richtung Liverpool getrieben wurden.

Sie brachten Danny und die anderen zu einer Siedlung von noch nicht ganz fertiggestellten Sozialwohnungen in Huyton in der Nähe von Liverpool. Das Areal war von Stacheldraht umgeben und es sollte bis zu 5000 Internierte beherbergen, teils in den Häusern, teils in Zelten dazwischen. Danny erfuhr schon bald, dass *Huyton Camp* nur eine Transiteinrichtung war.

„Ein paar Tage, vielleicht eine Woche", erzählte ihm ein alter Mann, dessen Augen ihn gespenstisch vergrößert hinter dicken Brillengläsern anblickten und der im selben Haus untergebracht war wie er. „Dann werden wir in eines der großen Lager auf der Isle of Man gebracht. Und da bleiben wir dann, wer weiß wie lange."

Schon einige Tage später war der Mann, von dem Danny erfuhr, dass er in Deutschland Mathematikprofessor gewesen war, tatsächlich fort. Auch für Danny dauerte der Aufenthalt nicht lange. Mit anderen Lagerinsassen zusammen wurde er nach Liverpool zum Hafen transportiert. Man brachte sie aber nicht an Bord einer Fähre zur Isle of Man, sondern auf ein ehemaliges Passagierschiff. Als Luxusdampfer gebaut, wurde dieses Schiff seit Kriegsbeginn als Truppentransporter genutzt. An Bord waren weit über tausend internierte deutsche, österreichische und italienische Zivilisten und eine kleine Gruppe deutscher Kriegsgefangener. Blitzschnell sprach sich herum, dass das Ziel dieses Schiffes nicht die Isle of Man, sondern Kanada war. Der Dampfer, die SS Arandora Star, stach am Nachmittag des 1. Juli in See und etwa zehn Stunden später wurde er nordwestlich von Irland von einem deutschen U-Boot torpediert und versenkt.

Es war kurz vor 7 Uhr, als der Angriff erfolgte. Danny war schon auf den Beinen. Er hatte sich die Kabine mit vier anderen Männern teilen müssen, obwohl dort nur vier Kojen waren. Als weitaus Jüngster hatte er sich natürlich sofort bereit erklärt, auf dem Boden zu schlafen. Das mochte ihm das Leben gerettet haben. Die vier Männer, mit denen er die Kabine geteilt hatte, sah er nie wieder.

Lange hatte er wach gelegen, den Kopf auf die harte Rettungsweste gebettet unter einer kratzigen Wolldecke und auf das Schnarchen der anderen gelauscht und auf die fremdartigen Geräusche, die man unter Deck hörte und über deren Ursprung er sich vergeblich den Kopf zerbrach. Irgendwann war er dann doch eingeschlafen, aber es war ein leichter und unruhiger Schlaf gewesen. Es war noch früh am Morgen und recht still an Bord, als er wieder einmal wach wurde. Ihm war klar, dass er nicht wieder einschlafen würde. Also verließ er sein unbequemes Nachtlager und machte sich auf dem Weg nach oben zum Bootsdeck. Da hörte er ein Krachen und spürte, wie das Schiff heftig erzitterte. Ein Torpedo von U47 hatte die *Arandora Star* getroffen. Tödlich getroffen. Aber das ahnte Danny in diesem Augenblick noch nicht. Erst als er in der Dunkelheit, die dem Krachen unmittelbar folgte, eine Stimme rufen hörte: „Torpediert! Wir sind torpediert!", begriff er.

Der Treffer hatte die Stromversorgung lahmgelegt und damit auch die gesamte Beleuchtung im Schiff. Danny hatte das Glück, in diesem Augenblick nicht mehr weit vom nächsten Niedergang entfernt gewesen zu sein. Er hörte panisches Geschrei in der Dunkelheit, tastete sich vorwärts und atmete erleichtert auf, als er den Handlauf des Niedergangs zu fassen bekam. Er kletterte auf das nächste Deck hoch. Neigte sich das Schiff bereits leicht zur Seite? Er gelangte ins Freie, drängte sich durch die panische Menge zum Aufgang zum Oberdeck. Dort waren die Rettungsboote. Die Angst vor dem nassen Grab verlieh ihm Kräfte, die niemand in dem schmächtigen jungen Mann jemals vermutet hätte. Am allerwenigsten er selbst.

Auch auf dem Oberdeck herrschte Chaos. Danny sah, wie gerade eines der Rettungsboote zu Wasser gelassen wurde, aber nicht an beiden Enden gleichzeitig. Bald hing es nur noch an dem einen Seil am Heck mit dem Bug nach unten an der Bordwand und niemand wusste, was nun zu tun sei. Lediglich dort, wo die deutschen Kriegsgefangenen, lauter Seeleute, unter ihrem hünenhaften Kapitän ein Rettungsboot nach dem anderen zu Wasser ließen, herrschten Besonnenheit und Ordnung. Dorthin wandte sich Danny.

„Los, rein mit dir, Junge", rief ihm einer der deutschen Matrosen zu, und schon war das Boot mit ihm und etlichen anderer auf dem Weg hinab zur Wasseroberfläche. Als sie dort angekommen waren, zogen sie Männer, die einfach so ins Wasser gesprungen waren, ins Boot. Hier und da schwammen Tote. Sie hatten den Fehler begangen, ihre Schwimmweste bereits anzulegen, bevor sie aus großer Höhe ins Meer sprangen. Beim Aufprall auf die Wasseroberfläche hatte das ihnen das Genick gebrochen. Schließlich befahl ein Mitglied der Stammbesatzung ihnen, die Ruder aufzunehmen und vom Schiff wegzurudern.

„Aber da sind doch noch so viele im Wasser", protestierte einer.

„Ja, und hier im Boot ist noch reichlich Platz", ergänzte Danny. Gerade einmal an die 30 Menschen waren sie.

„Rudert!" brüllte der Matrose. „Hier gebe ich die Befehle und kein anderer, und wem das nicht gefällt, den schmeiße ich eigenhändig über Bord."

Also ruderten sie.

Sie waren etwa 200 Meter vom Schiff entfernt, da sagte der Matrose: „So, das reicht." Die Männer hielten inne. „Und jetzt will ich euch sagen, warum wir vom Schiff weg sind. Das wird jede Minute absaufen. Es könnte uns mit in die Tiefe reißen. Aber jetzt können wir, wenn es passiert ist, zurück und Überlebende auflesen."

Als Danny zur *Arandora Star* hinübersah, konnte er tatsächlich nur noch einen letzten Blick auf das Schiff erhaschen. Der Bug richtete sich hoch auf, während das Heck im Meer versank. Dann war im Nu das Schiff gänzlich versunken. Einen Moment herrschte Stille, dann hörten sie den dumpfen Laut einer Explosion unter Wasser. Dort, wo gerade eben noch die *Arandora Star* gewesen war, kamen nun Trümmer an die Oberfläche. Immer mehr Trümmer. Trümmer und Leichen. Und Öl. Und dazwischen schwammen Überlebende. Einige klammerten sich an Trümmer, andere hatten mehr Glück und hatten eines von den Rettungsflößen zu fassen bekommen.

„So, Jungs", sagte der Matrose. „Ruder an."

Sie ruderten zurück und zogen einen Schwimmer nach dem anderen an Bord. An die hundert Menschen drängten sich bald in ihrem Boot. Schließlich war es wirklich nicht mehr möglich, noch mehr Überlebende aufzunehmen und der Matrose befahl ihnen, wieder anzurudern, obwohl um sie herum immer noch Menschen im Wasser um ihr Leben kämpften. Danny war überzeugt, dass er ihre verzweifelten Schreie, die nur so entsetzlich langsam achteraus leiser wurden, bevor sie dann ganz verstummten, dass er diese Schreie bis an sein Lebensende hören würde.

Sie hielten sich in Sichtweite der anderen Rettungsboote, alle genauso überfüllt wie ihres. Gerade neun der ursprünglich 14 Boote waren es. Vier waren zerstört worden, bevor sie ins Wasser gelangten, eines war so überladen gewesen, dass es sank.

Das Wetter war ruhig, aber die atlantische Dünung, die Tausende von Meilen zurückgelegt hatte, ohne auf ein Hindernis zu stoßen, hob und senkte jetzt die Rettungsboote auf ihren majestätischen Wogen, und in dem Boot, in dem sich Danny befand, wurden etliche Männer seekrank. Einige übergaben sich nach außenbords, aber andere waren so weit von der Bordwand entfernt oder so erschöpft, dass sie sich einfach nach vorne beugten und den Inhalt ihres Magens erbrachen, mitunter auf ihren Vordermann, und als ihr Magen leer war, erbrachen sie gequält dünne Rinnsale galliger Magensäfte.

Neben Danny murmelte ein älterer Italiener unablässig vor sich hin. Vielleicht betet er, dachte Danny, obwohl er kein Wort verstand.

Als sie schon drei Stunden in den Booten ausgeharrt hatten, erschien eine Short Sunderland des *Coastal Command* der RAF am Himmel und sie wussten, dass sie auf Rettung hoffen durften. Das Flugboot kreiste unablässig über ihnen, um der *HMCS St Laurent*, einem kanadischen Zerstörer, den Weg zu den Schiffbrüchigen zu weisen. Am frühen Nachmittag erreichte das Schiff den Unglücksort und nahm die Überlebenden auf.

Sie wurden in Greenock in Schottland an Land gesetzt. Wer medizinische Hilfe brauchte, kam nach Glasgow ins Krankenhaus, die anderen wurden zu verschiedenen Lagern in Schottland und England transportiert. Schon am 7. Juli war Danny wieder in Liverpool, und mit der kalten Unerbittlichkeit von Bürokraten brachten sie ihn auf die *SS Sobiesk*, die noch am selben Tag bis zum äußersten mit internierten Zivilisten beladen Richtung Kanada auslief.

Der Verlust von mehr als 800 Menschenleben beim Untergang der *SS Arandora Star* hatte allerdings die öffentliche

Meinung in England so gegen die Politik der Deportation feindlicher Ausländer aufgebracht, dass nach der *SS Sobiesk* nur noch ein einziges Schiff mit solcher Art menschlicher Fracht Liverpool verließ. Danach wurden die Transporte eingestellt.

Das wäre für Danny, wenn er denn davon erfahren hätte, allerdings auch kein Trost gewesen. Es war nicht nur die Angst, die ihn die ganze lange Fahrt über den Atlantik in ihren Klauen gefangen hielt, wenn er Tag und Nacht auf den Donner eines Torpedotreffers wartete. Nein, da waren vor allem jene trüben Gedanken über seine Zukunft, die ihn nicht losließen. Schon die zurückliegenden Jahre, die er getrennt von seinen Eltern und Geschwistern in England verbracht hatte, waren schwer für den Jungen gewesen. Aber er hatte bei den Pardos ein Heim gehabt, wo man sich liebevoll um den Flüchtling kümmerte. Nun war er allein, ganz allein und auf dem Weg in eine gänzlich fremde Welt und eine ungewisse Zukunft. Wenn er in der Abenddämmerung an der Reling stand und auf den Atlantik hinausblickte, überlegte er, wie es wäre, all dem zu entkommen, indem er einfach ... Nein! Immer ermahnte ihn in solchen Augenblicken eine innere Stimme, nicht aufzugeben. Würde er damit denn nicht jenen, die in Deutschland ihre finsteren Machenschaften trieben, in die Hände spielen?, so fragte ihn diese Stimme. Und weil er ahnte, dass sie recht hatte, diese Stimme, wandte er sich schweren Herzens ab und ging unter Deck.

Nach dem Kriegseintritt Italiens war es nicht gut, Civitella zu heißen. In der alten Sissy ließ man sich allerdings von der aus Angst geborenen Panik nicht anstecken. Die Govs nicht und Notty schon gar nicht. Nur zwei von uns waren Kinder feindlicher Ausländer. Die eine war eine schüchterne Kleine in der Vierten, die kaum englisch sprach und deren Vater, ein deutscher Schauspieler, mit Frau und Kind nach England gekommen war, weil die Frau Jüdin war, und die andere war ich. Aber Notty ging es ums Prinzip, und nachdem die Govs ein paar Mal drakonische Strafen ausgeteilt hatten, verschwand der Ruf *Packt sie alle!* schnell wieder aus unserem Schulalltag.

Wundersamerweise blieb Vater verschont von der Welle der Internierungen, die jetzt die Italiener erfasste und die sie in die auf die Schnelle provisorisch errichteten Lager spülte. Hatte Großvater, ein angesehener Bischof, dem manche sogar zutrauten, er könnte eines Tages Bischof von Canterbury und damit geistliches Oberhaupt der Kirche von England werden, genug Einfluss, um seine Hand schützend über seinen Schwiegersohn halten zu können? Oder war hier der Brigadier am Werk gewesen, über dessen geheimnisumwittertes Tun im Kriegsministerium man auch in der Familie nur flüsternd und hinter vorgehaltener Hand Mutmaßungen anstellte? Wie auch immer, Vater konnte sein Leben unbehelligt weiterführen.

Unter der Erde und in der Luft

Wir haben erst lange nach dem Krieg, als Vater bereits tot war, von John Higgins, dem Sakristan der Dorfkirche, erfahren, was er, Vater, im Krieg eigentlich gemacht hat. Wir hatten immer gedacht, er wäre ein einfacher Angehöriger der *Home Guard*, wie alle, die für den aktiven Dienst in den Streitkräften zu alt waren und dennoch helfen wollten, ihre Heimat zu verteidigen. Aber wenn er sich einmal im Monat seine Uniform anzog und sich auf den Weg machte, um ein ganzes Wochenende fortzubleiben, dann war sein Ziel meist ein Bunker, keine zwei Kilometer von zu Hause entfernt am Rand des *Großen Bradfielder Gehölzes*. Von diesem Bunker wusste niemand außer den fünf oder sechs Männern, die dort tief unter der Erde zusammenkamen. Alle trugen sie zwar die Uniform der *Home Guard*, aber das war nur Tarnung. In Wahrheit waren sie ein Trupp der sogenannten *Auxiliary Unit*. Sie waren dazu bestimmt und dazu ausgebildet, im Falle einer Invasion die Eindringlinge von ihrem unterirdischen Bunker aus durch Anschläge und Sabotageakte zu bekämpfen. Diese Bunker waren ausgestattet mit Waffen und Sprengstoffen, Lebensmittel, Schlafgelegenheiten und was man sonst noch für eine derartige Mission brauchte. Den Männern dieser Einheiten war es strengstens verboten, irgendjemandem etwas von ihrem Auftrag zu erzählen. Higgins erklärte sogar, sie hätten den Befehl

gehabt, wenn die Deutschen tatsächlich landen würden, jeden, der von ihrem Auftrag oder von ihrem Bunker etwas
wusste, vorsorglich zu töten. Also hätten sie selbstverständlich den Mund gehalten. Ich bin sicher, Vater wird sehr
darunter gelitten haben, Mutter nichts davon erzählen zu
dürfen, denn die beiden hatten ein vertrauensvolles Verhältnis und nie Geheimnisse voreinander.

Vater war der Befehlshaber dieses kleinen Trupps. Er
hatte als Offizier im Großen Krieg in der italienischen Armee in den Dolomiten gegen die Österreicher gekämpft,
aber das wäre längst keine ausreichende Legitimation gewesen, vor allem nicht, weil auf ihm der Makel lastete, ein Italiener zu sein. Wie also war er in diese Einheit geraten und
sogar zum Truppführer bestimmt worden? Für Higgins war
das ein Rätsel geblieben.

Vater und Higgins und etliche andere Männer in Kent,
meist solche, die sich für die *Home Guard* gemeldet hatten,
waren im Juni 1940 für die *XII Corps Observation Unit* – die
Keimzelle der späteren *Auxiliary Unit* – rekrutiert worden.

Irgendwie und von irgendwem waren sie Captain Peter
Fleming empfohlen worden, einem dieser schneidigen und
intelligenten Offiziere aus gutem Hause, die aus purer
Abenteuerlust in irgendwelche geheimen Aktivitäten hin-
eingeraten waren. Er war vor dem Krieg Journalist gewesen
und hatte spektakuläre Reisen nach Lateinamerika und
Asien unternommen, über die er anschließend in Büchern
berichtet hatte. Sofern die empfohlenen Kandidaten von
Fleming als geeignet angesehen wurden und auch bereit
waren, diese Aufgabe zu übernehmen, wurden sie nach und

nach in *The Garth*, einem abgelegenen, von seinen Besitzern verlassenen Landhaus etwa auf halbem Weg zwischen Ashford und Canterbury in all jenem ausgebildet, was Partisanen wissen und können müssen, wenn sie erfolgreich fremde Eindringlinge aus dem Hinterhalt bekämpfen wollen. Je sechs oder sieben wurden zu einem Trupp zusammengefasst, der dann in Wohnortnähe eingesetzt wurde.

Diese Männer mussten sich ihre sogenannte Operationsbasis, einen Bunker irgendwo außerhalb der Ortschaft, selbst graben, denn nur so war sichergestellt, dass niemand wusste, wo er sich befand, ja, nicht einmal, dass er überhaupt existierte. Dort würden sie sich bei einer Invasion der Deutschen verstecken und von dort aus ihre Angriffe gegen die feindlichen Streitkräfte ausführen.

Es war Paul Godfrey, der sich als Wildhüter bestens in der Gegend auskannte, der meinte, den idealen Ort für ihren Bunker zu wissen.

„Am Rand des *Großen Bradfielder Gehölzes*, wo sich zwei Trampelpfade kreuzen. Direkt an der Kreuzung steht eine uralte Eibe. An der Stelle unter der Eibe könnten wir den Zugang zu unserem Bunker anlegen."

„Direkt am Weg? Ist das klug?", fragte Higgins skeptisch.

„Das ist genau richtig." Captain Fleming war begeistert. „Privat Godfrey hat vollkommen recht. So werden keine verräterischen Spuren zum Eingang des Bunkers führen. Der Trampelpfad ist ja schon immer da gewesen, und mehr wird auch in Zukunft nicht zu sehen sein. Privat Godfrey wird mir morgen in der Früh die Stelle zeigen. Und sie, Sergeant, begleiten uns."

Kurz vor vier Uhr morgens machten sich die drei auf den Weg in Captain Flemings *Austin* und erreichten das *Große Bradfielder Gehölz*, als der neue Tag gerade zu dämmern begann. Fleming fuhr den Wagen ein Stück in den Wald hinein und parkte ihn so, dass er von der Straße aus nicht mehr zu sehen war. Es dauerte nicht lange, bis sie zu der Eibe kamen, die Godfrey gemeint hatte, einem wahrhaften Riesen, dessen Stamm mehrere Meter Umfang hatte.

„Ja", meinte Captain Fleming, „ein perfekter Ort für einen Bunker."

Eine Zeit lang erörterten sie, wie die Anlage am Ende auszusehen hätte und wie die Männer beim Bau vorgehen sollten. Teile des Tunnels sollten gemauert werden mit einer Abdeckung, die auf Holzbalken ruhen sollte. Das Gleiche galt für den Notausgang auf der anderen Seite des Bunkers. Der Bunker selbst sollte wie eine unterirdische Nissenhütte von einem runden Dach aus Wellblech überspannt sein.

„Aber was machen wir mit dem Aushub, Captain?", fragte Vater. „Allein beim Bunker dürften mehr als, ich würde mal sagen, 25 m³ anfallen, und dann kommen noch die beiden Zugänge hinzu. Das ist doch viel zu verdächtig, wenn wir die Erde hier in der Gegend rumliegen lassen."

Fleming überlegte kurz und dann hatte er schon eine Lösung parat.

„Hier am Waldrand, das ist doch ein idealer Ort, um eine Flugabwehrkanone in Stellung zu bringen, was? Ich werde dafür sorgen, dass das möglichst umgehend gemacht wird. Und um die Kanone herum müssen zum Schutz selbstverständlich Sandsäcke aufgeschichtet werden. Bei so einer Geschützstellung werden etliche Kubikmeter Sand für diese Säcke gebraucht. Meinen Sie nicht auch, Sergeant?" Er lächelte Vater an.

Die Flugabwehrkanone kam nach wenigen Tagen, und die Männer fingen an, ihren Bunker zu bauen. Immer nur bei Dunkelheit, die Anfang Juli aber nicht lange währte, sodass sie vor der schweißtreibenden Arbeit und auch danach noch ein paar Stunden Schlaf bekamen. Tagsüber war die Baustelle sorgfältig getarnt. Als der Bunker fertig war, kam nach ein paar Tagen ein LKW der Armee und holte das Geschütz mitsamt all den Sandsäcken, die mittlerweile darum herum aufgeschichtet worden waren, wieder ab.

Aber all ihre Mühe, ihre Operationsbasis geheim zu halten, sollte sich als vergeblich erweisen.

Am 10. Juli 1940 begann die deutsche Luftwaffe das, was als *Luftschlacht um England* in die Geschichtsbücher eingehen sollte, und es war vor allem der Himmel über dem Südosten des Landes, wo die erste Phase dieser Schlacht tobte.

Nachdem Gino auf dem Flugplatz von Andover den letzten Schliff als Jagdflieger erhalten hatte, schickten sie ihn in der letzten Juniwoche nach Tangmere im Süden nicht weit von Chichester in West Sussex, wo er mit einem halben Dutzend anderer frisch ausgebildeter Piloten in der 43. Jagdstaffel die in den zurückliegenden Kämpfen ausgefallenen Flieger ersetzen sollte. Gino glaubte sich am Ziel seiner Träume. Endlich war er da, wo der Krieg tobte. Aber der Beginn seiner Zeit in der 43. sollte zu einem Albtraum werden.

Der Chef der 43. war damals Squadron Leader George Lott, der schon 1922 in die RAF eingetreten war. Jovial und humorvoll erschien er Gino bei seiner ersten Begegnung, aber er wusste von den anderen, dass Lott ein ganz harter Hund war, der auf eiserne Disziplin hielt.

Gino wurde Pilot Officer Geoff Brunner als einer von zwei Flügelmännern zugeteilt. Am 7. Juli war es, dass diese drei bei einer Patrouille in der Nähe von Beachy Head auf eine deutsche Dornier Do 17 stießen. Brunner griff sofort an, aber aufgrund der starken Bewölkung gelang es nicht nur der Do 17, sich dem Angriff zu entziehen, indem sie in den Wolken Schutz suchte, auch die beiden Flügelmänner, deren Aufgabe es war, den Flügelführer vor Angriffen von feindlichen Jägern zu schützen, verloren den Kontakt zu Brunner. Der verfolgte den deutschen Bomber, bis zwei deutsche Jäger ihn zwangen, von ihm abzulassen und nach Tangmere zurückzukehren.

Gino ärgerte sich, dass seine erste Feindberührung zu so einem Reinfall geworden war. Er hatte das Gefühl, ganz persönlich versagt zu haben, weil er seinen Flügelführer aus den Augen verloren hatte, obwohl Squadron Leader Lott, nachdem ihm Bericht erstattet worden war, den Vorfall mit einem Schulterzucken als lausiges Pech abtat.

Nur zwei Tage später sollte für George Lott der Kampf in vorderster Front enden. Während eines Luftkampfs mit mehreren Messerschmitt Me 110 explodierte eine Granate direkt vor seinem Cockpit. Lott verlor dabei ein Auge und musste schließlich sogar aus der brennenden Maschine aussteigen. Aber immerhin kam er mit dem Leben davon. Das war am 9. Juli 1940, am Tag, bevor die Luftschlacht um England begann.

Abends beim Bier hatte Flying Officer Chalcraft zum ersten Mal von der Taktik geschwärmt, die die deutschen Jagdflieger anwendeten. Bei ihnen wurde ein Flügelführer nicht mehr von zwei ihn schützenden Flügelmännern begleitet, sondern jedem von zwei Flügelführern folgte jeweils nur ein Flügelmann, weshalb die Taktik als Finger-vier-Formation bezeichnet wurde. Sie versprach einen großen Gewinn an Offensivkraft und Reginald Chalcraft, ein erstklassiger Pilot, noch nicht lange dabei, aber begierig, alte Zöpfe abzuschneiden und neue, vielversprechendere Wege zu gehen, meinte, man werde damit die eigene Unterlegenheit gegenüber den Deutschen deutlich verringern können.

Gino war mittlerweile erster Flügelmann von Chalcraft, und er ließ sich, unerfahren wie er war, von dessen Enthusiasmus anstecken. Aber auch die anderen zu *A-flight* gehörenden Piloten waren bereit, die neue Formation zu erproben. Auf den Tisch in der Offiziersmesse zeichnete Chalcraft mit Kreide in immer neuen Skizzen, wie die revolutionäre Taktik umgesetzt werden sollte. Bald saßen oder standen alle Mitglieder von *A-flight* um den Tisch herum und trieben die Ausgestaltung des Vorhabens mit Fragen und Vorschlägen immer weiter voran. Es schien alles so einfach, so logisch zu sein. Am Ende beschloss man, gleich beim nächsten Einsatz von *A-flight*, bei dem nicht Squadron Leader Badger, der Nachfolger des verwundeten George Lott, sondern Chalcraft als sein Stellvertreter führen würde, in der neuen Formation zu fliegen.

Dieser Tag ließ nicht lange auf sich warten. Sie saßen draußen in der Sonne, schlugen die Zeit tot mit Lesen oder Dösen, aber nichtsdestoweniger voller Anspannung, denn sie waren sich der Gefahr bewusst, die jeder Einsatz bringen konnte. Da hörten sie das elektrisierende Klingeln des Feldsprechers und im nächsten Augenblick kam der Ruf: „*A-flight*, Einsatz!"

„Kommt, Jungs, jetzt machen wir's", rief Chalcraft, während sie alle zu ihren Maschinen rannten. Dort schnallten sie sich hastig die Fallschirme über die Mae Wests, die sie schon die ganze Zeit trugen, und kletterten in die Cockpits ihrer *Hurricanes*. Einzeln oder zu mehreren rollten die Maschinen die holprige Grasbahn entlang, bis sie die Geschwindigkeit zum Abheben erreicht hatten. Sie suchten, möglichst viel Höhe zu gewinnen, denn wenn sie oberhalb des Gegners flogen, erhöhte das ihre Überlebenschancen, und sie waren jetzt an einem Punkt angelangt, wo es für sie nur noch darum ging, zu überleben oder zu sterben. Nur solche Männer waren als Piloten geeignet, die mit der Angst vor dem Tod umgehen konnten oder die diese Angst gar nicht kannten.

Sie sammelten sich in etwa 25.000 Fuß Höhe und strebten danach, ihre Position in der ihnen so ungewohnten Formation zu finden. Die Einsatzzentrale dirigierte sie zu einem Konvoi aus mehr als 20 englischen Frachtern nahe der Isle of Wight. Der wurde auf dem Weg durch den Kanal von deutschen Junkers Ju 87, sogenannten Stukas, angegriffen. Aber als sie sich gerade auf die Bomber stürzen wollten, fielen die deutschen Jäger über sie her. Vielleicht lag es daran, dass die feindlichen Messenschmitt Me 109 zahlreicher waren, vielleicht lag es an der ungewohnten Formation, in der sie heute zum ersten Mal flogen, jedenfalls geriet ihr Einsatz zum Desaster. Gino folgte Chalcraft und bemühte sich, seine Position hinter und oberhalb von ihm zu halten. Als eine Me 109 im Begriff war, Chalcraft anzugreifen, warnte er seinen Flügelführer, der seine Maschine in einem eleganten Bogen aus der Schusslinie zu bringen versuchte, die Me 109 auf seinen Fersen. Gino konnte der Versuchung nicht widerstehen, den Angriff auf die Ju 87, den Chalcraft hatte abbrechen müssen, selbst fortzusetzen. Es gelang ihm tatsächlich, den Gegner so schwer zu beschädigen, dass er Feuer fing und ins Meer stürzte.

Er suchte den Himmel ab nach der Maschine von Chalcraft. Was war aus seinem Flügelführer geworden? Gino konnte nichts entdecken. Er musste feststellen, dass links das Querruder seiner Maschine im Kampf beschädigt worden war, und es blieb ihm nichts anderes übrig, als nach Tangmere zurückzufliegen.

Erst dort erfuhr er, was geschehen war. Die Me 109 hatte im Kampf mit Chalcraft die Oberhand behalten, dessen *Hurricane* war in Brand geraten und Chalcraft war am Ende nichts anderes übrig geblieben, als aus seiner Maschine auszusteigen. Der Pilot der Messerschmitt hatte daraufhin kehrtgemacht und in einem neuerlichen Anflug eine Salve aus seinen beiden Maschinengewehren auf den hilflos in seinem Fallschirm in der Luft schwebenden Chalcraft abgefeuert. Dann hatte er seine Me 109 hochgezogen, um seinen Kameraden Richtung Festland zu folgen.

Nicht nur Chalcraft gehörte zu den Verlusten an diesem Tag, auch Pilot Officer Frank Winkley kehrte von dem Einsatz nicht zurück. Ein hoher Preis für die eine Stuka, die Gino abgeschossen hatte.

Man erinnerte sich an Ginos ersten Kampfeinsatz als Flügelmann von Geoff Brunner, als er den Kontakt zu seinem Führer verloren hatte, und jetzt auch noch diese Sache. Damit hatte er seinen schlechten Ruf weg. Wenn er dieses zweite Mal nicht auch wieder versagt hätte, sondern an der Seite seines Flügelführers geblieben wäre, dann wäre Chalcraft vielleicht noch am Leben. Das stand als unausgesprochener Vorwurf im Raum. Gino hätte versuchen können, sich zu verteidigen, hätte darauf hinweisen können, dass er seinen Flügelführer beim ersten Mal wegen der schlechten Wetterlage verloren hatte, dass die von Chalcraft an diesem Tag angeordnete Formation für ihn völlig neu war und nicht das, worauf man ihn in Andover gedrillt hatte. Aber es entsprach ganz und gar nicht seinem Charakter. Er hätte nie wieder seinen Anblick im Spiegel ertragen können, wenn er Entschuldigungen oder Ausreden vorgebracht hätte. Schweigend, aber nur mühsam seinen Zorn im Zaum haltend nahm er die Kritik der anderen entgegen.

Am Abend betrank er sich in der Offiziersmesse ganz fürchterlich und versuchte, mit jedermann Streit anzufangen, aber niemand tat ihm den Gefallen, sich darauf einzulassen. Irgendwann packte ihn Pilot Officer Curraigh, ein bärbeißiger Schotte mit dem Körper eines Preisboxers, und lotste den sinnlos Betrunkenen zu seinem Quartier und stieß ihn dort recht unsanft auf seine Pritsche.

„Jetzt schlaf deinen verdammten Rausch aus, du dummer Junge. Morgen sieht die Welt schon wieder ein klein wenig besser aus", murmelte er, bedeckte Gino, der reglos dalag und nur noch unverständliches Zeug brabbelte, mit einer Wolldecke und ließ ihn dann allein.

An Abend eines jener Tage, an denen die Luftschlacht um England besonders heftig tobte, trafen sich die Männer von Vaters Trupp wieder einmal in ihrem Bunker. Als sie alle da waren, holte Paul Godfrey aus seinem Rucksack eine Flasche Gin hervor, die er im Pub seines Bruders abgestaubt hatte.

„Machen wir uns doch mal einen netten Abend, Jungs. Nichts dagegen oder, Sarge?", fragte er Vater grinsend. Der hatte nichts einzuwenden, denn die Wochenenden im Bunker dienten in erster Linie dazu, den Männern Gelegenheit zu geben, sich an einen längeren Aufenthalt dort zu gewöhnen. Sie hatten dort nicht wirklich etwas zu tun.

Man holte für jeden eine Tasse hervor – andere Trinkgefäße hatten sie hier unten nicht – und dann einen Packen Spielkarten, und schon begann die fröhliche Runde.

Godfrey trank, aber spielte nicht mit. Er widmete sich den im Bunker aufbewahrten Waffen, um sie zu reinigen. Dazu fühlte er sich als Wildhüter berufen. Er baute ein Ge-

wehr auseinander, legte die Einzelteile sorgfältig nebeneinander auf eine der Bettstellen. Mit einem Stirnrunzeln
machte er sich dann am nächsten zu schaffen, dann kam die
Thompson an die Reihe und schließlich sämtliche Smith &
Wesson .38er, bis alle Waffen fein säuberlich zerlegt auf den
Pritschen lagen. Er betrachtete sein Werk eine Weile nachdenklich, dann wandte er sich an die Kartenspieler.

„Hier ist eine verdammte Sauerei passiert, Jungs." Alle
sahen ihn mehr oder weniger verständnislos an. „Die
Schlagbolzen. Überall, bei allen Waffen, fehlen die Schlagbolzen."

Jedem von ihnen war klar, was das bedeutete. Ihre Waffen waren unbrauchbar, ganz und gar unbrauchbar.

„Vielleicht haben wir sie so bekommen", meinte Higgins.

„Nein, ich reinige sie jedes Mal, und letztes Mal waren
sie alle noch tipp topp in Ordnung."

Alle schwiegen betreten. Dann fragte Higgins: „Haben
wir denn keinen Reserveschlagbolzen?"

„Für die Gewehre, für die schon. Aber das ist nicht der
Punkt. Wo sind die Dinger hin? Ob jemand den Eingang zu
unserem Bunker entdeckt hat und hier rein gekommen ist,
das ist die Frage."

„Unmöglich!", rief einer und ein anderer: „Wer soll den
Eingang denn gefunden haben?"

„Keine Ahnung", meinte Godfrey, „aber jemand hat sich
an unseren Waffen zu schaffen gemacht. Daran besteht kein
Zweifel."

„Überhaupt", erklärte Higgins, „das muss ja schon ein böser Bube gewesen sein. Irgendein Spaziergänger, der zufällig über den Eingang gestolpert ist, klaut uns doch nicht die Schlagbolzen."

„Vielleicht ist hier ja zufällig einer von den Jerrys vorbeigekommen." Der dicke Ebenezer Johnson konnte vor Lachen über seinen Scherz kaum sprechen. Er hatte vom vielen Gin bereits einen roten Kopf bekommen.

Godfrey kam eine neue Idee. „Es gibt noch eine andere Möglichkeit." Und nach einer Kunstpause: „Nicht wahr, Sarge? Pardon, Mr Civitella wollte ich sagen." Er warf Vater einem gehässigen Blick zu.

„Was wollen Sie damit andeuten, Private Godfrey?", fragte Vater kühl zurück.

„Wir können nicht ausschließen, dass es auch einer von uns gewesen sein könnte", antwortete Godfrey vorsichtig.

„Ach, Unsinn, Paul!", rief der dicke Johnson. „Warum sollte einer von uns so einen Blödsinn machen?"

Godfrey und Vater maßen einander lange mit ernsten Blicken, ohne ein Wort zu sprechen.

„Ich werde morgen mit Captain Fleming telefonieren", sagte Vater schließlich. „Er wird entscheiden, was zu tun ist."

„Wir brauchen neue Schlagbolzen. Was soll sonst denn noch passieren?", meinte Higgins.

„Möglicherweise wird er darüber hinausgehende Befehle für uns haben. Vielleicht müssen wir uns eine neue Operationsbasis bauen."

Am nächsten Tag traf sich Vater nach einem kurzen Telefonat mit Captain Fleming im Hauptquartier in Bilting im *The Garth*. Es hieß, sie hätten ein langes Gespräch unter vier Augen geführt.

„Was ist denn heute mit dir los, Gino?", fragte Sue. „Du machst ein Gesicht, als wärest du heute überall lieber als mit mir zusammen."

Es war einen Tag nach jenem desaströsen Einsatz bei der Isle of Wight. Sie waren in einem Hotel in Chichester als Mr und Mrs Reade abgestiegen, einem Hotel, wo man keine Fragen stellte. Sie hatten diese seltene Gelegenheit, wenigstens ein paar Stunden miteinander zu verbringen, von langer Hand geplant. Gino war inzwischen wieder nüchtern, aber keineswegs in besserer Stimmung als am Abend zuvor.

„Das verstehst du nicht", murmelte er.

Sie streichelte sein Haar und sagte: „Gut, wenn ich es nicht verstehe, dann lass uns auch nicht davon reden. Denk nicht mehr dran. Ich bin da, und wir haben die ganze Nacht für uns."

Gino ließ sich zurücksinken auf das Bett und verschränkte die Arme hinter dem Kopf. Er betrachtete sie, als gelte es, ein Rätsel zu lösen.

„Ich habe meinen Flügelführer auf dem Gewissen", sagte er.

„Wir wollten nicht darüber reden."

„Hätte ich meinen Job vernünftig gemacht, würde er noch leben. Kannst du dir vorstellen, was das bedeutet, einen Menschen auf dem Gewissen zu haben? Einen Menschen, den man kannte, den man mochte. Was glaubst du, wie ich mich fühle?"

„Ach, vergiss es. So ist das Leben halt. Nächstes Mal machst du es besser."

Gino richtete sich auf, sah Sue einen Moment aus zusammengekniffenen Augen an. Unvermittelt schlug er ihr mit der flachen Hand brutal ins Gesicht. Sues Kopf flog zur Seite. Dann starrte sie ihn an und aus ihrem Blick sprach grenzenlose Überraschung und völliges Unverständnis.

Gino murmelte: „Entschuldige", und stand auf. Er ging im Zimmer ein paar Schritte auf und ab, wie um sich abzureagieren.

„Ich glaube, es ist besser, ich gehe", sagte Sue.

„Nein. Bleib. Es tut mir wirklich leid. Ich bin einfach ziemlich am Ende. Wenn du jetzt auch noch gehst ..."

Eine Zeit lang sprach keiner von beiden, dann sagte Sue: „Gut, dann mach das Licht aus und komm hier her zu mir und erzähl mir alles, Gino. Alles."

Er löschte das Licht, suchte durch den verdunkelten Raum seinen Weg zurück zum Bett. Dann lagen sie nebeneinander, hielten sich in den Armen und Ginos Kopf ruhte an ihrer Schulter, während er erzählte. Erst redete er nur stockend und manchmal konnte Sue seine Stimme kaum verstehen, aber sie hörte zu, ohne ihn zu unterbrechen. Irgendwann, nach langer, langer Zeit schwieg Gino. Eine Weile sagte keiner von beiden etwas, dann nahm Sue eine seiner Hände und führte sie sanft zu ihrem Busen und als sie spürte, wie seine Finger die eine ihrer kleinen Brüste zaghaft umschlossen, suchten ihre Lippen seine Lippen.

Am nächsten Morgen stand Gino in aller Herrgottsfrühe auf. Er musste zurück zum Flughafen. Er öffnete die Vorhänge ein Stück, gerade so, dass genug vom Licht des anbrechenden Tages ins Zimmer fiel, um seine verstreut herumliegenden Kleidungsstücke finden zu können.

Als er gehen wollte, beugte er sich noch einmal zu Sue herab, um ihr einen Kuss zu geben. Sie war wach und im Nu umschlang sie ihn mit ihren Armen und hielt ihn fest.

„Es war wunderschön ... diese Nacht", sagte sie.

„Ja."

„Ich liebe dich, Gino. Sag, dass du mich auch liebst." Sue hatte das Gefühl, den Dialog eines billigen Kinofilms zu führen, aber sie wusste nicht, was sie sonst hätte sagen können.

„Natürlich, mein Schatz, natürlich liebe ich dich. Aber jetzt muss ich gehen."

„Pass auf dich auf, Gino. Sei vorsichtig und pass auf dich auf."

„Na klar, mache ich dass."

Und dann stand er auf und ging.

Als sich die Leute von Vaters Trupp das nächste Mal in ihrem Versteck trafen, ausnahmsweise schon eine Woche später, lag eine bedrückende Spannung in der Luft. Niemand sprach ein überflüssiges Wort. Dann legte Vater ein in braunes Papier gewickeltes Päckchen auf den Tisch. Alle starrten gebannt darauf.

„Schlagbolzen", sagte Vater knapp.

Godfrey nahm das Päckchen und wickelte den Inhalt aus.

„Wir brauchen keinen neuen Bunker zu bauen", ergänzte Vater.

„Und warum bleiben wir hier?", fragte Godfrey, während er einen Schlagbolzen nach dem anderen misstrauisch von allen Seiten begutachtete. „Trotz dieser Sache?"

Vater sah auf die Uhr. „Captain Fleming wird nachher zu uns kommen und das erklären. Bis dahin gehen wir noch einmal durch, was man beim Anbringen von Sprengladungen zu beachten hat."

Sie hatten das während ihrer Ausbildung in *The Garth* gelernt, aber sie hatten dort so vieles gelernt. Sachlich, ohne einen Hauch von Emotionen zu zeigen, ging Vater das Thema durch. Er verstand sich auf diese Dinge. Er war schließlich Offizier gewesen.

Endlich hörten sie vom Eingang her jenes Geräusch, das anzeigte, dass jemand kam, der zu ihnen gehörte. Das musste Captain Fleming sein. Alle warteten gespannt.

„Setzt euch, Leute", sagte er, als er aus dem niedrigen Zugang herauskam und sich aufrichtete, und alle setzten sich wieder. „Schöner Tag heute, was? Endlich mal kein Regen. Ein verdammter Regen ist das gewesen. Einige von unseren Bunkern sind in den letzten Tagen abgesoffen. Da sieht's aus wie in einem U-Boot, das einen Volltreffer abbekommen hat. Aber besser jetzt, solang wir noch was dran drehen können. Wenn der Jerry erst mal da ist, könnten die Leute in so einem Fall nichts anderes tun, als so lange wie möglich die Luft anhalten, was?" Er grinste. „Aber hier ist alles ja noch ganz trocken, wie ich sehe."

Higgins war wortlos aufgestanden und hatte sich auf eines der Betten gesetzt, um für Fleming Platz am Tisch zu machen.

„Danke, Higgins. Also, Leute, ich bin natürlich nicht gekommen, um mit euch übers Wetter zu reden." Alle sahen ihn erwartungsvoll an. „Sergeant Civitella hat mir von dem Missgeschick berichtet, das hier passiert ist. Schlagbolzen abhandengekommen, was? Und dann gleich alle auf einmal. Dumme Sache, was?" Wieder grinste er, aber keiner seiner Zuhörer ließ sich davon anstecken.

„Was machen wir denn jetzt, Sir?", fragte der dicke Johnson. „Wir sollen kein neues Loch graben, sagt der Sarge."

„Nein, nicht nötig, Private Johnson. Wir haben die Diebe längst zu fassen bekommen. Es waren zwei von den *Lovat Scouts*, Drummond und Millar. Kennt ihr doch von der Ausbildung in *The Garth*, oder? Die beiden langweilten sich, weil noch immer keine Jerrys da sind, und wollten sich irgendwie die Zeit vertreiben. Sie wussten, dass ihr hier in der Gegend euer Loch habt und das wollten sie aufstöbern. Gute Übung für den Ernstfall, was? Sind hier irgendwann vorbeigekommen und ihre feinen Näschen haben was gerochen. Ihr habt sicher gerade Euer Futter auf dem Feuer gehabt, und der Rauch ist wohl durch die Lüftung nach draußen gelangt. Wenn's mitten im Wald nach Rauch riecht, aber nirgendwo ein Feuer ist, das ist ganz schön komisch, was? Na, den Rest könnt ihr euch denken, oder? Die

Schlagbolzen, die der Sergeant euch mitgebracht hat, sind übrigens genau die, die sie euch geklaut haben. Also, wenn der Jerry kommt, esst euren Kram lieber kalt, ihr lebt dann länger." Er ließ seinen Blick in die Runde wandern. „Noch Fragen, Jungs? Nein? Dann mach ich mich mal wieder auf den Weg. Sergeant, übernehmen."

„Jawohl, Sir."

Als Captain Fleming fort war, saßen sie eine Weile schweigend beisammen. Dann meldete sich Godfrey zu Wort.

„Ich möchte was sagen, Sarge."

„Ja?"

„Nun ... ich habe wohl etwas voreilig daher geredet beim letzten Mal. Tut mir leid. Ich bin gar nicht auf die Idee gekommen ... und weil Sie doch Italiener sind ... also, nichts für ungut, Sarge. Wird nicht wieder vorkommen."

„Okay, Godfrey. Machen wir weiter. Johnson, wie war das noch mit der Verwendung der unterschiedlichen Zünder?"

Als Higgins mir die Geschichte der abhandengekommenen Schlagbolzen erzählte, erinnerte ich mich an ein Gespräch zwischen Mutter und dem Brigadier, das ich mitangehört hatte und dessen Sinn mir damals nicht klar gewesen war. So etwas passierte einem 14-jährigen Mädchen natürlich häufiger, wenn die Erwachsenen über Familienangelegenheiten redeten, aber nach dem, was Higgins erzählte, erschien mir dieses Gespräch in einem ganz neuen Licht.

Ferien bei Onkel Alexander

Die Sommerferien 1940 verbrachte Mutter mit uns beiden Mädchen in der relativen Sicherheit von Onkel Alexanders Haus in der Nähe von Aylesbury, also ein gutes Stück nordwestlich von London. Es war ja die Zeit, als die deutschen Luftangriffe sich vor allem gegen die Flugplätze der RAF im Südosten des Landes richteten. In dieser Situation wollte Vater seine Frau und seine Kinder möglichst weit weg von dort wissen.

Ich war von dieser Idee damals wenig angetan, denn ich hätte meine Ferien lieber im *Oaklands House* verbracht. Ich war noch nie bei Onkel Alexander gewesen und wusste nicht, was mich dort erwarten würde. Ich muss zugeben, dass ich, seit meiner ersten Begegnung mit ihm in meiner frühesten Kindheit, an die ich mich nur dunkel erinnern konnte, immer großen Respekt, ja sogar ein bisschen Angst vor ihm hatte. Junggeselle, der er war, waren seine Umgangsformen ganz und gar vom Leben in der Armee geprägt. Und da er den Rang eines Brigadiers hatte, war er es gewohnt, dass die meisten Menschen, die ihm über den Weg liefen, im Rang unter ihm standen und seinen Anordnungen daher ohne zu zögern und ohne zu fragen Folge leisteten. Widerrede kannte er nicht, und wenn er sich doch ausnahmsweise einmal mit ihr konfrontiert sah, reagierte er höchst ungehalten.

Das Landhaus, *Wootton Hall* wurde es genannt, lag mehrere Kilometer vom nächsten Weiler entfernt. Ein junger Leutnant, der wohl so eine Art *Aide-de-camp* des Brigadiers war, holte uns vom Bahnhof in Aylesbury ab.

„Ein *Humber*, Mutter. Schau! Das ist auch ein *Humber Snipe*", flüsterte ich Mutter zu. Ich war stolz, dass ich das erkannt hatte, denn dieses Auto hier war ein Coupé und außerdem tarnfarben lackiert, und deshalb sah es so ganz anders aus als Vaters Wagen.

Während der Fahrt wurde wenig gesprochen. Der *ADC* konzentrierte sich aufs Fahren, und wenn Mutter ihn anredete, antwortete er höflich, aber so knapp, dass Mutter es schließlich aufgab, ein Gespräch mit ihm führen zu wollen.

Eine lange Auffahrt zwischen allerlei alten Bäumen führte zu Onkel Alexanders Haus. Es gefiel mir auf Anhieb. Efeu und andere rankenden Gewächse bedeckten fast die ganze Vorderfront und vor dem Eingang befand sich ein kecker, kleiner Vorbau mit einem Spitzdach. Die Haushälterin des Brigadiers empfing uns in der Halle und führte uns in den Salon. Dieser Raum war, wie schon die imposante Halle, mit viel Geschmack wohnlich eingerichtet. Ein bisschen altmodisch vielleicht, aber zum Ambiente des Hauses passend.

Onkel Alexander ließ uns nicht lange warten und seine Begrüßung war zwar nicht gerade herzlich, aber doch immerhin so freundlich, dass wir nicht das Gefühl hatten, lästige Eindringlinge zu sein. Natürlich trug er wieder seine Uniform und an der Brust die Schnalle mit den Ordensbändern, so als würde er geradewegs von der Front kommen.

Eine Weile unterhielten Mutter und Onkel Alexander sich über belanglose Dinge. Lulu und ich waren noch zu eingeschüchtert von seinem schroffen Auftreten und seiner dröhnenden Stimme, um den Mund aufzumachen. Da steckte der *ADC*, der übrigens Oxley hieß, Leutnant Miles Oxley, den Kopf zur Tür herein.

„Entschuldigen Sie vielmals, Sir. Telefon. General Ismay möchte sie sprechen."

„Ich komme. Sagen Sie Mrs Hardy, sie soll den Gästen ihre Zimmer zeigen." Und dann wandte er sich an Mutter. „Bedaure, aber da ist ein Krieg, um den ich mich kümmern muss." Nach dieser etwas sonderbaren Bemerkung ging er in sein Arbeitszimmer und überließ uns seiner Haushälterin.

Mrs Hardy mochte damals schon jenseits der 60 gewesen sein, eine mürrische Person, die aber, wie sogar ich dummes Ding schon sehr bald feststellte, den Brigadier vergötterte. Heute frage ich mich, ob ihre Gefühle für Onkel Alexander nicht sogar noch ganz anderer Art waren. Sollte es so gewesen sein, so war sie zu einem frustrierenden Dasein verurteilt, denn aus Frauen machte sich dieser Hohepriester der Kriegskunst nämlich rein gar nichts.

Wootton Hall erwies sich insgesamt als ein feudales Gebäude im georgianischen Stil, und auch unsere Schlafzimmer waren überhaupt nicht so spartanisch eingerichtet, wie ich das bei dem Brigadier befürchtet hatte. Außerdem hatte ich von meinem Zimmer aus einen weiten Blick auf den wunderschönen Garten mit gepflegten Rasenflächen und mächtigen Bäumen hier und da. Dieser Garten ging irgendwo in der Ferne unmerklich in die unberührte Natur über. Ich begann, meinen Aufenthalt hier in einem wesentlich angenehmeren Licht zu sehen als noch vor wenigen Stunden.

Ich glaube, es ist an der Zeit zu erwähnen, dass ich inzwischen bald 15 war und langsam, aber sicher ein junges Fräulein wurde, und zwar in jeder Hinsicht, und das war ein Umstand, der offensichtlich auch Leutnant Oxley nicht verborgen blieb.

Als enger Mitarbeiter des Brigadiers leistete er seinem Vorgesetzten auch bei den Mahlzeiten Gesellschaft, und mich behandelte er von Anfang an mit einer Courtoisie, die mich fast ein wenig verlegen machte. Er redete mich immer mit *Miss Civitella* an, was ich zu jener Zeit überhaupt noch nicht gewohnt war, aber da Mutter und Onkel Alexander nichts dazu sagten, ließ ich ihn gewähren.

„Mrs Hardy hat mir erzählt, dass du haufenweise Lebensmittel angeschleppt hast", wandte sich Onkel Alexander beim Abendessen wie nebenbei an Mutter. „Was sollte dieser Unsinn, törichtes Mädchen? Hattest du Angst, hier zu verhungern?"

Ich hatte Mühe, ein Kichern zu unterdrücken, als er Mutter *törichtes Mädchen* nannte.

„Wir haben nicht nur einen Krieg", entgegnete Mutter kühl. „Wir haben auch etwas, das man Rationierung nennt, und es ist guter Brauch, sich nicht von Gastgebern durchfüttern zu lassen und seine eigenen Rationen daheim zu horten."

Onkel Alexander gab ein Geräusch von sich, dass ein wenig wie das Knurren einer Dogge klang.

„Wie rücksichtsvoll von Ihnen, Mrs Civitella", sprang der junge Oxley seinem Vorgesetzten bei, „aber diese Mühe hätten Sie sich wirklich nicht machen müssen." Mehr sagte er dazu nicht, auch nicht auf Mutters fragenden Blick hin. Ich wette, der Brigadier aß jeden Tag mittags in einer Kantine oder in einem Restaurant, und das waren Mahlzeiten, die nicht auf die Rationen angerechnet wurden.

„Italiener haben es in letzter Zeit nicht leicht gehabt in England", wechselte der Brigadier abrupt das Thema. „Wie kommt dein Mann damit klar?"

„Wie meinst du das?"

„Ich will eine einfache Antwort auf eine einfache Frage, Mädchen."

Ich spürte, dass Mutter Mühe hatte, ihren Zorn angesichts dieser Bemerkung zu unterdrücken.

„Nun ... er hat sich geärgert, als in der Nacht nach Mussolinis Kriegserklärung in der Brauerei ein paar Scheiben kaputtgegangen sind. Aber sonst? Es ist danach alles ruhig geblieben, und er ist ja auch Gott sei Dank nicht interniert worden."

„Das ist mir bekannt."

„Wie ist denn die Situation in Ihrem Dorf, Mrs Civitella?"

Mutter sah den jungen Leutnant erstaunt an. Was fiel ihm ein, sich in eine private Unterhaltung einzumischen?

Höflicher wäre es gewesen, wenn er sich nun, da die Mahlzeit beendet war, zurückgezogen hätte.

Aber der junge Mann hielt die Stellung, auch wenn man ihm anmerkte, dass er sich nicht wohl in seiner Haut fühlte. „Keine kaputten Fensterscheiben? Keine Missgunst unter den Nachbarn?", insistierte er, sah dabei aber nicht Mutter, sondern den Brigadier an. Mutter folgte seinem Blick.

„Leutnant Oxley meint, ob dein Mann Grund haben könnte, unglücklich zu sein. Oder gar verbittert. Dieses ganze Fenstereinschlagen bei den Italienern war doch auch zu ärgerlich. Aber der Pöbel brauchte ein Ventil nach Mussolinis Auftritt."

„Langsam weiß ich nicht mehr, was hier los ist", meinte Mutter und blickte von einem zum anderen.

„Hör zu, ich will versuchen, es dir zu erklären. Es gibt heutzutage immer mehr Spinner, die glauben, man könne so etwas wie ein Weltbürger sein. Sich aus allem raushalten. Das ist natürlich völliger Unsinn. Man ist entweder Engländer oder Deutscher oder Franzose oder Italiener oder was auch immer. Und dein Mann muss sich entscheiden, was er sein will. Oh ja, natürlich gibt es Idioten, auch hier bei uns, die es Menschen, die zu uns gekommen sind, verdammt schwer machen, einer von uns zu werden. Aber wenn dein Mann schon bei den kleinsten Problemen die Flinte ins Korn wirft ..."

„Was dann?"

„... dann wäre es besser gewesen, er wäre gar nicht erst hierhergekommen."

Sekundenlang starrten die beiden sich schweigend an. Mutter wusste sich keinen Reim auf das Gespräch zu machen, und ich noch viel weniger. Aber nachdem, was ich Jahre später von Higgins erfahren habe, ist mir einiges, aber längst nicht alles klar geworden. War Vater, immerhin ein feindlicher Ausländer, Mitglied der geheimen Partisanengruppe geworden, Mitglied und sogar Truppführer, weil der Brigadier ihm dazu verholfen hatte? Wer konnte ahnen, wo der seine Finger überall im Spiel hatte! Und vielleicht hatte Fleming ihm von den aufgetretenen Problemen wegen der verschwundenen Schlagbolzen und seinem vertraulichen Gespräch mit Vater berichtet. Und jetzt hatte der Brigadier einfach die auf dem silbernen Tablett dargebotene Gelegenheit genutzt, Mutter ein wenig auf den Zahn zu fühlen. Trotz seines immer etwas grantigen Betragens war Onkel Alexander alles andere als ein Dummkopf und mir wurde später klar, dass er sich wie ein Fisch im Wasser in den geheimen Zirkeln der Streitkräfte und des Kriegsministeriums bewegte.

Außer am Wochenende hatten wir *Wootton Hall* mehr oder weniger für uns allein. Onkel Alexander und sein *ADC* frühstückten schon sehr früh und fuhren dann nach London oder wer weiß wohin und überließen uns auf Gnade oder Ungnade Mrs Hardy. Sie hatte Jahrzehnte im Dienst des Brigadiers verbracht, und als sie sich plötzlich mit einem fünfjährigen Quälgeist in Gestalt von Ludovica konfrontiert sah, war das einfach zu viel für sie. Nicht dass Lulus Betragen wirklich Grund zur Klage gegeben hätte, aber die englischen Bildungsinstitutionen hatten noch keine Gelegenheit gehabt, Ecken und Kanten ihrer Persönlichkeit abzuschleifen und sie für die feine Gesellschaft passend zu machen. Außerdem hatte Vater bisher darauf bestanden, dem Nesthäkchen alle nur erdenklichen Freiheiten zu gewähren, auch wenn das Mutter manchmal gegen den Strich ging. Lulu war mittlerweile schlicht und ergreifend einfach eine respektlose Rotznase. Aber vielleicht sehe ich das rückblickend und mit dem durch die Jahrzehnte verschleierten Gedächtnis nur so, weil Kinder immer das Gefühl haben, dass ihre jüngeren Geschwister mit viel mehr Nachsicht erzogen werden als sie selbst.

Ich weiß nicht, wie es zu erklären ist, aber Lulu fühlte sich zu der griesgrämigen Jungfer hingezogen, nannte sie *Oma*, was Mrs Hardy überhaupt nicht gefiel. Aber Lulu nannte alle älteren, grauhaarigen Frauen *Oma*. Punktum. Besonders wenn die Haushälterin in der Küche, einem großen, düsteren Raum mit einer riesigen Kochstelle in der Mitte, das Abendessen für den Brigadier und die Gäste zubereitete, ja, dann wich Lulu ihr nicht von der Seite.

„Was machst du da, Oma? Wieso tust du Gras in die Suppe?"

„Das ist kein Gras, das sind Kräuter?"

„Kräuter? Was ist das, Kräuter?"

„Kräuter sind etwas, das gut schmeckt."

„Oma, woher weißt du, welches Gras gut schmeckt und welches schlecht schmeckt?"

„Das lernt man mit der Zeit."

„Warum tust du nicht lieber Möhren in die Suppe? Ich mag Möhren, die schmecken nämlich immer ganz toll."

Irgendwann ging Mrs Hardy dazu über, nur noch kurz angebunden zu antworten mit: „Weil man das so macht.", oder: „Weil der Brigadier es so möchte." oder irgendwann einfach nur noch: „Darum.", aber wenn sie glaubte, Lulu damit abwimmeln zu können, hatte sie sich getäuscht. Mit solchen Antworten provozierte sie nur noch mehr Fragen, denn Lulu war schon als Kind gänzlich unfähig, zu registrieren, wann sie störte oder jemandem gar ganz furchtbar auf die Nerven ging. Nein, es war nie leicht, sie loszuwerden, auch nicht, als sie bereits erwachsen war.

Ich trieb mich viel im Garten und jenseits davon herum. Manchmal auch noch nach dem Abendessen, denn um diese Jahreszeit war es immer noch recht lange hell. Was ich dort machte? Ich spazierte einfach umher und träumte davon, dass der Krieg endlich vorbei wäre. Tagein, tagaus spürte ich, wie Mutter sich Sorgen um Gino machte, auch wenn sie nie darüber sprach, und natürlich hatte auch ich furchtbare Angst, ihm könnte etwas passieren. Gerade jetzt, wo die Kämpfe zwischen den deutschen und unseren Flugzeugen am heftigsten tobten und Gino möglicherweise jeden Tag sein Leben aufs Spiel setzte. Es war mir ein Rätsel, wie ein Mensch das aushalten, wie ein Mensch sich überhaupt zu so etwas bereitfinden konnte. Und wir? Wir lebten hier in einem stattlichen Landhaus faul in den Tag hinein. Was waren schon Lebensmittelrationierung, Verdunkelung, ständiges Herumschleppen der Gasmaske und all die anderen kleinen Ärgernisse des Alltags verglichen mit dem, was Gino und all die andern Piloten durchmachen mussten? Ja, wenn wir nichts Schlimmeres hätten ertragen müssen, wie leicht wäre unser Joch gewesen. Aber da war eben doch noch etwas, etwas furchtbar Belastendes, nämlich die Angst, die Angst um geliebte Menschen, von denen wir wussten, dass sie in großer Gefahr waren, und die wir nicht verlieren wollten. Das war es, was uns niederdrückte. Und während ich auf einer Bank im Garten saß, den Sonnenuntergang vor Augen, ohne ihn wirklich zu sehen, formulierte ich im Stillen ein Gebet: Gnädiger Gott, behüte du heute und alle Tage meinen Bruder Gino. Und dann wusste ich schon nicht mehr weiter. Und wache auch über Sonny, wo immer der auch sein mag. Sonny? Wie kam ich jetzt ausgerechnet auf ihn? Ich fragte mich, was wohl aus Sonny geworden war, als eine sanfte Stimme mich aus meinen Gedanken riss.

„Guten Abend, Miss Civitella." Leutnant Oxleys Kommen hatte ich überhaupt nicht bemerkt. „Erlauben Sie, dass ich mich zu Ihnen setze?"

„Aber bitte, selbstverständlich." Ich rückte ein wenig zur Seite, sodass mehr als reichlich Platz zwischen uns frei bleiben konnte.

„Ich möchte Sie wirklich nicht belästigen, aber ich kam zufällig hier vorbei und ... es wäre doch unschicklich gewesen, sie hier zu sehen und einfach weiterzugehen. Meinen Sie nicht auch, Miss Civitella?"

„Darf ich Sie um etwas bitten, Leutnant Oxley? Aber seien Sie mir deshalb um Himmels willen nicht böse."

„Aber nein, sprechen Sie ruhig, Miss Civitella."

„Sagen Sie doch bitte einfach Margherita zu mir oder Margie, so wie meine Freunde. Wissen Sie, ich bin doch erst

14 und es macht mich ganz verlegen, wenn Sie mich *Miss Civitella* nennen."

„Entschuldigen Sie, ich wollte nicht ... ich hätte nie den Mut gehabt ... Ist es ungehörig, wenn ich Sie dann meinerseits bitte, mich mit meinem Vornamen anzureden?"

„Gerne, aber nur, wenn wir unter uns sind. Wer weiß, was Mutter sonst noch denkt. Oder gar diese Mrs Hardy. Ist sie nicht ein furchtbarer Drachen?"

„Sie ist dem Brigadier sehr ergeben. Ich heiße übrigens Miles."

„Gut, aber spannen Sie mich doch nicht so auf die Folter. Wofür entscheiden Sie sich? Für Margherita oder für Margie?"

„Wenn es Ihnen recht ist, werde ich Sie zukünftig mit Margherita anreden. Natürlich gäbe es für mich nichts Schöneres, als auch zum Kreis Ihrer Freunde gezählt zu werden, aber der Name Margherita ist so voller Wohlklang, er erinnert an eine Nacht in südlichen Gefilden unter einem glitzernden Sternenzelt."

„Oh, Sie sind ja ein richtiger Poet."

„Spotten Sie ruhig, Margherita ... Wie schön das klingt, Margherita."

„Entschuldigen Sie, ich wollte mich nicht über Sie lustig machen, Miles. Ganz bestimmt nicht. Vielleicht geht es Ihnen ja einfach so wie mir, dass Sie manchmal auch anfangen zu träumen. Ich träume sehr gerne. Vor allem von der Zukunft. Nicht von irgendeiner Zukunft, sondern von einer Zukunft ohne Krieg, ohne die ständige Angst vor den Deutschen, und wenn alle Soldaten wieder gesund heimgekommen sind."

Miles rückte ein paar Zentimeter näher an mich heran, und möglicherweise war er drauf und dran, meine Hand zu ergreifen. Aber er tat es nicht, und als es fast schon völlig dunkel war, gingen wir zum Haus zurück.

Nach diesem ersten Mal wurde es für uns zur Gewohnheit, während der Abenddämmerung nebeneinander auf jener Bank zu sitzen und den Sonnenuntergang zu beobachten. Aber wir saßen auch dann dort, wenn der Himmel bewölkt war. Sogar wenn es regnete.

Als ich wieder einmal von meiner Angst um Gino sprach, sagte Miles: „Ja, Margherita, ich verstehe Sie sehr gut. Glauben Sie mir, auch wenn ich hier als Soldat neben Ihnen sitze, ich kann ihre Ängste nur zu gut nachempfinden. Wissen Sie, mein Vater ist Soldat, sogar General, und meine beiden Brüder werden sicher auch zu großen Ehren in der Armee gelangen, aber ich bin für das Leben als Soldat nicht geschaffen. Aber mein Vater hat darauf bestanden, dass ich diese Laufbahn einschlage."

„Was wären Sie denn sonst gerne?"

„Ich weiß nicht. Ich habe immer ein bisschen Angst davor gehabt, mir diese Frage zu stellen. Als ich noch ein Kind war, hat meine Mutter durchgesetzt, dass ich Klavierunterricht bekomme. Vielleicht wäre ich gerne Musiker."

„Warum machen Sie es denn dann nicht?"

„Nein, es geht nicht. Verstehen Sie nicht?" Er schwieg eine Weile. „Wenigstens hat mein Vater irgendwann ein Einsehen gehabt und begriffen, dass ich ein Feigling bin. Er hat dafür gesorgt, dass ich diese Stelle beim Brigadier bekommen habe." Er lachte leise. „Das ist, als wäre ich ein, sagen wir, ein Buchhalter und würde jeden Morgen zur Arbeit fahren und mich an meinen Schreibtisch setzen, um in irgendwelchen Akten zu blättern."

„Sicher sind Sie für meinen Onkel eine wichtige Unterstützung."

„Mag sein. So lange man von mir nicht verlangt, dass ich ..." Er verstummte und senkte den Kopf.

Er tat mir leid, aber was sollte ich darauf antworten? So blieben wir schweigend nebeneinander sitzen, bis es Zeit war, ins Haus zurückzugehen.

Ich weiß nicht, ob ich damals hübsch war. Nein, das ist falsch ausgedrückt. Was ich meine ist, ob ich damals geglaubt habe, hübsch zu sein. Vater hat zwar immer wieder von seiner bezaubernden Tochter geschwärmt, aber mir war schon damals klar, dass Väter immer so über ihre Töchter reden. Ich machte mir keine Illusionen, ich war mir sicher, eine eher durchschnittliche Erscheinung zu sein. Nicht dass es irgendeinen auffälligen Makel an mir gab, ich war halt einfach nur ein ganz normales Mädchen, wie sie dutzendweise herumlaufen, ohne je einem Jungen aufzufallen. Aber nachdem ich Miles Oxley kennengelernt hatte, stand ich manchmal neugierig, aber auch ein wenig ratlos vor dem Spiegel und fragte mich, was Miles wohl so Besonderes sah, wenn ich vor ihm stand. Schlummerte in mir die Veranlagung, eine neue Vivien Leigh oder Merle Oberon zu werden? Würde diese Veranlagung in ein paar Jahren jedem sofort auffallen? Manchmal kamen mir derart alberne Gedanken, aber eigentlich war mir klar, dass das reines Wunschdenken war. Ich würde nie eine berauschende Schönheit wie diese Schauspielerinnen werden. Erst viel später habe ich begriffen, dass ich damals über eine große, aber leider unwiederbringliche Gabe verfügte, nämlich *jung* zu sein.

Jeden Abend saßen wir also auf unserer Bank und wenn es dann dunkel wurde, gingen wir zum Haus zurück, und in seiner höflich-linkischen Art wünschte Miles mir an der Tür eine gute Nacht, und später, während ich noch lange im Bett wach lag, fragte ich mich, was ich wohl getan hätte, wenn er es gewagt hätte, mich zu küssen, und ich versuchte mir diese Szene in allen Einzelheiten vorzustellen.

Eines Tages waren der Brigadier und Miles wie immer spät am Nachmittag zurückgekommen und hatten ihre Arbeit im Arbeitszimmer des Brigadiers fortgesetzt, bis Mrs Hardy den Gong für das Abendessen ertönen ließ. Es war ein Tag wie jeder andere. Dann, beim Dessert sagte Onkel Alexander wie beiläufig: „Die *Hurricane* von deinem Sohn ist übrigens heute früh von einem Deutschen abgeschossen worden. Aber er ist rechtzeitig ausgestiegen. Ihm ist nichts passiert."

„Was sagst du da?", fragte Mutter entgeistert.

„Muss ich es wirklich wiederholen?"

Mutter kochte vor Zorn. „Und das erzählst du mir jetzt? Jetzt erst? Einfach so und nebenbei? Als wenn nichts passiert wäre?"

„Es ist auch nichts passiert."

„Nichts passiert? Nichts passiert?" Mutters Stimme wurde immer lauter. Dann bemerkte sie erschrocken, dass sie drauf und dran war, hysterisch zu werden und schwieg.

„Na gut, wir haben eine *Hurricane* verloren. Das ist ärgerlich, aber aktuell brauchen wir so dringend Piloten, dass wir den Verlust einer Maschine eher verkraften können als den eines Piloten", erklärte Onkel Alexander ungerührt und nahm sich von dem Obst, das Mrs Hardy als Nachtisch aufgetragen hatte.

Mutter warf ihre Serviette auf den Tisch und stürmte aus dem Raum, aber schon nach wenigen Sekunden stand sie wieder in der Tür.

„Wo ist er jetzt? Wie kann ich ihn erreichen?"

„Mr Oxley, schauen Sie bitte, ob Sie Mrs Civitella weiterhelfen können, ja? Und sagen Sie Mrs Hardy, sie kann jetzt den Kaffee bringen."

Die beiden gingen ins Arbeitszimmer des Brigadiers und Lulu lief ihnen ganz selbstverständlich hinterher.

„Mrs Hardy, servieren Sie den Kaffee für Mrs Civitella und Leutnant Oxley bitte in meinem Arbeitszimmer." Er trank schweigend, in kleinen Schlucken und mit Genuss seinen Mocca. Ich nippte nur ein wenig an meiner Tasse, schlüpfte dann aus dem Zimmer und eilte hinüber ins Arbeitszimmer.

Natürlich hatte der Leutnant – genau wie der Brigadier! – gewusst, wo er anrufen musste, und die Auskunft, die er bekam, war tatsächlich ganz und gar unspektakulär. Ginos Maschine war im Luftkampf durch Treffer von einer deutschen Messerschmitt Me 109 so schwer beschädigt worden, dass sie nicht mehr zu retten war und er mit dem Fallschirm abspringen musste. Er war sicher und unverletzt gelandet und die *Hurricane* war auf ein Feld gestürzt, ohne irgendwelchen Schaden anzurichten.

„Und wo ist Gino jetzt?", fragte Mutter.

„Er wird sicher in der Kaserne sein", antwortete der Leutnant.

„... und mit seinen Kameraden ein wohlverdientes Feierabendbier trinken", sagte der Brigadier. Er stand in der Tür und warf einen Blick in die Runde, mit dem er uns unmissverständlich aufforderte, sein Arbeitszimmer zu verlassen.

„Brauchen Sie mich noch, Sir?", fragte der Leutnant der Form halber.

„Nein."

Als wir alle draußen vor der Tür standen, meinte Mutter, es sei höchste Zeit, Lulu zu Bett zu bringen, und anschließend wolle sie sich angesichts der ganzen Aufregung auch zurückziehen. Aber vorher müsse sie unbedingt noch mit Vater telefonieren.

„In der Halle ist noch ein Apparat", erklärte Miles.

„Danke."

Für Miles und mich war nun der Weg frei für unseren Abendspaziergang. Es war noch hell, aber die Sonne näherte sich bereits dem Horizont. Als hätten wir es abgesprochen, wählten wir einen Weg, wo wir weder vom Arbeitszimmer des Brigadiers noch von Mutters Schlafzimmer aus gesehen werden konnten und schwiegen, bis wir auch außer Hörweite waren.

„Puh, so eine Aufregung am Abend. Gott sei Dank ist Gino unverletzt davongekommen. Aber wenn das so weitergeht ... Was meinen Sie, wie lange wird der Krieg noch dauern?"

„Ich weiß nicht. Aber der Brigadier sagt, es könnten Jahre sein. Sofern wir die Angriffe der Deutschen abwehren können. Ansonsten ist alles sehr schnell vorbei."

„Sie machen mir Angst, Miles. Halten Sie es tatsächlich für möglich, dass die Deutschen den Krieg gewinnen und hier einmarschieren? Es wird doch bestimmt alles irgendwie doch noch gut gehen, oder?"

„Sicher. Sie haben recht. Entschuldigen Sie, ich habe dummes Zeug geredet. Ich wollte Sie nicht beunruhigen."

„Wissen Sie, Miles, natürlich ist es mir auch schon mal durch den Kopf gegangen, diese Möglichkeit, dass die Deutschen den Krieg gewinnen, aber mir ausmalen, so richtig ausmalen, was das bedeuten würde, das kann ich nicht. Das würde doch alles auf den Kopf stellen. Der Krieg ist schon schlimm genug, aber wenn wir ihn auch noch verlieren sollten ..."

Wir erreichten die Bank, von der aus wir so gerne den Sonnenuntergang beobachteten. Wir setzten uns, inzwischen gar nicht mehr in so großem Abstand voneinander wie zu Anfang, und ich lehnte mich versuchsweise an Miles' Schulter, die dann auch tatsächlich nicht zurückwich. Keiner von uns sagte etwas. Ich fühlte mich hin und her gerissen. Ich wollte so gerne zurück in die vertraute Umgebung von *Oaklands House*, aber abgesehen davon, dass Vater das angesichts der gerade über Kent tobenden Luftkämpfe nie erlaubt hätte, würde es auch eine Trennung von Miles bedeutet haben.

Aber diese Trennung sollte schon eine Woche später kommen, denn meine Zeit in *Wootton Hall* ging ihrem Ende entgegen. Das hatte ich bisher erfolgreich verdrängt. Ist es nicht sonderbar, dass man seine Augen vor etwas verschließen kann, was doch so unabwendbar auf einen zukommt, so wie der letzte Tag der großen Ferien am Ende des Sommers? Mutter hatte beschlossen, wieder zu Vater zurückkehren. Vorher wollte sie Lulu zu einer Nichte von Großmutter nach Aberystwyth in Wales bringen. Und für mich ging es wieder zurück in die alte Sissy, die aber, seit sie in dem Hotel in Newquay untergebracht war, eine andere, eine neue Sissy war.

Ein letztes Mal saßen Miles und ich im Garten von *Wootton Hall* auf unserer Bank. Es war wie ein Omen, dass an diesem Abend ein leichter Nieselregen fiel. Wie viel schöner wäre es gewesen, noch einmal den Sonnenuntergang zu sehen. Lange schwiegen wir, dann nahm ich all meinen Mut zusammen und sagte: „Wenn Sie es mir erlauben, würde ich Ihnen gerne schreiben, wenn ich wieder in der Schule bin."

„Aber selbstverständlich dürfen Sie mir schreiben. Sie könnten mir keine größere Freude bereiten. Ich werde jeden Ihrer Briefe als ein kostbares Geschenk betrachten."

„Ach, Sie schmeicheln mir schon wieder. Ich bin doch nur ein kleines, dummes Schulmädchen."

„Warum sagen Sie das?"

„Weil es so ist. Aber hören Sie mir zu, Miles. Ich werde als Absender den Namen Abigail Pardo angeben. Dann weiß hier nicht gleich jeder, dass der Brief von mir ist. Abigail ist meine beste Freundin und auch in der alten Sissy."

„Gut."

Es folgte ein langes Schweigen.

„Miles?"

„Ja?"

„Werden Sie mir auch schreiben?"

„Gerne, wenn Sie es mir erlauben."

„Dann ist es gut."

Als ich wieder in der alten Sissy war, schrieb ich Miles schon nach wenigen Tagen einen Brief. Es war natürlich nicht das, was man sich unter einem Liebesbrief vorstellen würde. Ich berichtete ihm von den Belanglosigkeiten des Schulalltags, von dieser oder jener Lehrerin oder Schülerin, vom Wetter, für mich natürlich wichtige Dinge, aber sicher nicht für den Empfänger des Briefs. Umso überraschter war ich, dass postwendend eine Antwort von ihm kam. Miles schrieb mir, wie sehr er sich über meinen Brief gefreut habe. Er berichtete, dass er abends, wenn der Brigadier sein Tagewerk beendete und ihn nicht mehr brauchte, im Garten spazieren gehe und dann oft auf der Bank Rast mache, auf der wir so oft nebeneinandergesessen hätten.

Ein kluger Philosoph hat einmal gesagt, einen Menschen lieben bedeutet, dass man sich wünscht, von ihm begehrt zu werden, und wenn ich dieses Wort zum Gradmesser meiner damaligen Gefühle für Miles mache, so muss ich zurückblickend feststellen, dass es von meiner Seite mehr ein Spiel war, ein Ausprobieren, wie man das macht, verliebt zu sein. Ich fürchte, für Miles bedeutete es viel mehr, und das tut mir noch heute furchtbar leid. Meine Aufmerksamkeit wurde sehr schnell wieder von der alten Sissy voll und ganz in Anspruch genommen, und in dieser vertrauten Welt erinnerten mich nur die hin und wieder eintreffenden Briefe an Miles, während er in *Wootton Hall* sozusagen ständig auf meinen Spuren wandelte. Mit der Zeit wurden meine Briefe immer seltener und nichtssagender, während seine mit unveränderter Häufigkeit eintrafen. Er begann sogar, mir selbstverfasste Gedichte zu schicken. Sie erinnerten mich ein wenig an jene von Rupert Brooke, der bei unseren Lehrerinnen damals hohes Ansehen genoss und dessen schmalen Büchlein sie einen Ehrenplatz in unserer Schulbibliothek zugewiesen hatten. Ich konnte damals mit Miles' Gedichten nicht viel anfangen, obwohl sie mir natürlich schmeichelten. Wenn ich mich recht entsinne, war Miles der erste und einzige Mann, der mich in Gedichten besungen hat.

Herbst in Newquay

Schon wenige Tage, nachdem ich wieder in Newquay war, bekam ich einen Brief von Mutter. Gino ging es gut. Sein Jagdgeschwader hatte im August schwere Verluste erlitten und was davon noch übrig war, war nach Usworth in Nordengland verlegte worden. Sie waren jetzt in Reserve und in relativer Sicherheit. Gott sei Dank! Mir fiel ein Stein vom Herzen. Ihre Hauptaufgabe war es nun, Piloten, die frisch von den Flugschulen kamen, zu trainieren. Welch eine Karriere, dachte ich. Ende Juni hatte Gino als Neuer seinen ersten Einsatz geflogen und zwei Monate danach sollte er bereits neuen Piloten den letzten Schliff geben. Aber die Luftschlacht um England zwei Monate lang überlebt zu haben, war tatsächlich eine beachtliche Leistung, denn die Verluste auf beiden Seiten waren grausam. Mutter hatte mir natürlich sofort geschrieben, weil sie genau so erleichtert war wie ich, und die gute Nachricht mit möglichst vielen teilen wollte.

Ich bekam auch einen Brief von Gino selbst, in dem er unter anderem berichtete, dass Sonny heil aus Dünkirchen herausgekommen wäre und sein Bataillon jetzt in Devon stationiert sei und zwar in Axminster. Sie wurden neu ausgerüstet, denn sie hatten ja praktisch alles, Waffen, Fahrzeuge und so weiter in Dünkirchen zurücklassen müssen, und sie würden jetzt zur Landesverteidigung eingesetzt. Die Nachricht berührte mich sonderbar. Ich konnte mir nicht erklären, warum es mich sehr erleichterte, dass Sonny lebte und vorerst in Sicherheit war. Auch dass er sich jetzt keine 200 Kilometer von hier aufhielt, ging mir immer wieder durch den Kopf.

Als ich nach den Sommerferien wieder in Newquay ankam, war übrigens etwas ganz Wunderbares mit mir geschehen: Ich war jetzt in der Sechsten! Das stellte alles in den Schatten, sogar den Krieg. Auch wenn es nur die untere Sechste war, ich gehörte jetzt zu den Großen, für die jüngeren Schülerinnen fast so entrückt wie eine Lehrerin, und da ich außerdem zur ersten Lacrossemannschaft gehörte, gab es sogar bald die eine oder andere unter den Jüngeren, die in mich verschossen war. So etwas war damals fast immer eine ganz harmlose Anbetung, die sich, wenn überhaupt, in kleinen Gesten äußerte, bewundernden Blicken, irgendwelchen kleinen Gefälligkeiten oder Komplimenten, welche dann von den Mädchen aus der Sechsten mit einer gewissen Herablassung entgegengenommen wurden. Da im Alltag eines Mädcheninternats keine Menschen männlichen Geschlechts vorkamen, mussten wir unsere angeborenen Instinkte auf diese Weise ausleben. Auch ich hatte mir in meinem ersten Jahr in der alten Sissy sehr bald eine aus der Sechsten auserkoren, die ich anhimmelte. Das gehörte sich einfach so, und wenn eine in ein anderes Mädchen verschossen war, sagten wir, sie hat eine *Pash* auf sie. *Pash* war die Kurzform von *passion*.

Diese Art von Leidenschaft konnte allerdings auch ganz furchtbar schief gehen, so wie im Fall der kleinen Eve Langtry, die sich in den Kapitän der ersten Hockeymannschaft verguckte. Sie hätte sich nie getraut, ihren Schwarm anzusprechen. Sie versuchte, bei der morgendlichen Versammlung in der Nähe der Angebeteten zu sitzen, aber natürlich nie direkt neben ihr. Sie beobachtete sie, registrierte, was sie tat, was sie mochte oder nicht mochte, welches Buch sie gerade las, wusste bald alles über sie und dachte sicher abends im Bett nach dem *Lichtaus!* an sie. Sie litt furchtbar, wenn zu der einen oder anderen im Zimmer vor dem Schlafengehen deren Schwarm aus der Sechsten kurz vorbeischaute und der kleinen Anbeterin eine gute Nacht wünschte und ihr dabei übers Haar strich, vielleicht sogar einen Gutenachtkuss gab. Ihr Schwarm kam nie zu ihr, obwohl er trotz aller Heimlichkeit sicher um Eves Gefühle wusste. Jeder von uns hatte ja selber mal einen Schwarm gehabt und wusste auch die unscheinbarsten Hinweise zu deuten. Nicht dass Eves Schwarm sich nichts aus ihrer scheuen Zuneigung gemacht hätte. Anfangs nahm er die Avancen der Neuen mit der Nonchalance, die sich für jemanden aus der Sechsten gehörte, entgegen. Das änderte sich erst, als der Schwarm nach mehreren Wochen zufällig erfuhr, dass Eves Vater lediglich Unteroffizier war und dass das Schulgeld für sie vom Großvater aufgebracht wurde, der in Birmingham einen kleinen Krämerladen besaß und der die letzten Pfennige zusammenkratzte, um seinem Enkelkind eine bessere Zukunft zu ermöglichen. Die Tochter eines Unteroffiziers und Enkelin eines Mannes, der sein Geld durch eine nicht standesgemäße Tätigkeit verdiente? Und von so einer wurde sie angehimmelt? Mason war entrüstet. Wie so viele andere Eltern hatten sicher auch ihre zu ihr gesagt: „Wir schicken dich auf ein teures Internat, damit du die richtigen Leute kennenlernst. Dann kannst du später viel leichter eine gute Partie machen." Eve Langtry gehörte eindeutig *nicht* zu den richtigen Leuten.

Die Ablehnung der Anbeterin wurde natürlich nicht direkt in Worte gefasst. So wie auch das Anhimmeln völlig unauffällig geschah, so brachte man auch die Zurückweisung mit kleinen Gesten zum Ausdruck. Durch schlichte Nichtbeachtung oder mit einer achtlos hingeworfenen, verletzenden Bemerkung konnte man die Verehrerin todunglücklich machen und dazu verurteilen, sich in den Schlaf zu weinen. Wer weiß, vielleicht war es sogar das, was Mason mehr Befriedigung verschaffte als das Bewusstsein, dass da jemand war, der in sie verknallt war.

„Ist dir aufgefallen, dass Langtry ständig mit verheulten Augen rumläuft?", fragte Abi mich eines Tages, als wir nachmittags beim Tee saßen. Auch wenn wir in Newquay alle in ein und demselben Hotel wohnten, versuchte man, die Struktur mit den verschiedenen Häusern, in denen wir auf dem Gelände von *Sissingdon Manor* untergebracht gewesen waren, zumindest als Fiktion aufrecht zu erhalten. Dazu gehörte, dass die Mädchen in der Sechsten zwar einem eigenen Haus zugeordnet waren, aber den Häusern, aus denen sie kamen, verbunden blieben und für die Jüngeren in ihrem alten Haus eine Art Mentorenrolle übernahmen. Zum ehemaligen Haus von Abi und mir, *St Barbara*, gehörte auch die kleine Eve Langtry.

„Sie hat Kummer", sagte Abi.

„Mmh, meinst du?" Meine ganze Aufmerksamkeit galt gerade dem Teller mit der kleinen Fettpyramide vor mir. Als nach Butter auch Margarine rationiert wurde, hatte Mrs Fothergill angeordnet, dass beides auf einem Teller zu einem einzigen Klumpen zusammengequetscht auf den Tisch kam. Aber man konnte am Farbton erkennen, wo Butter und wo Margarine war, und wenn die Hausmutter am Kopfende der Tafel gerade nicht aufpasste, versuchte man, mit seinem Messer aus dem Klumpen etwas von der Butter herauszukratzen. „Wahrscheinlich hat sie einfach nur Heimweh."

„Nein, das glaube ich nicht", antwortete Abi. Seit Danny nach Kanada deportiert worden war, sahen ihre Augen mitunter auch nicht viel anders aus als Eve Langtrys, und ihre Wahrnehmung für menschliches Leid mochte durch ihre Sorgen um Danny geschärft worden sein.

„Hast du denn eine Ahnung, was ihr sonst fehlen könnte?", fragte ich.

„Vielleicht ist irgendwas mit ihrem Vater. So viel ich weiß, ist der bei der Armee in Ägypten." Ich erinnerte mich, dass sie in den Nachrichten gesagt hatten, die Italiener hätten vor wenigen Tagen ihren Angriff auf die britischen Truppen dort begonnen.

„Sollen wir mal mit Miss Melland reden?", fragte ich, denn sie war ja die Hausmistress von *St Barbara*.

„Besser nicht. Wer weiß, welche Lawine man mit so was lostritt."

„Also sollte eine von uns beiden mal zu ihr gehen und sehen, was sie hat, oder?"

Abi zuckte nur mit den Schultern, und ich verstand, dass ich diejenige war, die es tun sollte.

Ich war etwas ratlos, wusste nicht, wie ich ein Gespräch mit der Kleinen beginnen sollte und entschied mich dafür, erst einmal ein wachsames Auge auf sie zu haben. Das war gar nicht so schwierig, denn wir waren ja alle darin geübt, aus der Ferne schmachtende Blicke auf unseren Schwarm zu werfen, jede seiner Bewegungen zu verfolgen, ohne uns in irgendeiner Weise auffällig zu verhalten. So bekam ich es in der umgekehrten Rolle auch schnell heraus, was Eve Langtrys Problem war, dass sie mit hingebungsvoller Leidenschaft in einen Schwarm verschossen war, der sie aber ganz offensichtlich abblitzen ließ. Das schien sie allerdings nicht zu entmutigen und dazu zu bringen aufzugeben. Vielleicht wäre es mir nicht schwergefallen, irgendeine Lösung zu finden, wäre nicht ausgerechnet Mason Eves Schwarm gewesen. Ausgerechnet Mason!

Meine erste, etwas verrückte Idee war, sie von dem Objekt ihrer Anbetung fortzulocken und sie an mich zu ziehen. Aber wie sollte ich das machen? Eine aus der Sechsten, die sich einen Schwarm in der unteren Vierten, also ein vier Jahre jüngeres Mädchen, auserkoren hat? So etwas war ohne Beispiel. Das hatte es noch nie gegeben. Trotzdem machte ich ein paar linkische Versuche, Eves Aufmerksamkeit zu gewinnen, aber vergeblich. Mit einer gewissen Bitterkeit stellte ich fest, dass die Machtverhältnisse ganz anders waren, als ich gedacht hatte. Natürlich war so ein junges Ding in einer misslichen Lage, denn sie war verknallt in eine von den Großen und konnte nicht hoffen, dass ihr – wenn überhaupt – mehr als oberflächliches Wohlwollen von ihrer Angebeteten entgegengebracht wurde. Aber, so wurde mir jetzt klar, tatsächlich war sie es, die Jüngere, in deren Macht es lag, die eine zu den Sternen zu erheben und die andere zur Bedeutungslosigkeit zu verurteilen. Für mich, die ich mich ja gerade im siebten Himmel wähnte wegen meines Aufstiegs in die Sechste, eine ganz bittere Pille.

Ich überlegte, ob ich mit Mason reden sollte, aber diesen Einfall verwarf ich schnell wieder. Das hätte die Situation wohl eher noch weiter verschlimmert. In meiner Ratlosigkeit spürte ich, wie mit der Zeit Ärger in mir aufstieg. Warum war dieses törichte Kind ausgerechnet in eine dumme Pute wie Mason verschossen? Musste es nicht auch dem letzten Einfaltspinsel klar sein, was das für eine war? Schließlich hatte ich so eine Wut im Bauch, dass ich nicht mehr viel Federlesens machte, sondern mir Eve Langtry vorknöpfte, dumm und unerfahren, wie ich mit meinen 15 Jahren war.

„Langtry, ich habe mit dir zu reden", sagte ich streng, als ich sie nach Unterrichtsende auf dem Flur abgepasst hatte. „Komm mit."

Wir gingen in einen der Unterrichtsräume, die jetzt alle leer waren. Sämtliche Mädchen waren in ihren Zimmern, um ihre Sporttunika anzuziehen.

Ich setzte mich auf den Platz der Lehrerin und fixierte das scheue Mädchen, das vor mir stand und mich mit großen Augen ansah.

„Ich will gar nicht erst lange um den heißen Brei herumreden, Langtry. Ich habe bemerkt, dass du eine *Pash* auf Mason hast."

Eve blickte zu Boden.

„Habe ich recht?"

Die Kleine brachte kein Wort heraus.

„Antworte gefälligst."

Eves Wangen röteten sich.

„Das schlechte Gewissen steht dir ins Gesicht geschrieben. Weißt du nicht, dass es den Mädchen aus *St Barbara* verboten ist, eine *Pash* auf eine zu haben, die aus einem anderen Haus stammt?" Das war natürlich glatt gelogen, aber woher, dachte ich, sollte Eve das wissen? „Mason war in *St Cecilia*, kommt für dich also nicht infrage. Such dir eine andere. Verstanden?"

Eve stand immer noch mit gesenktem Kopf stumm vor mir. Ich packte sie an der Schulter und rüttelte sie.

„Hast du dummes Ding die Sprache verloren? Ich will wissen, ob du mich verstanden hast. Oder muss ich mit Miss Melland ein ernstes Wort über dich reden?" Ich spielte weiter Vabanque.

Sie schüttelte den Kopf, immer noch ohne etwas zu sagen.

„Gut, aber vergiss nicht, Langtry, von jetzt an habe ich ein wachsames Auge auf dich. Lass dich nicht bei irgendwelchen Dummheiten erwischen, sonst ... So, jetzt geh dich umziehen, oder du kommst noch zu spät zum Sport. Nun mach schon."

Ich war nicht restlos zufrieden mit dem Gespräch, aber ich glaubte, das Beste daraus gemacht zu haben. Ich hatte nicht die leiseste Ahnung, was ich tatsächlich angerichtet hatte.

Ich erinnere mich noch sehr gut daran, dass es genau an diesem Tag war, dass wir älteren Mädchen mit großer Spannung dem Abend entgegenfieberten. Jemand hatte in der Programmzeitschrift entdeckt, dass die BBC um Viertel nach acht eine Bearbeitung von Cole Porters Musical *Nymph Errant* senden würde. Es hatte sich herumgesprochen, dass es in diesem frivolen Stück um eine junge Engländerin ging, die kreuz und quer durch die Welt reist, um endlich mit einem Mann das zu erleben, wovon wir selbst herzlich wenig Ahnung hatten und worüber wir aber gerne heimlich und leise kichernd redeten. Es gab im Hotel unter den Räumen, die uns Schülerinnen zugänglich waren, nur einen, in dem ein Rundfunkempfänger war, und um kurz nach acht fanden sich dort nach und nach immer mehr von uns ein.

Lou Barlow hatte sich die Programmzeitschrift unter den Nagel gerissen. „Hier ist eine Anzeige des Ernährungsministeriums drin", erklärte sie, während wir anderen gespannt auf den Beginn des Musicals warteten. „Fakten über Lebensmittel, Folge 7. Da steht, was wir essen sollen, damit wir gesund bleiben." Und sie zitierte: „Milch, Butter, Käse, Eier und so weiter und so weiter. Glaubt es oder glaubt es nicht, das steht hier tatsächlich. Ob Mrs Fothergill das schon gelesen hat?"

„Geh bloß nicht hin und erzähl ihr das, Lou. Wenn sie sieht, was du auf den Rippen hast, setzt sie dich nämlich sofort auf halbe Rationen", lästerte Polly.

Bevor Lou etwas antworten konnte, ging die Tür auf und zu unserem Entsetzen kam Miss Ratchett, die Ratte, herein.

„Was ist denn hier los?"

„Nichts, Miss."

„Wir warten auf die Neun-Uhr-Nachrichten", war die etwas lahme Erklärung von Freddie Wyler.

Miss Ratchett ließ den Blick aus ihren grauen Adleraugen über die versammelte Corona wandern.

„Dann kommt in einer Dreiviertelstunde wieder. Ihr habt doch sicher noch für morgen etwas zu tun, oder? Renshaw, wie ist das mit dir? Ist dein Essay über den dritten Akt von *King Lear* schon fertig?"

„Nein, Miss."

„Dann ran an die Arbeit."

„Aber das muss ich doch erst ..."

„Keine Widerrede, Renshaw. Los, Marsch! Und wie ist das mit euch anderen? Ihr denkt wohl, weil ihr eure Schulaufgaben in der Sechsten nicht mehr unter Aufsicht zu machen braucht, könnt ihr euch auf die faule Haut legen. Aber das schlagt euch aus dem Kopf. Also? Muss ich mit jeder von euch einzeln durchgehen, was ihr noch zu erledigen habt?"

Wieder ein Adlerblick in die Runde, und da trollten wir uns mit gesenkten Häuptern. Ich wette, die Ratte hatte die Programmzeitschrift auch gelesen.

Nach dieser Pleite gingen Abi und ich ein wenig auf der Promenade vor dem Hotel auf und ab.

„Du hast heute Nachmittag mit ihr gesprochen? Ich meine, mit Eve?"

„Ja."

„Ja und?"

„Was heißt *ja und*? Ich habe mit ihr gesprochen. Punkt."

Abi merkte, dass es besser war, keine weiteren Fragen zu stellen und so spazierten wir schweigend weiter auf und ab. Der Mond ging gerade unter und der frische Wind ließ das Herannahen des Herbstes erahnen.

Als wir um neun wieder zum Radiogerät zurückkehrten, war niemand außer uns da. Eine sonore Stimme, unendlich beruhigend, kündigte die Nachrichten an. Gleich als Erstes wurde über die Lage in Ägypten berichtet. Angeblich hatten die Italiener ihren Vormarsch auf Mersa Matruh, unseren wichtigsten Stützpunkt an der Westgrenze, unterbrochen und waren bei Sidi Barrani in Stellung gegangen. Ich fragte mich, was Eve Langtry wohl über die Vorgänge an der ägyptischen Front wusste, dort, wo ihr Vater Dienst tat. Aber dann fiel mir etwas ganz anderes ein.

„Um Himmels willen! Ich habe ganz vergessen, ich muss noch zu Miss Melland."

Ich stürmte hinaus und ließ Abi mit offenem Mund zurück. Es ging um einen Aufsatz über Cromwell, den ich schreiben sollte, und Miss Melland hatte freundlicherweise angeboten, mir den einen oder anderen Hinweis zu geben. Als ich ihr Zimmer erreichte, war ich etliche Minuten zu spät, aber Miss Melland sah großzügig darüber hinweg. Wir waren tief in die Diskussion über die Legitimation des von Cromwell angezettelten Umsturzes verstrickt, als es an der Tür klopfte. Es war Mrs Gossage, die Hausmutter von *St Barbara*.

„Entschuldigen Sie, Miss Melland, dass ich Sie störe."

„Was gibt es denn, Matron?"

„Ein Kind fehlt."

Es war üblich, dass kurz vor dem *Lichtaus!*, wenn alle im Bett lagen, noch einmal die Anwesenheit überprüft wurde. Das war der dritte Zählappell im Verlauf des Tages.

„Und wer fehlt?"

„Die kleine Langtry."

„Eve?", fragte ich erschrocken.

Mrs Gossage sah mich überrascht an. „Eve? Ich habe keine Ahnung, ob sie Eve heißt."

„Wissen die anderen Mädchen, was mit ihr los sein könnte?", fragte Miss Melland.

„Nein. Sie war den ganzen Abend nicht im Gemeinschaftsraum, sagen sie."

„Und sonst? Ist denn keiner irgendetwas aufgefallen?"

„Also, Seymour sagt, sie hat Langtry vor dem Sport mit Civitella zusammen gesehen.", antwortete Mrs Gossage mit einem kurzen Seitenblick auf mich.

„Vor dem Sport? Das ist doch aber schon so lange her. War Langtry denn um sieben beim Appell noch da?"

Mrs Gossage zuckte die Schultern.

„Den hat Miss Paget gemacht. Sie hatte heute Aufsicht bei der stillen Zeit nach dem Sport. Aber ich nehme an, dass Langtry ..."

„Haben Sie Miss Paget denn nicht gefragt?"

„Sie ist mit Miss Leith-Ross ins Kino gegangen, und die beiden sind noch nicht zurück."

„Na gut. Passen Sie auf, ob Langtry nicht doch noch auftaucht, und sehen Sie zu, dass Sie Miss Paget erwischen, wenn sie zurückkommt."

„Gut, Miss Melland."

„Und schauen Sie, bitte, bei Miss Arbuthnot vorbei und informieren Sie sie."

Mrs Gossage ging.

„Und wie ist das mit dir, Civitella? Du hast nach dem Unterricht mit Langtry gesprochen?"

„Ja." Während die beiden Frauen sich unterhielten, war mir ganz blümerant zumute geworden. Ich hätte mich am liebsten irgendwo verkrochen.

„Ich bin begeistert, dass du mir auf eine präzise Frage eine so präzise Antwort gibst, aber jetzt ist nicht die Zeit für solche Spielchen." Miss Mellands Stimme klang nicht mehr sehr freundlich. „Ich sehe es dir an der Nasenspitze an, dass du mir etwas zu beichten hast. Also, heraus damit, worüber habt ihr geredet?"

„Über Eves *Pash*."

„Was? Worüber habt ihr geredet?"

„Über Eves *Pash*. Eine *Pash*, das ist ..."

„Du brauchst mir nicht zu erklären, was eine *Pash* ist. Wofür hältst du mich?"

„Entschuldigen Sie, Miss."

Nach und nach holte Miss Melland die ganze Geschichte um Eve und Mason aus mir heraus. Ich weigerte mich allerdings, den Namen von Eves *Pash* preiszugeben, was Miss Melland kommentarlos hinnahm.

„Ich hoffe, dir ist inzwischen klar, dass du dich nicht sehr klug verhalten hast, Civitella. Und das, wo du doch jetzt in der Sechsten bist!"

„Es tut mir furchtbar leid. Wirklich, Miss. Ich habe mich wie ein dummer Esel benommen."

„Darüber reden wir später noch. Jetzt müssen wir erst mal Langtry finden. Hast du irgendeine Idee, wo wir nach ihr suchen könnten?"

„Ich weiß nicht. Die Kleinen haben heute unten am Strand Rounders gespielt. Vielleicht hat sie sich bei der Gelegenheit verdrückt."

„Du meinst, dass sie ... also, dann wäre sie ja schon beim Appell um sieben nicht mehr da gewesen. Oh, aber dann bekommt Miss Paget ..." Miss Melland hielt inne. Das war kein Thema, über das man sich vor Schülerinnen ausließ. „Wir versuchen unser Glück. Ich kann mir nicht vorstellen, dass sie hier im Haus mit uns Verstecken spielt. Sie wird sich eher unten am Strand herumtreiben. Hast du eine Taschenlampe, Civitella?"

„Ja, in meinem Zimmer."

„Hol sie. Wir treffen uns unten vor der Tür. Ich gehe noch kurz zu Miss Arbuthnot."

Nur wenige Minuten später standen wir vor dem Eingang des Hotels.

„Ich gehe Richtung Hafen, du gehst nach rechts, Richtung *Porth Island*."

„Ja, Miss."

„Zu dumm, dass nicht einmal der Mond scheint."

Miss Melland überlegte einen Moment.

„Ruf ihren Namen und pass auf, dass sie sich nicht irgendwo zwischen den Felsen versteckt hält, hörst du?"

„Jawohl, Miss."

Miss Melland zögert. Dann holte sie tief Luft.

„Oder irgendwo liegt", sagte sie dann mit tonloser Stimme, und ich verstand. Der Strand lag am Fuß von 20 Meter hohen Klippen, die an vielen Stellen steil abfielen.

Wir gingen den gewundenen Weg zum *Tolcarne Strand* hinunter.

„Viel Glück, Civitella", sagte Miss Melland, als wir uns unten trennten.

„Danke, Miss", war alles, was ich antwortete. Meiner Lehrerin Glück zu wünschen, traute ich mich nicht. Hätte ich damit nicht infrage gestellt, dass Lehrerinnen nahezu perfekt waren? Warum sollten sie auf Glück angewiesen sein?

Ich wandte mich wie abgesprochen Richtung Norden. Meine Augen hatten sich mittlerweile an die Dunkelheit gewöhnt. Der Strand war menschenleer. Es war auflaufendes Wasser, aber noch waren weite Teile nicht überflutet.

Hin und wieder rief ich Eves Namen, aber ich bekam keine Antwort. An der Stelle, wo die Felsen bis zum Meer hinunterreichten und die Flut sehr früh verhinderte, dass man die Klippen umgehen konnte, suchte ich überall nach Eve. Es gab einen schmalen Weg zum nächsten Strand, der war im Dunkeln allerdings schwer zu finden. Sie hätte den Strand hinauf ins Dorf nach Porth gehen können, aber ich war sicher, dass sie zu große Angst gehabt haben dürfte, um sich unter Menschen zu begeben. Wenn sie sich Richtung Norden gewandt hatte, sagte ich mir, konnte sie nur irgendwo hier in der Nähe sein. Ich suchte jeden versteckten Winkel ab. Hin und wieder ließ ich dabei die Taschenlampe aufblitzen.

Und am Ende fand ich sie.

Eve hatte mich natürlich kommen gehört und versucht, sich zu verstecken. Ich bekam einen fruchtbaren Schrecken, als mich hinter einem Felsblock im Licht der Taschenlampe plötzlich zwei weit aufgerissene, angsterfüllte Augen anstarrten.

Ich musste tief Luft holen, und dann sagte ich viel unfreundlicher als beabsichtigt: „Jetzt hab ich dich endlich."

Eve machte noch einen letzten Versuch zu entwischen, aber ich bekam gerade noch einen Träger von ihrer Sporttunika zu fassen und hielt die Kleine eisern fest.

„Halt! Hiergeblieben. Ich habe mit dir zu reden."

Es dauerte eine Weile, bis sie ihren Versuch, sich loszureißen, aufgab.

„Keine Angst, ich tue dir nichts, Evie."

Die Taschenlampe hatte ich natürlich längst wieder ausgemacht, aber weil ihr helles Licht uns einen Moment lang geblendet hatte, umgab uns jetzt pechschwarze Finsternis. Ich steckte die Lampe ein und tastete auf dem Felsen nach einer Stelle, wo man sich hinsetzen konnte, während ich Eve mit der anderen Hand immer noch festhielt.

„Komm, wir setzen uns und reden miteinander."

Aus der Dunkelheit heraus erklang ein leises, ein ganz leises, aber herzzerreißendes Schluchzen.

„Ist es so schlimm, Evie?", fragte ich auch sehr leise. Ich löste meinen Griff und nahm sie stattdessen in den Arm. Dann holte ich ein Taschentuch hervor für Eves Tränen, die jetzt ungehemmt flossen.

„Aber, aber, nicht doch. Alles wird gut."

Als sie sich wieder beruhigt hatte, drückte ich sie an mich und sagte: „Jetzt hör mir einmal genau zu, Evie. Auch wir Großen machen manchmal Fehler. Ich auch. Ich hätte nicht zu dir sagen sollen, was ich heute Nachmittag gesagt habe. Das war ein großer Fehler, der mir furchtbar leidtut. Kannst du mir diesen Fehler verzeihen?" Ich konnte in der Dunkelheit gerade noch erkennen, dass Eve nickte. „Ich habe dir furchtbar wehgetan. Aber das wollte ich gar nicht, weißt du? Wir, also Abi und ich, ich meine, Pardo und ich, wir haben bemerkt, wie böse Mason zu dir ist, und du hast uns leidgetan. Ich wollte dir helfen, aber ich Idiot habe alles falsch gemacht."

Eve tastete nach meiner Hand und drückte sie ganz leicht.

„Hör mal, Evie, warum suchst du dir nicht eine andere für deine *Pash*, eine die nett zu dir ist. Als ich in deinem Alter war, hatte ich auch eine *Pash* auf eine aus der Sechsten. Jeden Morgen, wenn ich zur Versammlung ging, freute ich mich darauf, sie zu sehen, denn jedes Mal lächelte sie mich an. Sie hat nichts gesagt, nur gelächelt, aber das Lächeln galt nur mir, mir ganz allein, und schöner konnte der Tag für mich nicht beginnen. Und du möchtest doch sicher auch, dass jemand nett zu dir ist, oder?" Eve fing wieder ein wenig zu weinen an, aber ich war mir sicher, dieses Mal das Richtige gesagt zu haben.

Wir blieben noch eine Weile schweigend dort sitzen, Eve an mich geschmiegt, während ihre Arme mich umklammerten. Ich streichelte ihr Haar, so wie Miss Melland es manchmal bei mir tat.

Dann machten wir uns auf den Weg zurück, und weil die Flut immer weiter fortschritt, bekamen wir ordentlich nasse Füße.

Vor dem Hotel erwartete uns Miss Paget.

„Da seid ihr ja endlich. Gott im Himmel sei Dank!"

Wahrscheinlich hatte Miss Arbuthnot ihr gehörig den Kopf zurechtgerückt, als sie aus dem Kino kam. Dass Eve schon beim Appell um sieben gefehlt haben musste, war offensichtlich, weil sie immer noch ihre Sporttunika anhatte. Um sieben gab es Abendessen und in der Sporttunika zum Essen zu gehen war in der alten Sissy strikt verboten. Mochte man in anderen Schulen dieses bequeme Kleidungsstück inzwischen längst als Schuluniform für den Alltag verwenden, Notty hatte entschieden andere Vorstellungen davon, was sich für ein wohlerzogenes Mädchen schickte und was nicht.

Miss Paget geleitete uns zum Zimmer von Miss Arbuthnot, wo Miss Melland und Notty uns erleichtert in Empfang nahmen.

„Was hast du dir bloß dabei gedacht, Langtry?", fragte Miss Arbuthnot und schüttelte missbilligend den Kopf. „Aber das hat alles Zeit bis morgen. Jetzt erst einmal ab ins Bett mit euch beiden."

Natürlich wurde Abi wach, obwohl ich mich so leise wie möglich für die Nacht umzog.

„Bist du das, Margie?", flüsterte sie.

„Ja."

„Was ist los? Wo bist du gewesen?"

„Sssssch. Halt doch die Klappe und schlaf, du dummes Ding."

Ich kroch unter die Bettdecke und lag noch lange wach. Die arme Evie, dachte ich. Erst seit Kurzem von den Eltern getrennt in einer ihr vollkommen fremden Umgebung. Und dann hatte die Kleine ausgerechnet bei Mason gesucht, was Mason ihr nicht geben konnte. Schließlich die schlechten Nachrichten aus Ägypten. Und als wenn das nicht schon alles schlimm genug war, kam auch noch ich Elefant im Porzellanladen daher. Kein Wunder, dass sie sich zu so einer sinnlosen Dummheit hatte hinreißen lassen. Wer weiß, was Notty morgen mit ihr anstellen würde. Ich nahm mir vor, so früh wie möglich zu Miss Arbuthnot zu gehen, noch bevor die sich Langtry vornehmen konnte, und ihr alles zu erklären, aber mein Herz klopfte heftig bei diesem Gedanken. Wahrscheinlich würde ich dann Nottys Zorn zu spüren bekommen. Um mich auf andere Gedanken zu bringen, dachte ich an Gino und ich schickte ein stilles, aber inniges Gebet gen Himmel und bat Gott, seine Engel mögen Gino auch in Usworth vor allen Gefahren behüten. Dann sagte ich mir, dass es nichts mehr zu tun gab, kuschelte mich in mein Bettzeug und schlief ein.

Miss Arbuthnot hörte mir zu, ohne mich zu unterbrechen. Ihre blauen Augen hinter der altmodischen Brille mit den dicken Gläsern sahen mich sonderbar gütig an. Noch nie war mir aufgefallen, dass sie jemanden gütig ansehen konnte. Vielleicht lag das aber nur daran, dass ich, wie alle anderen auch, ihr tunlichst aus dem Weg ging. Für uns Schülerinnen schwebte sie allzeit über uns wie eine Harpyie oder eine der Erinnyen, feurige Blicke herabschleudernd, um sich dann jäh und ohne Erbarmen auf eine aus unserer Schar zu stürzen.

Als ich ans Ende meines Geständnisses gekommen war, trat eine längere Pause ein. Ich musste schlucken. Gleich würde sie mir eröffnen, welche Strafe ich erhalten würde. Oder würde ich ungeschoren davon kommen? Heute ist mir klar, dass die wie in Stein gemeißelten Grundsätze, die die Richtschnur für Miss Arbuthnots Leben waren und dank derer sie die Last der *Sissingden Manor School* auf ihren Schultern zu tragen vermochte, ihr keine andere Wahl ließen, als die Missbilligung meines Tuns durch eine angemessene Strafe zum Ausdruck zu bringen. Was mochte sie in Erwägung gezogen haben? Strafarbeit? Abschreiben der Schulordnung? Einen scharfen Verweis? Einen Brief an die Eltern? Oder würde ich gar die Aufgabe als Hauspräfektin wieder verlieren, ein Amt, das ich gerade erst zu Beginn des Schuljahres übertragen bekommen hatte und auf das ich mächtig stolz war? Ich saß, wie man so sagt, wie auf glühenden Kohlen. Endlich hatte sie sich entschieden.

„Ich muss mich über dein Verhalten sehr wundern, Civitella", fielen ihre einleitenden Worte erstaunlich milde aus, „aber ich rechne es dir an, dass du zu mir gekommen bist, um mir alles zu erzählen. Du hast eingesehen, dass du sehr unbesonnen gehandelt hast und dass das schlimme Folgen hätte haben können. Ich bin sicher, dass du eine solche Dummheit nie wieder begehen wirst."

„Nein, Miss. Ganz bestimmt nicht, Miss."

„Dennoch kann ich nicht umhin, dich zu bestrafen. Das ist dir doch sicher klar?"

„Ja, Miss."

„Gut. Du wirst für einen Tag vom Unterricht ausgeschlossen, auch vom Sport, und zwar gleich heute. Du hast also genügend Zeit, über dein törichtes Verhalten nachzudenken. Nutze die Zeit."

„Jawohl, Miss."

„Dir wird heute ausnahmsweise erlaubt, das Schulgelände auch allein zu verlassen."

„Ja, Miss."

„Und jetzt geh. Ich habe zu tun."

„Jawohl, Miss. Danke, Miss."

Im Nu war ich aus ihrem Büro geschlüpft und zögerte keinen Moment, die ungewöhnliche Erlaubnis, alleine umherstreifen zu dürfen, auszunutzen. Es war ein wunderschöner Spätsommertag, sonnig, aber auch ein wenig stürmisch. Ich ging hinunter zum Strand. Dort war inzwischen wieder Ebbe. Ich wanderte Richtung Norden, immer weiter, bis ich die Zacry's Islands erreichte und ließ mich vom kräftigen Wind ordentlich durchpusten. War es nicht eine Freude zu leben? Die Möwen segelten fast ohne Flügelschlag den Strand entlang, hin und her. Die Sonne hatte immer noch genug Kraft, um einem einzuheizen und ihre Strahlen glitzerten auf den vom Wind aufgepeitschten Wellen. Ich blickte auf das Meer hinaus. Es dehnte sich jenseits der Bucht bis zum Horizont, scheinbar unendlich, obwohl ich natürlich wusste, dass sich hinter dem Horizont, gar nicht so weit weg, Irland befand. Und dann sagte ich mir, dass sie heute nach dem Mittag nicht Lacrosse spielen konnten, weil der Strand dann wieder unter Wasser stand. Ich verpasste also nichts. Sie würden oben auf der kleinen Wiese Gymnastik oder irgend so etwas machen.

Ich dachte an die arme, kleine Eve Langtry. Jetzt, wo die Aufregung vorbei war und auch die Angst vor einer möglichen Bestrafung von mir abgefallen war, spürte ich eigentlich erstmals so richtig ein schlechtes Gewissen ihr gegenüber. Ich nahm mir vor, Eve von nun an so liebevoll wie eine kleine Schwester zu behandeln. Vielleicht sogar noch ein bisschen liebevoller, als ich Lulu gegenüber war. Ja, ich fühlte in mir ein Gefühl der Milde und der Zuneigung für die Kleine aufwallen und redete mir ein, dass es möglicherweise ein Zeichen dafür war, dass ich langsam erwachsen wurde.

Was mich allerdings im Laufe der Zeit doch ziemlich ärgerte, war, dass Mason wieder mal ungeschoren davon gekommen war, und, ja, ich muss es gestehen, auch das ärgerte mich ein wenig, dass Eve, klug geworden, seit jener Zeit eine *Pash* hatte auf ... nein, nicht auf mich, sondern auf Abi.

Die war übrigens völlig aus dem Häuschen, als sie zum ersten Mal Post aus Kanada bekam. Von Danny natürlich. Es war überhaupt kein langer Brief, aber Abi brauchte bald eine Stunde, um ihn zu lesen. Wann immer sie ans Ende gelangte, fing sie wieder von vorne an. Irgendwann verlor ich die Geduld. Dabei hatte ich mich nicht viel anders verhalten, als ich zum ersten Mal einen Brief von Miles bekam.

„Also, jetzt erzähl schon. Was schreibt Danny? Geht es ihm gut?"

„Ich weiß nicht. Also, er schreibt jedenfalls, dass er gut behandelt wird und dass sie ausreichend zu essen bekommen."

Sie sah ein wenig unglücklich aus, als sie das sagte. Hatte sie den Brief deshalb immer und immer wieder gelesen, um zwischen den dürren Worten etwas zu finden, etwas, dass ihr furchtbar wichtig war und das einfach nicht da stand?

„Ach ja, und er schreibt, dass dort im Lager auch Nazis sind, echte Nazis. Ist das nicht schrecklich? Stell dir vor, all die Juden, die aus Deutschland geflohen sind, und jetzt hat man sie da zusammen mit den Nazis eingesperrt. Nur weil sie alle Deutsche sind."

Am 5. Oktober wurde in der alten Sissy alljährlich der Tag der Schulgründung gefeiert. Das war bisher immer ein großes Fest gewesen, zu dem Eltern, Ehemalige und wichtige Honoratioren eingeladen wurden.

Im letzten Jahr, als alle noch unter dem Schock der Kriegserklärung standen, hatten Miss Arbuthnot und die anderen Govs schweren Herzens entschieden, es ausfallen zu lassen. Und obwohl inzwischen *wirklich* Krieg war, hatten wir uns alle vielleicht schon ein wenig daran gewöhnt. Jedenfalls sollte die Feier in diesem Jahr wieder stattfinden. Natürlich ohne große Beteiligung von außen. Niemand hatte genug Zeit oder genug Benzin, um nach Newquay zu kommen, aber die Govs wollten uns Mädchen nicht schon wieder um diesen Höhepunkt des Schuljahres bringen.

Bald summte es in der ganzen alten Sissy vor Aktivitäten wie in einem Bienenstock. Überall waren die Govs dabei, mit uns Beiträge für das Fest einzustudieren.

Es waren auch sportliche Wettkämpfe vorgesehen, aber darauf musste man sich nicht groß vorbereiten. Sport stand ja sowieso täglich auf dem Stundenplan.

Einige von uns aus der unteren Sechsten bereiteten etwas vor, dem unsere Musiklehrerin Miss Egerton den Titel *Musikalische Eskapaden* gab. Es sollte eine Präsentation damals beliebter Schlager werden, und zwar humoristischer Stücke rund um das Thema Krieg. Es mag sonderbar erscheinen, aber je dunkler die Lage wurde, desto größer wurde damals das Bedürfnis, dem Krieg mit Humor und witzigen Liedern die Stirn zu bieten. Schnell hatte Miss Egerton einen Strauß an entsprechenden Liedern für uns zusammengestellt. Bald trällerten wir alle „Run, Adolf, run", „Mr Wu is now an air raid warden" und all die anderen Gassenhauer, die damals angesagt waren, und Traviss begleitete uns dabei mit Verve am Klavier.

Der eine oder andere Text kam uns etwas sonderbar vor und manche Anspielung ging völlig an uns vorbei. Von allen Liedern betraf das vor allem „Black-out Bella", das von einer von uns in einer Art affektiertem Sprechgesang vorgetragen werden sollte. Miss Egerton meinte ganz begeistert, dass das der Höhepunkt unserer Eskapaden werden würde. Leider sollte sie recht behalten.

Miss Egerton war genau wie Miss McTabbert erst im letzten Schuljahr zu uns gekommen, aber anders als Tabby hatte sie vorher bereits ein paar Jahre an einer anderen

Schule unterrichtet. Ihre Fächer waren Musik und Kunst. Sie war klein und ungestüm, konnte über die sonderbarsten Dinge lachen und steckte immer voller Energie und Tatendrang. Sie versuchte uns ständig anzuspornen, über das Erreichte hinauszugehen und Neuland zu erobern. Ihr Unterricht war immer ein Abenteuer.

Und nun also die *Musikalischen Eskapaden*. Wenn da jemand in Opas Nachthemd in den Krieg gegen Napoleon zieht und der französische Kaiser daraufhin ausruft *Wir sind geliefert!* und sogar seine Josephine wegen dieses Nachthemds ihre Gasmaske aufsetzt, ja dann juchzten wir natürlich vor Vergnügen. Diesen derben Humor wussten wir zu schätzen.

Manche Anspielungen in den Liedern konnte die eine oder andere von uns den Begriffsstutzigen erklären, zum Beispiel, wo der Witz steckte, wenn der Luftschutzwart Mr Wu zum Helden erklärt wird, weil er eine Brandbombe löscht, ohne dabei Sand benutzen zu müssen. Was war das für ein Vergnügen, zu denen zu gehören, die die Andeutungen verstanden und sie dann den anderen genüsslich und ein wenig von oben herab erklären konnten. Aber bei *Black-out Bella, dem weißesten Mädchen der ganzen Stadt*, stießen wir alle an unsere Grenzen. Verdunklung war uns natürlich bestens vertraut, aber was diese Bella damit zu tun hatte, war uns ein Rätsel. Es war die einzige Solonummer in unserem kleinen Programm, und mir war nicht ganz wohl bei dem Gedanken, dass ausgerechnet *ich* das Lied singen sollte. Aber Miss Egerton meinte, ich hätte halt eine kräftige und etwas raue Altstimme, die perfekt zu diesem Lied passen würde. Außerdem wäre auch nur ich kess genug für einen solchen Soloauftritt, wodurch ich mich natürlich geschmeichelt fühlte.

Der große Tag kam. Im Speisesaal waren etliche Tische zu einer provisorischen Bühne zusammengeschoben worden. Irgendwoher hatte man genügend Stoff besorgt für einen Bühnenvorhang und eine Kulisse. Vor der Bühne standen etliche Stuhlreihen, deren vorderste natürlich für die Govs bestimmt war.

Wir versammelten uns schon hinter der Bühne, alle mit selbstgefertigten Kostümen als Soldaten verkleidet, als eine andere Gruppe von Mädchen aus der Sechsten noch Szenen aus *Hamlet* aufführte. Gerade stürmte Polly Renshaw als Laertes auf die Bühne und schrie: „Wo ist der König?", ein Holzschwert drohend emporreckend. Aber sie trat ein wenig zu forsch auf. Möglicherweise landete ihr Fuß genau in einer Lücke zwischen zwei von all den Tischen, aus denen unsere provisorische Bühne ja bestand. Wie auch immer, unverhofft tat sich ein Abgrund auf, und sie entschwand unter lautem Gepolter den Blicken der Zuschauerinnen. Erschrocken hielten wir den Atem an. Aber dann hörten wir, wie sie aus dem Nichts heraus weiter deklamierte: „O du schändlicher König, schaffe mir meinen Vater her!", und wir alle lachten erleichtert. Alle bis auf die Govs, obwohl einige schon Schwierigkeiten hatten, ernst zu bleiben. Polly kam wieder auf die Bühne gekrabbelt, versuchte weiterzuspielen, aber es war vergebens. Ihre Mitspielerinnen bogen sich vor Lachen.

Jetzt trennte uns nur noch eine Darbietung von unserem Auftritt. Ein Mädchen aus der Fünften sollte Lieder nach Gedichten von A.E. Housman vortragen. Das waren keine Schlager, sondern Kompositionen von einem gewissen George Butterworth, halt Kunstlieder wie die Sachen von Vaughan Williams oder Schubert. Die Kleine wurde von Miss Montague am Klavier begleitet, und sie hatte eine erstaunlich reife Stimme. Mit vor Konzentration ausdruckslosem Gesicht sang sie tapfer von Liebesleid und Weltschmerz. Alle lauschten andächtig, und die Govs nickten mit ernster Miene. Nur Miss Egerton, die bei uns hinter der Bühne stand, murmelte: „Was für ein schwülstiges Zeug."

Dann waren wir mit unseren *Musikalischen Eskapaden* dran, und das Verhängnis nahm seinen Lauf. Wir begannen mit „We're gonna hang out the washing on the Siegfried line". Miss Egerton hätte gerne darauf verzichtet, weil ihr das Lied seit der Niederlage unserer Jungs in Frankreich etwas deplatziert erschien, aber wir Mädchen kannten es alle und es war einfach richtig gut zum Mitsingen. Auch an diesem Nachmittag war es ein großer Erfolg. Viele stimmten mit ein und es gab reichlich Beifall. Bei den Liedern über den Luftschutzwart Mr Wu und über Opas Nachthemd machten die älteren Govs, vor allem die Ratte, schon etwas säuerliche Gesichter. Aber die jungen Govs lachten vergnügt, und Miss Arbuthnot lächelte zumindest ein wenig. Bei *Our Sergeant Major* und den folgenden Liedern entspannte sich die Stimmung wieder. Den Abschluss sollte das allseits beliebte Mitsinglied *Run, Adolf, run,* auch als

Run, rabbit, run bekannt, bilden. Aber davor kam mein großer Auftritt. Oder soll ich sagen, der von *Black-out Bella*?

Ganz allein stand ich vorne auf der Bühne und sah in all die erwartungsvollen Gesichter, ohne irgendeines wiederzuerkennen. Selbst die Govs direkt vor mir waren in diesem Augenblick nur eine Reihe verschwommener, sonderbarer Fratzen, die nur entfernt an Gesichter erinnerten. Wenn ich mich hätte gehen lassen, wäre ich wohl bewusstlos von der Bühne gefallen.

Ich riss mich zusammen und sah zu Traviss hinüber. Sie saß neben der Bühne am Klavier und wartete auf mein Zeichen.

Ich nickte kaum merklich, und sie begann zu spielen.

Jetzt gab es für mich kein Zurück mehr.

Die erste Strophe ging noch recht gut über die Bühne. Die Mädchen sahen mich weiter mit großen, erwartungsvollen Augen an und einige der Govs fingen an zu grinsen. Bei der zweiten gab es vorne die ersten krausen Stirnen zu sehen. Und als ich sang *Ich bin das einzige Päckchen Schmalz, für das man kein Rationsheft braucht*, sah ich, wie sich auch Miss Arbuthnots Stirn in Falten legte.

Verflucht!, dachte ich. Und drei Strophen lagen noch vor mir.

Es kostete mich große Mühe, den affektierten und irgendwie frechen Tonfall, in dem ich das Lied vortragen sollte, beizubehalten. Viel lieber wäre ich zu einem schüchternen Piepsen übergegangen. Durchhalten, sagte ich mir. Durchhalten.

Gegen Ende der dritten Strophe passierte es dann.

Gerade hatte ich gesungen *Ich berühre gern die Dickies der Seeleute, weil es mir immer Glück bringt*, da stand Miss Ratchett abrupt auf und verließ mit energischen Schritten den Raum. Ich war völlig verdutzt. Was war so schlimm daran, wenn jemand gerne die Hemdenbrust der Seeleute berührte?

Der Abgang der Ratte ernüchterte sämtliche Govs. Sie folgten danach mit ernster oder gar versteinerter Miene meiner Darbietung. Aber zumindest blieben sie.

Noch zwei Strophen.

Irgendwie brachte ich sie hinter mich und es gab keine weiteren Zwischenfälle.

Die Mädchen beklatschten meine Darbietung gebührend, auch wenn sie genau so viel verstanden hätten, wenn ich Chinesisch gesungen hätte. Vorne war die Reaktion etwas zögerlich. Miss Melland war die Erste, die die Hände rührte, um mir Beifall zu zollen, dann folgten andere. Als Miss Arbuthnot schließlich ebenfalls applaudierte, sehr zurückhaltend und mit erstem Gesichtsausdruck, da gab als letzte auch Miss Montague auf und folgte dem Beispiel der Schulleiterin.

Im Nu kamen meine Mitsängerinnen auf die Bühne, und wir beschlossen unser Programm mit dem unverfänglichen *Run, Adolf, run*. Die Mädchen im Auditorium fielen sofort mit ein und nach und nach auch ein paar von den Govs.

Ich glaube, die Mädchen hätten gerne noch eine Zugabe bekommen, aber schon wenige Sekunden, nachdem der Beifall eingesetzt hatte, stand Miss Arbuthnot auf und mit einem Blick links und rechts die erste Reihe entlang forderte sie die Govs auf, es ihr nachzutun, und schon marschierten sie alle gemessenen Schrittes aus dem Saal. Nur Miss Egerton war immer noch bei uns hinter der Bühne. Es dauerte nicht lange, und Miss McTabbert kam zurück, ganz aufgeregt.

„Um Gottes willen, was hast du getan, Cathy?" Sie war den Tränen nahe. Miss Egerton sah sie trotzig an, sagte aber nichts.

„Miss Arbuthnot möchte, dass du sofort zu uns ins Besprechungszimmer kommst."

„Hat die Ratte rumgemeckert?", fragte Miss Egerton spöttisch.

Während sie sich entfernten, hörte ich noch, wie Miss McTabbert sagte: „Oh Cathy, wenn sie dich jetzt rausschmeißen, was soll dann aus uns beiden werden?"

Miss Egerton legte ihren Arm um ihre Schulter und sagte: „Nun reiß dich doch bloß zusammen."

Dann waren sie fort.

Diese Unterhaltung mitanzuhören, gab mir den Rest. Was hatten wir bloß verbrochen?, fragte ich mich. Würden sie mich auch von der Schule verweisen? Ich war der Verzweiflung nahe, und ich hatte nicht einmal den Hauch einer Ahnung, was ich denn da gesungen hatte. Aber es musste etwas sehr Schlimmes gewesen sein.

Als Abschluss des Festes sollte es für uns alle ein besonders leckeres Abendessen geben. Als wir unsere Soldatenkostüme wieder gegen unsere Schuluniformen ausgetauscht hatten und in den großen Saal zurückkamen, war unter

Anleitung von Mrs Gossage und der anderen Hausmütter das kleine Theater wieder in einen Speisesaal verwandelt worden. Von den Govs keine Spur. Die für das Essen festgesetzte Zeit war schon um eine viertel Stunde überschritten, als sie endlich kamen, angeführt von Miss Arbuthnot und alle mit ersten Gesichtern. Sie setzten sich wie gewohnt an ihre eigene Tafel an der Stirnseite des Saals.

Miss Arbuthnot hielt vor dem Essen eine Rede, in der sie von einem gelungenen Fest sprach und allen, die daran beteiligt gewesen waren, mit warmen Worten dankte. Über *Black-out Bella* verlor sie kein Wort.

Für alle wurde das Abendessen ein fröhlicher Abschluss des Tages, nur nicht für mich. Vielleicht auch nicht für Miss McTabbert und Miss Egerton.

Als alle, Govs und Schülerinnen, sich nach und nach erhoben und den Saal verließen, gelang es mir, in die Nähe von Miss Melland zu kommen.

„Miss, bitte, haben Sie einen Moment Zeit für mich?", bat ich sie flehentlich. Ich hielt die Ungewissheit, in der ich schwebte, einfach nicht mehr aus, und wer, wenn nicht Miss Melland, konnte mir helfen? „Bitte, Miss."

Sie zögerte einen Moment. „Na gut, komm." Sie zog mich zu der Glastür, durch die man in einen kleinen Garten gelangte, der auf allen Seiten vom Hotelgebäude eingeschlossen wurde und wo wir jetzt ungestört waren. „Ich habe aber nicht viel Zeit. Was gibts?"

„Es ist wegen dieses Liedes, Sie wissen schon, *Black-out Bella*."

Sie grinste spitzbübisch.

„Habe ich irgendetwas falsch gemacht, Miss?"

„Du weißt gar nicht so genau, was du gesungen hast, nicht wahr?"

„Ich habe nicht die geringste Ahnung."

„Nein, Margherita, du hast nichts falsch gemacht." Und dabei strich sie mir wieder einmal übers Haar. „Miss Egerton ist bei der Auswahl der Lieder ein bisschen übers Ziel hinausgeschossen. Miss Ratchett sah dadurch ihr Gefühl für Anstand und Schicklichkeit verletzt, und wir anderen konnten das auch nachvollziehen."

„War das wirklich so schlimm, was ich gesungen habe? Miss McTabbert meinte, dass man Miss Egerton deswegen entlassen würde. Das habe ich zufällig mitbekommen, Miss."

Miss Melland sah mich eine Weile ernst an. „Nun, darüber ist die Entscheidung noch nicht gefallen", sagte sie dann zurückhaltend. „Es ist so, Margherita, nicht die Lieder sind das Problem. Auch wenn einige furchtbar geschmacklos sind und in einem Internat für gut erzogene Mädchen wirklich nichts zu suchen haben. Es ist so, dass es Miss Egerton klar gewesen ist, dass ihr noch zu jung seid, um all die Texte zu verstehen. Deshalb hätte sie euch diese Lieder auch nicht singen lassen dürfen."

„Und ich? Bekomme ich nun auch Ärger?"

Jetzt lachte Miss Melland. „Nein, natürlich nicht, du Schaf. Aber ich muss nun endlich los. Miss Arbuthnot hat uns zu sich auf ein Glas Sherry eingeladen. Wenn ich da fehle, bekomme *ich* Ärger."

Damit musste ich mich fürs Erste zufriedengeben, aber die Sache ließ mir keine Ruhe. Ein oder zwei Wochen später war ich wieder einmal bei Miss Melland, um eine Aufgabe mit ihr zu besprechen. Ich stand bereits an der Tür, um zu gehen, da sagte ich:

„Darf ich Sie um etwas bitten, Miss?"

„Was gibts denn noch, Civitella?"

„Dieses Liedes. *Black-out Bella.*"

„Ja?"

Ich drückste einen Moment herum. „Miss, *Sie* haben doch bestimmt verstanden, was ich gesungen habe, oder?"

Sie lächelte. „Ich bin mir nicht sicher, ob ich *alles* verstanden habe, und es wäre für meinen guten Ruf besser, wenn ich behaupten würde, so gut wie *nichts* verstanden zu haben. Aber da sogar Miss Ratchett in aller Öffentlichkeit hat durchblicken lassen, in dieser Hinsicht nicht ganz ahnungslos zu sein ... Also, was willst du kleiner Quälgeist von mir wissen?"

„Also, ich wüsste auch gerne, was ich gesungen habe, Miss."

„Jetzt hör mir einmal zu. Miss Egerton hat großes Glück gehabt, dass sie nur einen strengen Verweis bekommen hat, und sie ist am Ende so billig davongekommen, weil sie dir wenigstens *nicht* verraten hat, wovon das Lied handelt. Was meinst du wohl, was Miss Arbuthnot mit *mir* macht, wenn *ich* es dir *verrate*?"

„Bitte, Miss. Ich sage es auch nicht weiter. Ganz bestimmt nicht."

Miss Melland zögerte. „Also gut. Komm, setzt dich noch mal hierher zu mir." Und als ich ihr wieder gegenüber saß, sah sie mir lange schweigend in die Augen. „Ich vertraue dir, Margherita. Wenn du sagst, dass du nichts ausplaudern wirst, dann machst du das auch nicht."

„Nein, Miss."

„Diese *Black-out Bella*, hast du verstanden, was das für eine ist?"

„Nein, Miss."

„Nun, das ist eine ... eine von diesen unglücklichen Frauen, die davon leben ... dass sie tun, was Männer gerne von ihnen wollen. Was das genau bedeutet, wirst du später einmal verstehen."

„Aber meine Mutter tut doch auch immer, was Vater will, Miss. Zumindest glaubt er das. Und sie ist gar nicht unglücklich."

Miss Melland lächelte. „Wenn eine Frau verheiratet ist, ist das auch ganz normal. Aber die *Black-out Bella* ist nicht verheiratet. Deshalb ist sie eine unglückliche Frau."

Mir ging der Gedanke durch den Kopf, dass ich auch immer tat, was Vater wollte, und ich war *auch nicht* verheiratet. Aber um die Sache nicht unnötig zu verkomplizieren, schwieg ich und sah Miss Melland nur erwartungsvoll an.

„Nun?", fragte sie etwas irritiert. „Ist deine Neugier jetzt ein Stück weit zufriedengestellt?"

„Ich weiß nicht, Miss. Und die Sache mit den *Dickies*, Miss, als Miss Ratchett rausgegangen ist? Was war daran so schlimm? *Bella* hat doch nur gerne die *Dickies* der Seeleute berührt, weil sie dachte, dass das Glück bringt."

„Du weißt, was ein *Dickie* ist?"

„Na klar. So ein steifes, weißes Ding, das aussieht wie ein Stück von einem Hemd und das Männer manchmal vorne unter der Jacke tragen, wenn es besonders feierlich aussehen soll. Mein Vater hat auch welche davon."

„Und bei diesen *Dickies* ... also manche Leute, wenn sie diese Bemerkung aus dem Mund von einer unglücklichen Frau wie der *Bella* hören, dann denken sie an einen *Dick*, und manche lachen dann und andere finden das furchtbar unschicklich."

„So wie Miss Ratchett?"

„Ja, genau."

„Und warum? Was ist das denn, Miss, ein *Dick*?"

Eine leichte Röte huschte über Miss Mellands Wangen. „Das ist ein Ausdruck, den ein anständiges Mädchen nie in den Mund nehmen sollte, weil es ein ordinäres Wort ist für ... für das, was die Männer haben müssen, damit die Frauen, mit denen sie verheiratet sind, Kinder bekommen können."

Es dauerte ein paar Sekunden, bis mir dämmerte, was sie meinte. Sofort hatte ich das Gefühl, mein Gesicht würde glühen. Es ging also wieder einmal um dieses verflixte *sich mehren!*

„Verstehst du jetzt ein bisschen besser, was passiert ist?"

„Ja, ich glaube schon, Miss. Danke, Miss."

„So, und das muss für heute reichen, Margherita." Sie beugte sich vor und zupfte mich ein wenig am Ohrläppchen. „Ich habe noch einen ganzen Stapel Hefte zu korrigieren. Aber wenn du irgendwann meinst, dass du noch einmal mit mir über diese Lieder reden willst, klopf einfach an meine Tür."

„Ja, Miss. Aber ich denke, ich weiß jetzt Bescheid. Gute Nacht, Miss."

„Gute Nacht, Civitella."

Ende eines alten Jahres

Danny wurde in einem bunt zusammengewürfelten Trupp, internierte Zivilisten wie er und deutsche Kriegsgefangene, in das *Camp T* in Trois-Rivieres, Quebec, gebracht. Vor dem Tor des Lagers standen aufgebrachte Kanadier und beschimpften sie. Einige bewarfen sie sogar mit Steinen, aber die Soldaten, die sie bewachten, sorgten schnell für Ordnung. Im Lager wurden sie sortiert. Kriegsgefangene, Internierte aus Deutschland und Österreich, Internierte aus Italien, internierte deutsche Seeleute, alle wurden sie auf verschiedene Baracken verteilt. In einer der Baracken der Kriegsgefangenen, wo sie mitbekommen hatten, dass auch Juden ins Lager gekommen waren, grölten sie zur Begrüßung ihre grässlichen Lieder.

Wenn der Sturmsoldat ins Feuer geht,
ei, dann hat er frohen Mut,
und wenn's Judenblut vom Messer spritzt,
dann gehts nochmal so gut.

Solche Lieder sangen sie.

Das eine oder andere Mal kam es später draußen zu Handgreiflichkeiten zwischen den Bewohnern der verschiedenen Baracken, und nach ein paar Tagen konnte Danny erleichtert beobachten, dass die kanadischen Wachleute einen Stacheldrahtzaun zwischen den Unterkünften der Kriegsgefangenen und denen der internierten Zivilisten zogen.

Drei Wochen später brachten sie ihn in ein anderes Lager, das *Camp B* in der Nähe von Fredericton, New Brunswick. Dort gab es keine Kriegsgefangenen. Fast alle dort waren Juden aus Deutschland oder Österreich, wohl siebenhundert mochten es sein.

Das Lager befand sich mitten im Wald. Der für die Internierten bestimmte Bereich war etwa sechs Hektar groß und von einer doppelten Reihe hoher Stacheldrahtzäune umgeben. An den Ecken und an zwei weiteren Punkten waren Türme, auf denen Posten mit schweren Maschinengewehren sie Tag und Nacht bewachten. Die Wachleute waren größtenteils Männer, die im Großen Krieg gekämpft hatten und sich auch für diesen Krieg freiwillig gemeldet hatten. Aber da sie für die Front zu alt waren, wurden diese Veteranen anderweitig eingesetzt, zum Beispiel als Wachleute in Lagern wie dem *Camp B*. Sie nahmen ihre Aufgabe anfangs sehr ernst, aber sie stellten bald fest, dass ihre Gefangenen völlig harmlos waren, und die Stimmung entspannte sich.

Viele Lagerinsassen arbeiteten wie Danny als Holzfäller. Bäume gab es in der Umgebung ja in schier unbegrenzter

Zahl, und wenn der Winter kommen würde, galt es, viele Öfen im Lager mit Brennholz zu versorgen. Die Verpflegung war hervorragend. Lebensmittelrationierung gab es in Kanada nicht, und einige von den Internierten, die sich freiwillig für den Dienst als Küchenhelfer gemeldet hatten, waren vor ihrer Flucht nach England als angesehene Köche in erstklassigen Restaurants irgendwo in Europa tätig gewesen. In ihrer Freizeit hatten sie die Möglichkeit, Sport zu treiben oder sich in einer Bibliothek Bücher auszuleihen. Aber auch wenn ihr Los hier erträglich war, lastete eine trübe Stimmung auf den Internierten, und Danny war sicher einer der Traurigsten unter ihnen. Eine Ewigkeit, so schien es ihm, war es her, dass er etwas von den Eltern und den Geschwistern in Deutschland gehört hatte. Es verging kein Tag, an dem er sich nicht fragte, wie es ihnen wohl gehen mochte.

Anfang Dezember 1940 wurde Danny in die Kommandantur bestellt. Dort erwartete ihn ein freundlicher älterer Herr, der ihm höflich den Stuhl vor seinem Schreibtisch anbot.

„Sie sind Mr Chatzmann. Daniel Chatzmann. Richtig?"

Danny nickte wortlos. Ihm saß ein Kloß im Hals. Andere hatten von Gesprächen erzählt, die in letzter Zeit mit Lagerinsassen geführt worden waren. Unerwartete, aufregende Gespräche. War heute *er* an der Reihe?

„Sie sind vor einem halben Jahr interniert worden. Zu jenem Zeitpunkt war das eine unbedingte Notwendigkeit. Der Krieg war in einer sehr kritischen Phase, die Regierung musste die gebotenen Vorsichtsmaßnahmen ergreifen, durfte keine Risiken eingehen und so weiter. Dafür haben Sie sicher Verständnis, auch wenn es für Sie persönlich mit einigen Unannehmlichkeiten verbunden war." Der ältere Herr lächelte Danny an. „Gott sei Dank haben die Zeiten sich geändert, und da das Tribunal Sie in die Kategorie C eingestuft hatte, kann ich Ihnen heute ganz offiziell mitteilen, dass die britische Regierung zu der Einschätzung gelangt ist, dass Ihre Internierung nicht mehr notwendig ist und folglich beendet wird."

Noch einmal nickte Danny stumm.

„Für Sie ergeben sich zwei Möglichkeiten, Mr ..." Er blickte auf das vor ihm liegende Schriftstück. „Mr Chatzmann. Sie können hier in Kanada bleiben und ein neues Leben beginnen. Es wird sicher nicht schwer sein, für Sie einen Bürgen zu finden. Oder wenn Sie das vorziehen, können Sie nach England zurückkehren. Aller Voraussicht nach geht noch vor Weihnachten ein Konvoi dorthin ab. Vielleicht finden wir für Sie einen Platz auf einem der Schiffe. Sie wären dann in der ersten oder zweiten Januarwoche wieder in England. In diesem Fall würden wir natürlich erwarten, dass Sie sich unserem Kampf gegen die Deutschen anschließen."

Danny verzichtete darauf zu erwähnen, dass er sich schon vor über einem Jahr freiwillig zum Militär gemeldet hatte, aber nicht einberufen worden war.

„Nun, Mr Chatzmann, wofür entscheiden Sie sich?"

Danny zögerte keinen Augenblick. „Ich will zurück."

Weihnachten stand vor der Tür. Ausnahmsweise würden wir die Feiertage nicht bei den Großeltern verbringen. Der Bischofspalast von Rochester lag ja nur ein oder zwei Kilometer von der Kriegswerft von Chatham entfernt, die in den letzten Wochen und Monaten immer wieder bevorzugtes Ziel deutscher Bombenangriffe gewesen war.

Das sei doch viel zu gefährlich, meinte Mutter, als die Planung für das Weihnachtsfest in diesem Jahr anstand. Wenn Großvater in Rochester ausharren würde ... gut, das verlangte vielleicht sein Amt von ihm. Der König hätte ja auch erklärt, in London bleiben zu wollen und nicht nach Kanada zu gehen. Dann präsentierte Mutter triumphierend einen Brief von Großmutters Schwester, mit dem wir eingeladen wurden, Weihnachten bei ihnen zu verbringen. Eigentlich hatten wir nur wenig Kontakt zu Tante Dorothy. Sie lebte mit ihrem Mann Theodore Nicholl, einem Vikar, in einem kleinen Nest namens Castleside in der Grafschaft Durham. Das war hoch im Norden und gar nicht weit weg vom Flughafen von Usworth, wo Gino jetzt Dienst tat.

Ich bin mir heute sicher, dass Mutter ein bisschen nachgeholfen hatte, um diese Einladung zu bekommen. Natürlich waren wir bei den Nicholls willkommen. Sie waren ein älteres, warmherziges Ehepaar, aber ich glaube nicht, dass sie von sich aus auf die Idee gekommen wären, uns einzuladen. Aber in Castleside konnten wir auch in diesem Jahr Weihnachten mit Gino zusammen feiern. Bei dem bisschen Frei, das er bekommen konnte, hätte sich der weite Weg nach Rochester zu den Großeltern für ihn nicht gelohnt, zu den Nicholls war es für ihn hingegen nur ein Katzensprung.

Nicht lange nachdem die Entscheidung gefallen war, die Feiertage in Castleside zu verbringen, hörte ich, wie Mutter mit Gino telefonierte. Telefone standen damals in der Regel in der Halle, so auch bei uns. Anrufer wurden also quasi wie andere Besucher auch im Eingangsbereich empfangen.

Von der Halle führte eine imposante Treppe an zwei Wänden entlang nach oben, und vom Treppenabsatz oberhalb der Halle konnte man, wenn man es darauf anlegte, mithören, was am Telefon gesprochen wurde. Und ich war damals in einem Alter, in dem mich *alles* interessierte, was im Leben der Erwachsenen passierte, und am allermeisten das, was ich nicht wissen sollte.

„Freust du dich nicht, Gino, dass wir nun doch zusammen Weihnachten feiern können?", hörte ich Mutter sagen.

...

„Unsinn, Gino. Sicher werden sie dir ein 24-Stunden-Frei bewilligen oder sogar ein 48-Stunden-Frei."

...

„Ich verbiete dir, in diesem Ton mit mir zu reden. Vergiss nicht, dass du mit deiner Mutter sprichst. Ich bin auch nicht so dumm, wie du zu denken scheinst."

...

„Warum versuchst du, mich zu belügen? ... Sei still! Oh, ich verstehe schon. Du willst Weihnachten mit diesem ... diesem Mädchen verbringen."

Der Stimme nach schien Mutter fast den Tränen nahe zu sein, und sie sagte eine lange Zeit nichts mehr. Ich fürchtete schon, sie hätte aufgelegt und sah mich nach einem

Fluchtweg um für den Fall, dass sie die Treppe heraufkommen würde. Da! Endlich hörte ich wieder ihre Stimme.

„Ja zum Donnerwetter, dann bring sie doch einfach mit, deine Sue."

...

„Na und? Warum machst du dir Gedanken darüber, was Vater dazu sagen wird? Was ich davon halte, ist dir ja auch egal."

...

„Sag Vater doch einfach, ihr wäret verlobt. Es ist schließlich Krieg. Da verloben und heiraten doch alle, ohne ihren Eltern etwas zu sagen."

...

„Ach, so weit ist es schon? Ohne ihre Erlaubnis kannst du nichts mehr entscheiden? Es wäre schön, wenn du solchen Respekt auch deinen Eltern erweisen würdest."

...

„Ja, schon gut."

...

„Was bleibt mir anderes übrig. ... Gino, mein kleiner Gino, vergiss deine Mutter nicht. Denk immer daran, niemand liebt dich so wie deine Mutter."

...

„Gut. Melde dich bald. Leb wohl."

Sie legte auf und entfernte sich dann, wohl in Richtung Wohnzimmer.

Ich schlich in mein Zimmer und ließ mich aufs Bett fallen. Das belauschte Gespräch bot eine Menge Stoff zum Nachdenken. Da gab es also ein Mädchen namens Sue, von dem ich noch nie etwas gehört hatte und in das Gino offensichtlich verschossen war. Mir ging es wie Mutter. Ich ärgerte mich, dass er sie *uns* vorzog, Mutter und mir.

Aber dann war da noch etwas anderes, etwas Ungeheuerliches. Wir Kinder wussten selbstverständlich, wie sehr Mutter uns lieb hatte. Wir spürten es, auch wenn sie es nie sagte. Aber zu Gino *hatte* sie es jetzt gesagt und das in einem fast flehentlichen Ton. Ich würde wohl noch eine Menge über das Erwachsensein lernen müssen, gestand ich mir ein.

Es war eine beschwerliche und gefährliche Reise nach Castleside. Die Züge waren, wenn sie denn überhaupt fuhren, hoffnungslos überfüllt, immer wieder kam es zu Verspätungen. Jetzt im Krieg hatten Truppentransporte und Güterzüge absoluten Vorrang vor dem normalen Personenverkehr. Ganz zu schweigen von der Gefahr, in einen Luftangriff der Deutschen hineinzugeraten. Aber Mutter hatte es sich nun einmal in den Kopf gesetzt, aus den paar Stunden, die sie Gino frei geben würden, so viel wie möglich herauszuholen. Sie erinnerte sich mit Grauen daran, dass sein Flugzeug im Sommer abgeschossen worden war und er sich mit dem Fallschirm hatte retten müssen. Ja, und seit sein Geschwader Anfang September nach Usworth verlegt worden war, hatte sie ihn nicht mehr gesehen, und ohne diese Reise zu Tante Dorothy würde es sicher noch lange dabei bleiben.

Für Lulu war diese Bahnfahrt ein großes Abenteuer. Jedenfalls das kleine Stück bis London. Dann begann sie zu quengeln und war nur noch schwer zu ertragen.

Als wir in Newcastle ankamen und damit unser Ziel fast erreicht hatten, waren wir alle ziemlich fertig. Wir stiegen in einen Bummelzug Richtung Blackhill. Welch ein Glück! Endlich ein Zug, der nicht überfüllt war. Wir vier hatten ein ganzes Abteil für uns allein. Lulu war von der langen Fahrt und ihrem ununterbrochenen Quengeln so müde, dass sie auf der Stelle einschlief.

„Liebling", sagte Mutter wie nebenbei, „Sue Timmins wird übrigens auch da sein."

„Sue Timmins? Wer ist das? Ich glaube nicht, dass ich sie kenne. Ich dachte, wir würden unter uns bleiben. Nur die Nicholls und wir."

„Ja, sind wir doch auch. Gino bringt halt seine Verlobte mit."

„Seine Verlobte? Gino ist verlobt? Das höre ich zum ersten Mal. Warum weiß ich nichts davon?"

„Du wirst es erfahren, wenn sie eintreffen."

„Das ist ja allerhand. Und seit wann sind sie verlobt? Also, früher war der Vater nicht der Letzte, der davon erfuhr, wenn sich Kinder verlobten."

„Aber sie sind doch gar nicht verlobt, Liebling."

„Ja, was denn nun? Ich denke, sie *sind* verlobt? Warum erzählst du mir ..."

„Hör mir doch einfach einmal zu, Liebling. Wir können den Nicholls doch nicht zumuten ... ein wildfremdes Mädchen ... na ja, sie ist zwar die Liebste von Gino, aber trotzdem ... in einem *Pfarrhaus*. Das geht doch nicht."

„Das kann ich gut verstehen. Ein Vikar in so einem kleinen Dorf muss auf seinen Ruf achten. Aber warum kommt sie denn dann überhaupt? Wenn die beiden nicht einmal verlobt sind. Warum Theodore unnötig kompromittieren?"

„Deshalb wird sie ihm ja auch als Verlobte vorgestellt. Schau mal, Liebling. Wir haben Krieg, nicht wahr? Aber die jungen Leute wollen doch auch einmal ein bisschen Freude am Leben haben. Nicht nur Leid und Entbehrung. Sollten wir ihnen das nicht gönnen?"

Vater war noch nicht überzeugt.

„Du warst doch auch im Krieg, im letzten. Hast du mir nicht gebeichtet, dass du damals eine Liebste gehabt hast, als ihr in den Dolomiten gegen die Österreicher gekämpft habt?"

Jetzt huschte ein Lächeln über Vaters Gesicht.

„Wenn du es so siehst, Schatz." Dann wanderte sein Blick in meine Richtung. „Hast du verstanden, was wir hier besprochen haben?"

„Margie weiß doch schon längst Bescheid."

„Ich? Wie kommst du denn darauf, Mutter?"

„Weil wir daheim in der Halle einen wunderschönen Spiegel haben. An der Wand gegenüber der Empore."

Die längste und schlimmste Reise nimmt irgendwann ein Ende. Als wir endlich in Consett ankamen, erwartete uns der Sakristan von Onkel Theodores Gemeinde und chauffierte uns in seinem altersschwachen *Morris Minor* die letzten paar Kilometer nach Castleside zum Pfarrhaus.

„Es ist eine Schande, dass keine Züge mehr nach Rowley fahren, es fahren überhaupt kaum noch Züge, jetzt wo Krieg ist", grummelte der Sakristan in einem Dialekt, den wir kaum verstehen konnten. Rowley war wohl der Bahnhof, der Castleside am nächsten gelegen hatte.

Das Pfarrhaus befand sich ein wenig außerhalb von Castleside. Es war ein eher schlichter, aber großzügiger Bau aus viktorianischer Zeit, zu dem ein riesiges Grundstück mit zwei Teichen gehörte.

„Im Frühjahr werden wir versuchen, so viel Land wie möglich umzugraben und dann unser eigenes Gemüse anzubauen", erklärte uns Onkel Theodore überschwänglich. Er war begeistert von der Kampagne der Regierung *Graben für den Sieg*. So konnte sogar er als Geistlicher einen Beitrag zum Kampf gegen Hitler leisten.

Tante Dorothy lächelte. „Er denkt nicht daran, dass ich ihm keine große Hilfe sein werde. Jetzt, wo auch das Mädchen in der Fabrik arbeitet, haben wir nur noch die alte Mrs Alastair, die jeden Tag für ein paar Stunden kommt. Ich werde mich also viel mehr um den Haushalt kümmern müssen als früher."

„Wir werden das schon schaffen, Dorothy. Gott wird uns die Kraft dazu geben", erklärte Onkel Theodore.

„Ja, natürlich. Du hast recht, Liebster. Aber ich habe nun mal ein wenig Angst, weil wir ja nicht mehr die Jüngsten sind."

„Unsinn, Frau. Wir werden diesen Garten unter den Pflug nehmen und dann im Überfluss ernten. So viel, dass wir sogar mit anderen werden teilen können."

„Wenn du meinst, Theodore. Aber jetzt will ich unseren Gästen ihre Zimmer zeigen. Sie sind sicher erschöpft von der langen Reise."

Mutter machte sich ein genaues Bild von den räumlichen Verhältnissen im Haus. Sie wartete nach dem Abendessen, bis Onkel Theodore und Vater in das Arbeitszimmer des Vikars gegangen waren, um dort ihren Kaffee zu trinken, bis sie die Gelegenheit gekommen meinte, ein delikates Thema anzusprechen.

„Weißt du, Tante Dorothy, ich würde gerne mit meinem Mann in einem Zimmer schlafen. Ich hoffe, das macht nicht zu viele Umstände."

Tante Dorothy und Onkel Theodore hatte schon seit Jahrzehnten getrennte Schlafzimmer. Das schickte sich so, fand Tante Dorothy. Aber sie war ein viel zu gutherziger Mensch, um an Mutters Wunsch Anstoß zu nehmen. Vielleicht lagen die Dinge ja anders, wenn man mit einem Italiener verheiratet war. Bei Ausländern wusste man ja nie so genau, woran man war.

„Aber sicher, Grace. Wenn du das möchtest. Das ist doch gar kein Problem."

Wie es sich für Hausfrauen gehörte, diskutierten die beiden sofort, was aus dieser Entscheidung folgte. Sue bekam nun anstelle des Zimmers im zweiten Stock das für Mutter vorgesehene im ersten Stock. Lulu, die eigentlich das Zimmer mit mir teilen sollte, wanderte in Sues Zimmer neben meinem. Das fand ich eine *sehr* gute Lösung. Sue würde nun direkt gegenüber von Ginos Zimmer untergebracht sein. Das würde ihr und Gino sicher gefallen. Ich sagte mir, dass auch die Eltern irgendwie damit klar kommen würden, für ein paar Tage das Zimmer zu teilen, obwohl sie zu Hause getrennte Schlafzimmer hatten.

Ich habe mich später gefragt, ob Tante Dorothy und Onkel Theodore wohl geahnt haben, warum wir über die Weihnachtstage zu ihnen gekommen waren. Ich weiß es nicht. Sie ließen sich auch nichts anmerken, als Gino mit Sue zusammen auf seinem alten Motorrad ankam und die Eltern und ich uns allzu offensichtlich bemühten, die junge Frau nicht die ganze Zeit neugierig anzustarren.

Ich fand Sue eigentlich ganz nett, obwohl sie manchmal ein bisschen zickig sein konnte. Dass geschieht Gino ganz recht, dachte ich, dass er *so eine* abbekommen hat. Warum hatte er sich nicht mit Mutter und mir zufriedengegeben? Ich hielt erst einmal noch ein wenig Abstand.

Aber Sue interessierte sich auch nicht sonderlich für mich. Ihre ganze Aufmerksamkeit galt Mutter. Die beiden schienen sich mit der gespannten Wachsamkeit und vorsichtigen Neugierde von zwei Hunden, die einander zum ersten Mal über den Weg laufen, zu beschnuppern. Es war keine Feindseligkeit zwischen ihnen zu spüren. Sue gab sich keine Mühe, das wohlerzogene Mädchen, das eine ideale Schwiegertochter werden würde, zu spielen, und gerade das schien Mutter zu gefallen.

Es war am Weihnachtsabend, als Gino uns eröffnete, er habe einen Antrag auf Versetzung gestellt.

„Ich bin nicht zur RAF gegangen, um hier am Ende der Welt Rekruten auszubilden und hin und wieder Patrouillenflüge zu machen. Ich will kämpfen", erklärte er trotzig. Er wusste, wie sehr Mutter sich über diese Ankündigung aufregen würde.

„Und das sagst du uns heute? An Weihnachten?"

„Wann soll ich es euch denn sagen? Morgen bin ich wieder weg."

„Dann verschieb doch deine Versetzung."

„Mutter, nimm doch Vernunft an. Das geht doch nicht."

„Wie sprichst du zu deiner Mutter?"

„Entschuldige, Mutter", murmelte Gino, aber ich hatte das Gefühl, dass er es mehr der Form halber tat.

„Ich glaube, Gino weiß, was er macht, Mrs Civitella", sagte Sue, „und sie werden ihn nicht davon abbringen."

„Ich war so froh, dass du hier halbwegs in Sicherheit bist. Und jetzt das! Was sagst du dazu?", wandte Mutter sich in ihrer Verzweiflung an Vater.

„Wohin hast du dich beworben?", fragte Vater.

„Ägypten."

„Dann wirst du gegen Italiener kämpfen müssen, Gino."

„Ich weiß, Vater. Aber es geht nicht anders. Ich kann nur *für* oder *gegen* sie kämpfen."

Vater verstand, was er meinte. Wie leicht hatte er selbst es sich in den Augen Ginos doch gemacht. Er hatte sich einfach von seinem Vaterland losgesagt, ohne ernsthafte Konsequenzen in Kauf nehmen zu müssen. Er spielte Soldat in dieser Operettentruppe, die sie *Home Guard* nannten, und damit schien er seinen Teil zu erfüllen. Vater war sich sicher, dass sein Sohn so dachte. Deshalb hatte Gino sich für den schwierigeren Weg, den allerschwierigsten Weg entschieden. Gino wollte gegen das Volk der Vorfahren seines Vaters und seiner eigenen kämpfen, um sich ein für alle Mal reinzuwaschen von dem Makel, ein *Eyetie* zu sein.

Wie dumm von Gino! Aber das schreibe ich mit dem Wissen, dass ich heute habe. Hätte Gino doch bloß gewusst, dass Vater in einer *Auxilliary Unit* Dienst tat.

Denen hatte Captain Fleming ganz offen gesagt, sollten die Deutschen tatsächlich kommen, würden die *Units* den Eindringlingen wohl ein paar Nadelstiche versetzen können, sie ein kleines Weilchen aufhalten oder ihren Vormarsch wenigstens behindern, aber spätestens nach 14 Tagen würden sie alle tot sein. Vielleicht würden sie das Glück haben, im Kampf zu fallen. Vielleicht würden sie sich selbst und ihre Kameraden getötet haben, um einer Gefangennahme zu entgehen. Schusswaffen und Sprengstoff hatten sie ja genug, denn lebend, so hatte man ihnen eingeschärft, durften sie den Deutschen nicht in die Hände fallen. Es bestand die Gefahr, dass sie unter Folter Geheimnisse oder Kameraden verraten würden. Ihre Überlebenschancen waren im Fall einer Gefangennahme sowieso gering, denn sie waren keine regulären Soldaten und mussten damit rechnen, standrechtlich erschossen zu werden. Trotzdem hatte Vater sich freiwillig zu diesem Dienst bereit erklärt.

Aber von all dem wusste damals keiner von uns etwas. Vielleicht hätte Vater mit Gino darüber reden sollen, aber man hatte ihnen nun einmal eingeschärft, Stillschweigen zu bewahren. Mutter wusste nichts davon, wie konnte er also mit Gino darüber reden? Vater hatte einen grausamen Krieg durchgemacht und er wusste, dass dieser Krieg nicht weniger grausam sein würde.

Nachwort

Im Alter erinnert man sich immer häufiger an seine Kindheit und an die Menschen, die damals das eigene Leben geprägt haben. Eltern, Großeltern, Nachbarn, Lehrer und all die anderen Erwachsenen. Von den Menschen, die diese Rolle in meiner Kindheit und Jugend gespielt haben, handelt dieses Buch.

Nun ist es so, dass die Menschen auf der einen Seite Charakterzüge aufweisen, die sie mit den Generationen vor ihnen verbinden (und wohl auch den zukünftigen verbinden werden). Deshalb können wir auch heute noch nachvollziehen, wie die Menschen, von denen Homer vor zweieinhalb Jahrtausenden erzählte, denken, fühlen und handeln. Anderseits sind wir alle auch auf eine einzigartige Weise Kinder unserer Zeit. So verstehen manchmal selbst Eltern ihre Kinder nicht mehr und Kinder ihre Eltern nicht. Die Millennials neigen dazu, die Babyboomer für ziemlich verschrobene Typen zu halten, so wie wir, jene nach dem Krieg Geborenen, manchmal verständnislos den Kopf schütteln über die junge Generation.

In diesem Roman wird dem nachgespürt, was die Menschen, die den Zweiten Weltkrieg miterlebt haben, von jenen Generationen vor und nach ihnen unterschied und was sie einzigartig und unverwechselbar gemacht hat.

Der eine oder andere wird fragen, warum der Roman in England spielt und nicht in Deutschland. Der Grund ist ein rein pragmatischer. Die Engländer haben eine viel positivere Einstellung zu jener Zeit als die Deutschen, und das ist auch leicht nachvollziehbar, denn sie haben jenen Krieg gewonnen. Auf fast liebevolle Weise pflegen sie auch heute noch die Erinnerung an diese Zeit. Das bedeutet, dass es viel, viel einfacher ist, all die kleinen Informationen zu erhalten, die ein Romanautor braucht, um sich in eine Zeit zurückversetzen zu können, die er selbst nicht miterlebt hat.

Als Agatha Christie an einem Krimi arbeitete, der im alten Ägypten spielen sollte, hat sie Stephen Glanville, Freund und Ägyptologe, der sie zu diesem Buch angeregt hatte, allerlei Fragen gestellt. Was aßen die Ägypter, und wie bereiteten sie ihr Essen zu? Hatten die Frauen einen eigenen Bereich im Haus? Bis hin zu: Bewahrten sie ihre Wäsche in Truhen oder in Schränken auf? „Oh dear", soll Glanville auf ihre vielen Fragen hin geantwortet haben und dann nach Antworten geforscht haben. Ja, wer einen Roman über eine Epoche schreibt, die er selbst nicht erlebt hat, will vieles wissen, was nicht in den Geschichtsbüchern steht. Er will wissen, wie der Alltag der Menschen damals ausgesehen hat.

Für diesen Roman habe ich dazu aus vielen Quellen geschöpft. Ich nenne einige stellvertretend für die vielen, die ich herangezogen habe. Ich tue dies auch, weil einige Ereignisse und auch einige Personen nicht von mir erfunden wurden.

Beginnen wir gleich mit Captain Peter Fleming (Bruder des James-Bond-Autors Ian Fleming), der tatsächlich der Begründer der *Auxiliary Units* war. Und er war auch tatsächlich mit der Schauspielerin Celia Johnson verheiratet. Wenn ich ihn bei Georges Cocktailparty über das Russlandbild der Engländer sprechen lasse, so stammen seine Worte aus seinem 1934 erschienenen Buch über seine Reise nach China via Russland mit dem Titel *One's Company*. Wenig hilfreich war für mich sein Buch *Invasion 1940. An account of the German preparations and the British counter-measures*. Vom Titel her vielversprechend, aber 1957, als das Buch veröffentlicht wurde, verhinderte der *Official Secrets Act* natürlich noch, dass irgendjemand Details über Geheimdienstoperationen während des Krieges ausplauderte. Genauere Informationen über die *Auxiliary Units* wurden erst Jahrzehnte später publik. Dokumentiert wurden sie vor allem vom *Coleshill Auxiliary Research Team (CART)* auf deren Internetseite (www.staybehinds.com) und auch in Colin Philpotts Buch *Secret Wartime Britain: Hidden Places that Helped Win the Second World War* (2018).

Auch einige Personen in der 43. Fliegerstaffel, in der Gino Dienst tut, haben wirklich existiert. Wichtigste Quelle für diesen Teil des Romans waren Jimmy Beedles Buch, *The Fighting Cocks. 43 (Fighter) Squadron* (2011) und die Homepage des Royal Air Force Museums (www.rafmuseum.org.uk). Um den militärischen Bereich abzuschließen noch eine Quelle für das Regiment, in dem Sonny kämpfte: die Internetpräsenz des Queen's Royal Surrey Regiment (www.queensroyalsurreys.org.uk) und ganz allgemein für alles den Krieg betreffend natürlich auch die Seite des Imperial War Museums (www.iwm.org.uk). Ihr verdanke ich darüber hinaus auch mehr als ein halbes Dutzend Tondokumente, in denen Überlebende des Untergangs der *SS Arandora Star* sehr ausführlich berichten, wie sie dieses Unglück erlebt haben.

Darauf hinweisen möchte ich an dieser Stelle, dass mein Bischof von Rochester weder durch Linton Smith, der dieses Amt 1939 innehatte, noch durch Christopher Chavasse, der 1940 seine Nachfolge antrat, inspiriert wurde. Ich habe mir die

Diözese samt Amtssitz sozusagen nur ausgeliehen und *meinen* Bischof dort eingesetzt.

Ein anderer, sehr spezieller Themenkomplex war für mich natürlich der Alltag in einem Mädcheninternat in den frühen Vierzigerjahren. Zwei wichtige Quellen will ich nennen: Ysenda Maxtone Graham. *Terms and Conditions, Life in Girls Boarding Schools 1939-1979* (2016) und die Publikation der Royal Masonic School for Girls, *Memories of my Schooldays, RMS in the 1940s* (im Internet zu finden unter: https://issuu.com/rmsforgirls/docs/my_rms_schooldays_low_res). Passend dazu natürlich auch auf der YouTube-Seite der Royal Masonic School for Girls der interessante Film „RMS 1940s Documentary" (www.youtube.com/watch?v=uiTjNgYsLio – Diesen kleinen Farbfilm [!] unbedingt dort anschauen. Die Fassung im *Huntley Archive* ist erstens ohne Ton und zweitens fünf Minuten kürzer, nicht weil etwas fehlt, sondern weil die Wiedergabegeschwindigkeit zu hoch ist.) Auch vergleichsweise abseitige Themen finden ihren Niederschlag im Internet, z.B. Filmsequenzen, die zeigen, wie Frauen und Mädchen in den 30er- und 40er-Jahren in England Lacrosse gespielt haben (zu finden im Youtube-Archiv der *British Pathé*).

Ich habe auch in manch anderen Quellen lesen können, welche Erinnerungen Frauen an ihre Schulzeit während des Krieges haben. Ein gutes Beispiel dafür – und für vieles mehr! – ist die Internetseite der BBC: *WW2 People's War, An Archive of World War Two memories – written by the public, gathered by the BBC* (https://www.bbc.co.uk/history/ww2peopleswar). Zwischen 2003 und 2006 wurden hier rund 47.000 Beiträge gesammelt, in denen Hörer bzw. Zuschauer von ihren Erinnerungen an den Zweiten Weltkrieg erzählen. Ich habe sie natürlich nicht alle gelesen, aber ein Gutteil von denen, die die Ereignisse in meinem Roman tangierten.

Was schließlich, hat mir geholfen, von ganz vielen Facetten des Alltags der Menschen in jener Zeit etwas zu erfahren? Vor allem natürlich Juliet Gardiners Buch *Wartime Britain 1939-1945* (2004). Es ist ein so umfassender Einblick in das Leben der Menschen während des Krieges, dass es in diesem Nachwort eigentlich an erster Stelle hätte genannt werden müssen. Ein interessanter Versuch, diese Zeit greifbar zu machen, war auch die Fernsehserie *The 1940s House* (2001) des britischen Senders Channel 4. Und dann gibt es da noch all die veröffentlichten Tagebücher und wunderbaren Autobiografien, von denen ich einige hier aufführe:

• May Smith, *These Wonderful Rumours!, A Young Schoolteacher's Wartime Diaries* (2012)

• Constance Miles, *Mrs Miles's Diaries, The Wartime Journal of a Housewife at the Home Front* (2013)

• Margery Allingham, *Oaken Hearts* (Die Verfasserin der Albert-Campion-Krimis veröffentlichte diese Erinnerungen an den Ausbruch und die erste Phase des Krieges bereits 1941)

• Anthony Qualye, *A Time to Speak* (1990 – Schauspieler Anthony Qualye ist auch bei einer Aufführung des Hamlet im Untergrund verschwunden und hat trotzdem weiterspielen wollen!)

• Lieut.-General Sir Brian Horrocks, *A Full Life* (1960)

• John Willis, Secret letters, *A Battle of Britain Love Story* (2020)

• Dorothy Sheridan, *Wartime Woman. A Mass Observation Anthology 1937-45* (2009)

• *Blitz Spirit 1939-1945, Compiled by Becky Brown from the Mass Observation Archive* (2020)

Zur Abrundung sei am Ende noch ein Spielfilm genannt, der einen guten (und recht amüsanten) Einblick in diese Zeit gibt: John Boormans Erinnerungen an seine Kindheit in London während der deutschen Luftangriffe mit dem Titel *Hope and Glory* (1987). Mit welcher Akribie er die Vergangenheit in diesem Film hat wieder aufleben lassen, erzählt Boorman in seiner Autobiografie *Adventures of a Suburban Boy* (2003). Er habe für den Filmset sogar die Tapete, die sich seiner Erinnerung nach damals im Wohnzimmer des Elternhauses befand, erneut drucken lassen.

Die Heterogenität all dieser Quellen macht vielleicht auch deutlich, dass es nicht nur um Fakten ging, sondern auch darum, ein Gefühl für diese Zeit zu bekommen, und dieses Gefühl spiegelt sich hoffentlich auch in diesem Buch wider, wenngleich natürlich nur „wie in eines matt geschliffnen Spiegels dunklem Widerschein" (E.T.A. Hoffmann).

Personen:

Mrs **Alastair**	Zugehfrau bei den Nicholls
Miss **Arbuthnot** („Notty")	Leiterin der *Sissingden Manor School for Girls*
Alexander **Ashbourne**	Brigadier, Bruder von Meredith Ashbourne
Edith **Ashbourne**	Frau von Meredith Ashbourne
George **Ashbourne**	Sohn von Meredith und Edith Ashbourne
Helen **Ashbourne**	Tochter von Meredith und Edith Ashbourne
Meredith **Ashbourne**	Bischof, u.a. Vater von Grace Civitella
Badger	Squadron leader der 43sten Jagdstaffel der RAF
Louise „Lou" **Barlow**	Schülerin an der *Sissingden Manor School for Girls*
Geoff **Brunner**	Pilot Officer in der 43sten Jagdstaffel der RAF
Reginald **Chalcraft**	Flying Officer in der 43sten Jagdstaffel der RAF
Daniel „Danny" **Chatzmann**	Freund von Gino Civitella
George „Gino" **Civitella**	Sohn von Massimiliano und Grace Civitella
Grace **Civitella** (née Ashbourne)	Ehefrau von Massimiliano Civitella
Ludovica „Lulu" **Civitella**	Tochter von Massimiliano und Grace Civitella
Margherita „Margie" **Civitella**	Tochter von Massimiliano und Grace Civitella
Massimiliano **Civitella**	Besitzer einer Brauerei in Faversham
Cowper	Schülerin an der *Sissingden Manor School for Girls*
Curraigh	Pilot Officer in der 43sten Jagdstaffel der RAF
Dobson	Hausangestellter bei den Ashbourns
Drummond	Lovat Scout

Miss Cathy **Egerton**	Musiklehrerin an der *Sissingden Manor School for Girls*
Frank **Evans**	Gärtner der Civitellas
Peter **Fleming**	Captain, Gründer des Vorläufers der *Auxiliary Units* in Kent
Mrs **Fothergill**	Küchenleiterin an der *Sissingden Manor School for Girls*
Francie	Freundin von Sue Timmins
Muira **Gillespie**	Schwester von Sidney Gillespie und George Ashbournes Verlobte
Sidney **Gillespie**	Bruder von Muira Gillespie
David **Godfrey**	Sohn des Wirtes vom Pub *Three Horseshoes*
Paul **Godfrey**	Wildhüter und Bruder des Wirtes vom Pub *Three Horseshoes*
Mrs **Gossage** („Sausage")	Hausmutter von *St Barbara* an der *Sissingden Manor School for Girls*
Mrs **Hardy**	Haushälterin von Brigadier Alexander Ashbourne
Harris	Schülerin an der *Sissingden Manor School for Girls*
Elisabeth „Betty" **Higgins**	Dienstmädchen der Civitellas
John **Higgins**	Sakristan, Vater von Betty Higgins
Kirkland	Schülerin an der *Sissingden Manor School for Girls*
General **Ismay**	Militärberater von Winston Churchill
Ebenezer **Johnson**	Farmer, Nachbar der Civitellas
Celia **Johnson**	Schauspielerin, Ehefrau von Peter Fleming
Jones	Schülerin an der *Sissingden Manor School for Girls*
Eve **Langtry**	Schülerin an der *Sissingden Manor School for Girls*
Miss **Leith-Ross**	Lehrerin an der *Sissingden Manor School for Girls*
George **Lott**	Squadron Leader der 43sten Jagdstaffel der RAF

Schwester **Lumsden**	Krankenschwester an der *Sissingden Manor School for Girls*
Mason	Schülerin an der *Sissingden Manor School for Girls*
Esmond „Sonny" **McPherson**	Freund von Gino Civitella
Miss **McTabbert** („Tabby")	Französischlehrerin an der *Sissingden Manor School for Girls*
Miss **Melland** („Mel")	Lehrerin an der *Sissingden Manor School for Girls*
Millar	Lovat Scout
Miss **Montague** („Glue")	Stv. Leiterin der *Sissingden Manor School for Girls*
Mrs **Morgan**	Köchin der Civitellas
Dorothy **Nicholl**	Frau von Vicar Theodore Nicholl
Theodore **Nicholl**	Vicar in Castleside
Miles **Oxley**	Leutnant, *Aide-de-Camp* von Brigadier Ashbourne
Miss **Paget**	Sportlehrerin an der *Sissingden Manor School for Girls*
Abigail „Abi" **Pardo**	Freundin von Margherita und Daniel Chatzmanns Cousine
Mr **Pardo**	Abigail Pardos Vater
Mrs **Pardo**	Abigail Pardos Mutter
Pettiford	Schülerin an der *Sissingden Manor School for Girls*
Mary **Pickett**	Dienstmädchen der Civitellas
Miss **Ratchett** („die Ratte")	Englischlehrerin an der *Sissingden Manor School for Girls*
William „Billy" **Rees**	Freund von Gino Civitella
Pauline „Polly" **Renshaw**	Schülerin an der *Sissingden Manor School for Girls*
Seymour	Schülerin an der *Sissingden Manor School for Girls*
Miss **Smithers** („Smitty")	Hausmutter von *St Cecilia* an der *Sissingden Manor School for Girls*
Ned **Slater**	Luftschutzwart

Sue **Timmins**	Studentin der *Royal Academy of Dramatic Art*
Joan **Traviss**	Schülerin an der *Sissingden Manor School for Girls*
Miss **Trott**	Geografielehrerin an der *Sissingden Manor School for Girls*
Dr **Ward**	Arzt, der die *Sissingden Manor School for Girls* betreut
Wattrell-Smith („Watts")	Schulpräfektin an der *Sissingden Manor School for Girls*
Frank **Winkley**	Pilot Officer in der 43sten Jagdstaffel der RAF
Winifred „Freddie" **Wyler**	Schülerin an der *Sissingden Manor School for Girls*